Jean Webster

Lieber Feind

Aus dem Englischen von Ingo Herzke
Mit Illustrationen von Franz Renger

Stone Gate, Worcester,
Massachusetts
27. Dezember

Liebe Judy:

Dein Brief ist angekommen. Ich habe ihn zweimal mit großer Verwunderung gelesen. Verstehe ich das richtig, dass Jervis Dir zu Weihnachten die Umwandlung des John-Grier-Heims in eine moderne Anstalt schenkt und dass Ihr mich erwählt habt, die Verwendung des Geldes zu verwalten? Ich – ich, Sallie McBride, als Leiterin eines Waisenhauses! Ihr armen Menschen, habt Ihr ganz und gar den Verstand verloren? Oder seid Ihr opiumsüchtig geworden, und dies sind die wuchernden Auswüchse fiebrig berauschter Fantasie? Ich bin genauso geeignet, mich um einhundert Kinder zu kümmern, wie einen Zoo zu leiten.

Und als Köder bietest Du mir einen interessanten schottischen Arzt? Meine liebe Judy – und gleichermaßen mein lieber Jervis – ich durchschaue Euch! Ich weiß genau, was der Familienrat da am Pendleton'schen Kamin besprochen hat.

»Ist es nicht ein Jammer, dass Sallie so wenig zustande bekommen hat seit dem Ende ihres Studiums? Sie sollte doch etwas Nützliches tun, anstatt ihr Leben mit albernen gesellschaftlichen Verpflichtungen in Worcester zu verplempern. Außerdem (nun spricht Jervis) scheint sie Interesse an diesem verflixten jungen Burschen Hallock zu finden, der viel zu attraktiv und faszinierend und unberechenbar ist; ich konnte Politiker noch nie leiden. Wir müssen ihre Gedanken auf andere Dinge lenken, eine aufmunternde und ausfüllende Beschäftigung, bis die Gefahr vorüber ist. Ha! Ich habs! Wir lassen sie das John-Grier-Heim leiten.« Ach, ich höre ihn so deutlich, als stünde er neben mir. Bei meinem letzten Besuch in Eurem reizenden Heim haben Jervis und ich ein sehr ernstes Gespräch über a) die Ehe, b) die zweifelhafte Moral von Politikern und c) das leichtfertige, nutzlose Leben einer Dame der Gesellschaft geführt.

Bitte richte Deinem moralischen Gatten aus, dass ich mir seine Worte sehr zu Herzen genommen habe und dass ich seit meiner Rückkehr nach Worcester einen Nachmittag in der Woche in der Trinkerinnen-Heilanstalt verbringe, wo ich mit den Patientinnen Gedichte lese. Mein Leben ist nicht so ziellos, wie es scheinen mag.

Außerdem kann ich Euch versichern, dass vom Politiker keine unmittelbare Gefahr droht und er ohnehin ein höchst schätzenswerter Politiker ist, auch wenn seine Ansichten zu Zöllen und Einheitssteuer und Gewerkschaften nicht genau mit jenen von Jervis übereinstimmen.

Euer Wunsch, mein Leben dem öffentlichen Wohl zu weihen, ist höchst löblich, aber Ihr solltet die Angelegenheit auch aus der Warte des Waisenhauses betrachten.

Habt Ihr kein Mitleid mit den armen, wehrlosen kleinen Waisenkindern?

Anscheinend nicht, aber ich schon und muss die angebotene Stellung mit allem gebotenen Respekt ablehnen.

Sehr gern hingegen nehme ich Eure Einladung zum Besuch bei Euch in New York an, auch wenn ich einräumen muss, dass mich die Liste der Vergnügungen, die Ihr für mich geplant habt, nicht unbedingt in Vorfreude versetzt.

Bitte ersetzt das Waisenhaus New York und das Findlingshospital durch ein paar Theater- und Opernbesuche und vielleicht ein Abendessen. Ich besitze zwei neue Abendkleider und einen blaugoldenen Mantel mit weißem Pelzkragen.

Ich eile sogleich, sie einzupacken; telegrafiert also rasch, wenn Ihr mich nicht nur um meiner selbst sehen wollt, sondern nur als Nachfolgerin von Mrs Lippett.

Immer die Eure
ganz und gar leichtfertige
und so zu bleiben entschlossene
Sallie McBride

PS: Eure Einladung kommt gerade zur rechten Zeit. Ein bezaubernder junger Politiker namens Gordon

Hallock soll sich nächste Woche ebenfalls in New York aufhalten. Ich bin sicher, Ihr werdet ihn mögen, wenn Ihr ihn erst näher kennenlernt.

PPS: Sallie bei ihrem Nachmittagsspaziergang, wie Judy sie gern sähe:

Ich frage noch einmal: Seid Ihr beide verrückt geworden?

John-Grier-Heim,
15. Februar

Liebe Judy,

um elf Uhr gestern Abend sind wir im Schneesturm hier angekommen, Singapur und Jane und ich. Es scheint für Leiterinnen von Waisenhäusern nicht üblich, zum Dienstantritt eine eigene Zofe und einen Chow-Chow mitzubringen. Der Nachtwächter und die Haushälterin, die aufgeblieben waren, um mich zu empfangen, waren vor Aufregung ganz außer sich. So etwas wie Sing hatten sie noch nie gesehen und glaubten, ich wolle einen Wolf unter ihre Herde Schäfchen setzen. Ich beruhigte sie, dass er ganz und gar Hund sei, und nachdem der Nachtwächter seine schwarzblaue Zunge betrachtet hatte, wagte er einen Scherz: Er wollte wissen, ob ich den Hund mit Heidelbeerkuchen füttere.

Es war nicht leicht, für meinen Haushalt Unterkunft zu finden. Der arme Sing wurde winselnd in einen unbekannten Holzschuppen gezerrt, wo man ihm ein Stück Sackleinen hinlegte. Jane erging es kaum besser. Es gab im ganzen Gebäude kein freies Bett mehr außer einem ein Meter sechzig langen Kinderbett im Krankenzimmer. Sie ist jedoch, wie Ihr wisst, eher eins achtzig groß. Wir legten sie hinein, und sie schlief zusammengefaltet wie ein Klappmesser. Heute ist sie den ganzen Tag herumgehumpelt und sah aus wie ein ziemlich mitgenommenes großes S. Sie beklagt die neuesten Eskapaden ihrer launischen Herrin und sehnt die Zeit herbei, wenn wir endlich wieder zur Besinnung kommen und an den elterlichen Herd in Worcester zurückkehren.

Ich weiß, sie nimmt mir alle Chancen, mich beim Rest der Belegschaft beliebt zu machen. Sie mit hierherzubringen, ist die albernste Idee, die je ausgedacht wurde, aber Du kennst ja meine Familie. Ich habe ihre Einwände Schritt für Schritt entkräftet, aber was Jane angeht, waren sie unnachgiebig. Wenn ich sie mitnahm, damit sie darauf achtet, dass ich nahrhaft esse und nicht die ganze Nacht aufbleibe, durfte ich herkommen, jedenfalls vorübergehend; doch wenn ich das ablehnte – du meine Güte, ich weiß nicht, ob ich jemals wieder die Schwelle von Stone Gate hätte überschreiten dürfen! So sind wir nun also beide hier, und beide nicht sonderlich willkommen, fürchte ich.

Heute Morgen um sechs weckte mich ein Gong. Ich blieb eine Weile im Bett liegen und lauschte dem Radau, den fünfundzwanzig Mädchen über mir im Bad veranstalteten. Es scheint, als würden sie nicht baden oder duschen, sondern sich nur das Gesicht waschen, aber sie planschen herum wie fünfundzwanzig Welpen in einem Schwimmbecken. Ich stand auf, zog mich an und erkundete das Haus ein wenig. Es war ein kluger Schachzug von Dir, dass ich mir das Haus nicht ansehen konnte, bevor ich zusagte.

Ich hielt es für eine günstige Gelegenheit, mich meinen Anvertrauten beim Frühstück vorzustellen, also machte ich mich auf die Suche nach dem Speisesaal. Ein Schrecken jagte den nächsten – diese kahlen, öden Wände, das Wachstuch auf den Tischen, das Blechgeschirr, die Holzbänke, und als Dekoration nur ein illustrierter Bibeltext: »Der Herr wird es richten!« Wer auch immer im Stiftungsrat für diese Nuance verantwortlich war, hat damit einen düsteren Humor bewiesen.

Ehrlich, Judy, ich hatte bisher keine Ahnung, dass es auf der Welt einen so ganz und gar hässlichen Ort geben kann; und als ich die vielen Reihen bleicher, lustloser Kinder in blauen Uniformen sah, traf mich die ganze Trostlosigkeit meiner Aufgabe plötzlich mit voller Härte, und ich wäre beinahe zusammengebrochen. Es schien mir ein unmögliches Vorhaben, dass ein Mensch allein Sonnenschein auf hundert kleine Gesichter zaubern soll, wo sie doch eigentlich alle eine eigene Mutter brauchen.

Ich habe mich recht leichtfertig in diese Sache hineingestürzt, teilweise, weil Ihr beiden so überzeugend wart, vor allem aber, wenn ich ganz ehrlich bin, weil dieser niederträchtige Gordon Hallock bei der Vorstellung, dass ich ein Waisenhaus leiten sollte, so brüllend gelacht hat. Alle zusammen habt Ihr mich irgendwie hypnotisiert. Und nachdem ich mich dann in das Thema eingelesen und alle siebzehn Institutionen besucht hatte, war ich natürlich ganz eingenommen von den Waisen und wollte meine Ideen unbedingt in die Praxis umsetzen. Doch jetzt bin ich recht fassungslos, mich in dieser Position wiederzufinden; es ist so ein ungeheures Unternehmen. Die zukünftige Gesundheit und Zufriedenheit von einhundert jungen Menschen liegt in meiner Hand, gar nicht zu reden von den drei- oder vierhundert Kindern, die sie haben werden, und den tausend Enkelkindern. Die Sache verhält sich geometrisch progressiv. Schrecklich. Wer bin ich, diese Aufgabe zu übernehmen? Sucht bitte, oh bitte, nach einer anderen Leiterin!

Jane sagt, das Abendessen ist fertig. Nachdem ich zwei Mahlzeiten in Eurer Einrichtung verzehrt habe, erfüllt mich der Gedanke an die nächste mit wenig Vorfreude.

Später

Die Belegschaft hatte Lammfrikadellen mit Spinat und zum Nachtisch Tapiokapudding. Was die Kinder bekommen haben, möchte ich mir gar nicht vorstellen.

Ich habe ja angefangen, von meiner ersten offiziellen Ansprache heute Morgen beim Frühstück zu berichten. Sie drehte sich um all die wundervollen Veränderungen, die dem John-Grier-Heim bevorstehen, dank der Großzügigkeit von Mr Jervis Pendleton, dem Vorsitzenden des Stiftungsrates, und von Mrs Pendleton, für alle Jungen und Mädchen hier die liebe »Tante Judy«.

Ich hoffe, Ihr habt nichts dagegen, dass ich die Familie Pendleton so in den Mittelpunkt gestellt habe. Das hatte taktische Gründe. Da die gesamte Belegschaft der Einrichtung anwesend war, nutzte ich die Gelegenheit, deutlich zu betonen, dass all diese beunruhigenden Umwälzungen direkt vom Hauptquartier angeordnet sind und nicht meinem leicht erregbaren Hirn entstammen.

Die Kinder hörten auf zu essen und starrten mich an. Meine auffällige Haarfarbe und meine frivole Nasenspitze sind für eine Heimleiterin offenbar ganz neue Attribute. Meine Mitarbeiter ließen übrigens offen durchblicken, dass sie mich für zu jung und zu unerfahren halten, mit solcher Autorität ausgestattet zu werden. Jervis' wundervollen schottischen Arzt habe ich noch nicht zu Gesicht bekommen, aber ich kann Euch versichern, er müsste schon *SEHR* wundervoll sein, um den Rest der Mannschaft aufzuwiegen, vor allem die Kindergartenleiterin. Miss Snaith und ich sind gleich zu Beginn beim Thema Frischluft aneinandergeraten; aber ich bin fest entschlossen, dem Haus den grässlichen Institutionsgeruch auszutreiben, und wenn ich dabei jedes Kind in eine kleine Eisstatue verwandeln muss.

Weil der Schnee in der Nachmittagssonne gleißte, ordnete ich an, das Verlies von einem Spielzimmer zu schließen und die Kinder im Freien spielen zu lassen.

»Sie jagt uns nach draußen«, hörte ich einen kleinen Bengel grummeln, als er sich in einen zwei Jahre zu kleinen Mantel zwängte.

Und dann standen sie einfach auf dem Hof herum, alle mit hochgezogenen Schultern in ihre dicken Kleider gewickelt, und warteten geduldig darauf, wieder hineinzudürfen. Kein Gerenne oder Geschrei oder Rutschen oder Schneeballwerfen. Stell Dir mal vor! Diese Kinder wissen nicht, wie man spielt.

Noch später

Ich habe mich bereits der angenehmen Aufgabe gewidmet, Euer Geld auszugeben. Heute Nachmittag habe ich elf Wärmflaschen gekauft (den gesamten Bestand der dörflichen Drogerie), dazu ein paar Wolldecken und Steppdecken. Und jetzt sind die Fenster im Säuglingszimmer sperrangelweit offen. Die armen kleinen Knirpse werden das ganz neue Gefühl kennenlernen, nachts atmen zu können.

Ich möchte noch über eine Million Dinge murren, aber es ist schon halb elf, und Jane sagt, ich *MUSS* ins Bett.

Deine befehlshabende
Sallie McBride

PS: Bevor ich mich endgültig hinlegte, bin ich noch einmal durch den Flur geschlichen, um zu überprüfen, ob alles in Ordnung ist, und was glaubst Du, was ich da entdeckte? Miss Snaith, die leise alle Fenster im Säuglingszimmer schloss! Sobald ich eine passende Stellung in einem Altenheim für sie finde, werde ich diese Frau entlassen.

Jane nimmt mir den Füllfederhalter aus der Hand.

Gute Nacht.

John-Grier-Heim,
20. Februar

Liebe Judy:

Dr. Robin MacRae kam heute Nachmittag zu Besuch, um die Bekanntschaft der neuen Heimleiterin zu machen. Bitte lade ihn bei seinem nächsten Besuch in New York zum Abendessen ein, damit Du selbst sehen kannst, was Dein Ehemann angerichtet hat. Als er mich glauben machte, einer der großen Vorzüge meiner Stellung hier sei der tägliche Austausch mit einem brillanten, glänzenden, gelehrten und charmanten Mann wie Dr. MacRae, hat er die Fakten aufs Übelste verbogen.

Der Doktor ist groß und ziemlich dünn, hat sandblondes Haar und kalte graue Augen. In der ganzen Stunde, die er in meiner Gesellschaft verbrachte (und ich war sehr lebhafte Gesellschaft), hat nicht der leiseste Anflug eines Lächelns seine schnurgeraden Lippen gekräuselt. Kann ein Anflug kräuseln? Vielleicht nicht, aber wie dem auch sei, was ist bloß *LOS* mit dem Mann? Bereut er ein schreckliches Verbrechen oder ist seine Schweigsamkeit nur seinem schottischen Charakter geschuldet? Er ist ungefähr so gesellig wie ein Grabstein aus Granit!

Und übrigens fand unser Doktor an mir genauso wenig Gefallen wie ich an ihm. Er hält mich für leichtfertig und inkonsequent und vollkommen ungeeignet für eine derartige Vertrauensstellung. Ich vermute stark, dass Jervis bereits einen Brief von ihm in Händen hält, in dem er um meine Abberufung ersucht.

Im Gespräch fanden wir überhaupt nicht zueinander: Er dozierte lang und breit über die schädlichen Auswirkungen institutioneller Erziehung auf minderjährige Kinder, während ich mich in heiterem Ton über die reizlose Frisur beklagte, die den meisten unserer Mädchen verpasst wird.

Zum Beweis ließ ich Sadie Kate hereinrufen, mein Waisenmädchen für besondere Aufträge. Ihre Haare sind so straff zurückgebunden, als hätte man sie mit dem Schraubenschlüssel festgezogen, und hinten zu zwei drahtigen Zöpfen geflochten. Die Ohren unserer Waisen müssen auf jeden Fall weicher umspielt werden. Doch Dr. Robin MacRae schert es keinen Deut, ob ihre Ohren ansprechend wirken oder nicht; ihn interessiert ganz allein ihr Magen. Auch beim Thema »rote Unterröcke« kamen wir nicht zusammen. Mir will nicht einleuchten, wie ein Mädchen auch nur eine Spur von Selbstachtung bewahren kann, wenn sie einen roten Flanell-Unterrock tragen muss, der zwei oder drei Zentimeter unter ihrem blau karierten Baumwollkittel hervorschaut; er jedoch findet rote Unterröcke fröhlich, warm und hygienisch. Ich sehe kriegsähnliche Zustände für die Herrschaft der neuen Leiterin voraus.

Nur ein Aspekt an diesem Arzt ist uneingeschränkt

zu begrüßen: Er ist beinahe ebenso neu wie ich und kann mir keine Vorträge über die Traditionen des Waisenhauses halten. Ich glaube, mit dem alten Arzt hätte ich *GAR NICHT* arbeiten können, denn wenn ich mir die hier verbliebenen Beispiele seiner Heilkunst anschaue, verstand er von Säuglingen in etwa so viel wie ein Tierarzt.

Was nun die Waisenhausbräuche angeht, hat sich die gesamte Belegschaft meiner Aufklärung angenommen. Selbst die Köchin hat mir heute Morgen nachdrücklich versichert, dass es im John-Grier-Heim am Mittwochabend immer Maisbrei gibt.

Sucht Ihr schon eifrig nach einer neuen Heimleiterin? Ich werde bleiben, bis sie eintrifft, aber bitte beeilt Euch mit dem Finden.

Deine unwiderruflich entschlossene
Sallie McBride

Büro der Heimleiterin
John-Grier-Heim,
21. Februar

Lieber Gordon,

bist Du immer noch beleidigt, weil ich Deinen Ratschlag nicht annehmen wollte? Weißt Du denn nicht, dass ein rothaariger Mensch mit irischen Vorfahren – mit einem Schuss Schottland darin – sich niemals zu etwas treiben lässt, sondern sanft geleitet werden muss? Hättest Du weniger unangenehm gedrängt, hätte ich Dir brav zugehört und wäre gerettet worden. So aber habe ich, das gebe ich freimütig zu, die letzten fünf Tage unseren Streit bereut. Du hattest recht, ich nicht, und wie Du siehst, räume ich meinen Irrtum gern ein. Sollte ich aus meiner derzeitigen Notlage je wieder entrinnen, werde ich mich in Zukunft (fast immer) von Deinem Urteil leiten lassen. Einen so weitreichenden Widerruf macht eine Frau so gut wie nie!

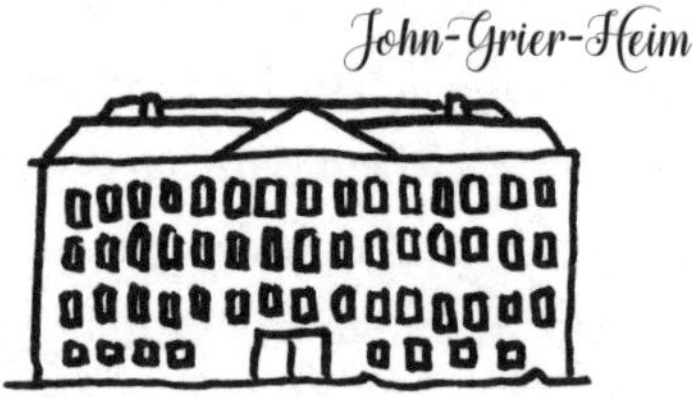

Ach, wie weh ist mir, wie weh
den lieben langen Tag.
Fort ging ich über Berg und See
könnt ich so, wie ich mag.

Der romantische Glanz, den Judy diesem Waisenhaus verliehen hat, existiert nur in ihrer poetischen Fantasie. Das Haus ist *GRAUENHAFT*. Es lässt sich in Worten kaum ausdrücken, wie trostlos und trübselig es ist, und wie es riecht! Lange Flure, kahle Wände; kleine Insassen in blauen Uniformen und mit teigbleichen Gesichtern, die nicht im Geringsten wie kleine Menschenkinder wirken. Ach ja, und der grässliche Geruch solcher Einrichtungen! Ein Gemisch aus feuchten, geschrubbten Fußböden, ungelüfteten Zimmern und Essen für hundert Leute, das ständig auf dem Herd köchelt.

Nicht nur das ganze Waisenhaus muss umgebaut und hergerichtet werden, auch jedes einzelne Kind braucht neuen Schliff, und diese Herkulesaufgabe ist zu viel für eine so selbstsüchtige, verwöhnte und faule Person wie Sallie McBride. Ich trete von meinem Posten zurück, sobald Judy eine geeignete Nachfolgerin gefunden hat, doch ich fürchte, das wird nicht so bald geschehen. Sie ist in den Süden gereist und lässt mich hier hängen, und nachdem ich es ihr versprochen habe, kann ich ihr Waisenhaus natürlich nicht einfach im Stich lassen. Doch ich kann Dir immerhin versichern, dass ich großes Heimweh habe.

Schreib mir einen aufmunternden Brief, schick mir ein paar Blumen, um meine Privatgemächer fröhlicher zu machen. Die habe ich möbliert von Mrs Lippett geerbt. Die Wände sind braunrot tapeziert; davor stehen leuchtend blaue Plüschmöbel, abgesehen vom

Kaffeetisch, der ist vergoldet. Beim Teppich dominieren Grüntöne. Wenn Du mir also ein paar rosarote Rosenknospen schicken würdest, wäre die Farbpalette komplett.

Ich habe mich an jenem letzten Abend wirklich widerwärtig benommen, aber das hat sich gerächt.

Deine reuevolle
Sallie McBride

PS: Wegen des schottischen Arztes hättest Du nicht zu murren brauchen. Der Mann ist genau so, wie man sich einen Schotten vorstellt. Ich habe ihn auf den ersten Blick verabscheut, und er mich ebenso. Ach, wir werden aufs Erfreulichste zusammenarbeiten.

John-Grier-Heim,
22. Februar

Mein lieber Gordon,

Deine energische und teure Botschaft ist angekommen. Ich weiß, Du hast genug Geld, aber das ist kein Grund, es so leichtfertig aus dem Fenster zu werfen. Wenn Dir das Herz so voll ist, dass nur ein Telegramm von hundert Worten es vor der Explosion bewahren kann, dann mach daraus wenigstens einen Übernacht-Expressbrief. Meine Waisen könnten das Geld gebrauchen, wenn Du es schon nicht benötigst.

Außerdem, mein werter Herr, könnten Sie vielleicht ein wenig gesunden Menschenverstand walten lassen. Natürlich kann ich das Waisenhaus nicht einfach so sorglos seinem Schicksal überlassen, wie Du das vorschlägst. Das wäre nicht fair Judy und Jervis gegenüber. Wenn Du mir die direkte Bemerkung verzeihst: Sie sind schon viele Jahre länger als Du meine Freunde, und ich habe nicht die Absicht, sie so hängen zu lassen. Ich bin hier voller – nun, nennen wir es Abenteuerlust eingetroffen, und nun muss ich das Projekt auch weiterführen. Als Drückebergerin würdest Du mich nicht mögen. Das soll nicht heißen, dass ich mich zu einer lebenslangen Haft in dieser Institution verurteile; ich habe immer noch vor, bei der ersten Gelegenheit zurückzutreten. Aber ich sollte auch ein wenig dankbar sein, dass die Pendletons mir eine solch verantwortungsvolle Aufgabe zugetraut haben. Auch wenn Du, mein Lieber, nicht damit gerechnet hast, verfüge ich doch über beträchtliche administrative Fähigkeiten und mehr Urteilsvermögen, als der äußere Anschein vermuten lässt. Würde ich mich entschließen, die Sache hier mit ganzem Herzen zu betreiben, könnte ich die herrlichste Heimleiterin werden, die einhundertelf Waisen je bekommen könnten.

Ich nehme an, Du findest das amüsant? Aber es ist die Wahrheit. Judy und Jervis wissen es, und darum haben sie mich auch gebeten, den Posten zu übernehmen. Du siehst also: Wenn die beiden so viel Vertrauen in mich setzen, kann ich auf keinen Fall so sang- und klanglos das Handtuch werfen, wie Du andeutest. Solange ich hier bin, werde ich so viel bewerkstelligen, wie ein einzelner Mensch vierundzwanzig Stunden am Tag nur bewerkstelligen kann. Wenn ich den Laden an meine Nachfolgerin übergebe, wird sich alles schon rapide in die richtige Richtung bewegen.

Doch inzwischen lass mich hier nicht verschmachten, weil Du meinst, ich sei ohnehin zu beschäftigt für jeden Anflug von Heimweh; so ist es nämlich nicht. Jeden Morgen, wenn ich erwache, starre ich Mrs Lippetts Tapete wie durch eine Art Nebel an, so als wäre es nur ein schlechter Traum und ich gar nicht wirklich hier. Was habe ich mir um Himmels willen dabei gedacht, als ich mein fröhliches kleines Zuhause und die schönen Tage hinter mir gelassen habe, die mir doch eigentlich rechtmäßig zustehen? Ich teile Deine Einschätzung meines Geisteszustands immer häufiger.

Aber warum machst Du, wenn ich fragen darf, so einen Aufstand? Du würdest mich doch ohnehin nicht zu Gesicht bekommen. Worcester ist von Washington ebenso weit weg wie das John-Grier-Heim. Und zu Deinem Trost möchte ich noch hinzufügen, dass es in der Umgebung dieses Waisenhauses keinen Mann gibt, der von roten Haaren verzückt ist, während es in Worcester einige sind. Darum, Du schwierigster aller Männer, sei beruhigt. Ich bin nicht bloß hierhergekommen, um Dich zu ärgern. Ich wollte auch einmal ein Abenteuer erleben, und oje! Es ist tatsächlich eins! Bitte, schreib mir bald und heitere mich auf.

In Sack und Asche,
Deine Sallie

John-Grier-Heim,
24. Februar

Liebe Judy,

sag Jervis bitte, dass ich nicht vorschnell urteile. Ich bin von Natur aus liebenswürdig, heiter und arglos, ich mag so gut wie jeden Menschen. Aber diesen Schottendoktor *KANN* niemand mögen. Er lächelt *NIE*.

Heute Nachmittag hat er mir wieder einen Besuch abgestattet. Ich forderte ihn auf, in einem von Mrs Lippetts leuchtend blauen Sesseln Platz zu nehmen, und setzte mich sodann ihm gegenüber, um harmonisch zu plaudern. Er trug einen Anzug aus ockerfarbenem Wollstoff mit einer Spur Grün und ein wenig Gelb hineingewebt, eine Art »Heidemischung«, die wohl einem trüben, braungrauen schottischen Moor Farbe verleihen soll. Lilafarbene Socken und eine rote Krawatte mit einer Nadel aus Amethyst vervollständigten das Bild. Euer Musterknabe von einem Arzt wird mir bei der Behebung der ästhetischen Mängel dieser Einrichtung kaum eine Hilfe sein.

In den fünfzehn Minuten seiner Anwesenheit erläuterte er in prägnanten Worten, welche Veränderungen er in diesem Waisenhaus umsetzen will. *ER*, wohlgemerkt! Und was, wenn ich fragen darf, sind die Aufgaben einer Heimleiterin? Ist sie bloß eine Galionsfigur, die ihre Anweisungen vom gelegentlich hereinschneienden Gastarzt erhält?

Auf zum Streite, McBrides und MacRaes!

Deine empörte
Sallie

John-Grier-Heim,
Montag

Lieber Dr. MacRae:

Ich sende Ihnen diese Nachricht durch Sadie Kate, weil es anscheinend unmöglich ist, sie telefonisch zu erreichen. Ist die Person, die sich Mrs McGur-r-rk mit schottisch rollendem R nennt und mitten im Satz auflegt, Ihre Haushälterin? Wenn sie oft ans Telefon geht, kann ich mir nicht vorstellen, dass Ihre Patienten noch lange Langmut mit Ihnen haben werden.

Da Sie heute Vormittag nicht wie vereinbart erschienen sind, die Maler aber schon, habe ich mir erlaubt, ein fröhliches Gelb für die Wände Ihres neuen Labors zu wählen. Ich nehme doch an, dass an Maisgelb nichts Unhygienisches ist.

Wenn Sie außerdem an diesem Nachmittag einen Augenblick erübrigen könnten, fahren Sie doch bitte zu Dr. Brice an der Water Street und nehmen sie den Zahnarztstuhl nebst Zubehör in Augenschein, der dort zum halben Preis zum Verkauf steht. Hätten wir all die reizenden Requisiten seiner Kunst hier – in einer Ecke ihres Labors –, könnte Dr. Brice seine 111 neuen Patienten viel zügiger behandeln, als wenn wir sie alle einzeln in die Water Street schaffen müssen. Finden Sie das nicht eine höchst praktische Idee? Ist mir mitten in der Nacht eingefallen, aber da ich noch nie einen Zahnarztstuhl gekauft habe, würde ich mich über professionelle Beratung freuen.

Mit freundlichen Grüßen
Ihre
S. McBride

John-Grier-Heim,
1. März

Liebe Judy,

hör auf, mir Telegramme zu schicken!

Ich weiß natürlich, dass Du alles wissen willst, was hier passiert, und ich würde Dir ja auch Tagesberichte senden, aber ich finde wahrhaftig keine freie Minute. Wenn die Nacht anbricht, bin ich so müde, dass ich ohne Janes strenge Überwachung in meinen Kleidern ins Bett gehen würde.

In einiger Zeit, wenn alles hier etwas regelmäßiger läuft und ich sicher sein kann, dass meine Mitarbeiterinnen alle ihre Aufgaben vollständig erledigen, werde ich die verlässlichste Brieffreundin werden, die Du je gehabt hast.

Fünf Tage ist es her, dass ich Dir geschrieben habe, richtig? In diesen fünf Tagen ist einiges passiert. Dr. MacRae und ich haben einen Schlachtplan ausgearbeitet und kehren in dieser trägen Institution das Unterste zuoberst. Ich mag ihn immer weniger, aber wir haben eine Art Waffenstillstand geschlossen. Und *ARBEITEN* kann der Mann wirklich. Ich habe immer geglaubt, selbst genug Energie zu haben, aber wenn hier im Heim eine Verbesserung eingeführt werden soll, dann kann ich ihm nur hinterherhecheln. Er ist so stur und hartnäckig und dickköpfig, wie nur ein Schotte sein kann, aber von Kleinkindern versteht er was. Das ist ganz wörtlich gemeint: Er versteht, wie sie körperlich funktionieren; persönliche Gefühle hat er für sie ebenso wenig wie für Frösche, die er womöglich seziert.

Erinnerst Du Dich, wie Jervis eines Abends eine geschlagene Stunde lang über die hehren humanitären Ideale unseres Herrn Doktor doziert hat? Zum Totlachen! Der Mann betrachtet das Waisenhaus als sein privates Labor, wo er seine wissenschaftlichen Experimente durchführen kann, ohne dass ihm liebende Eltern dazwischenfunken. Es würde mich nicht überraschen, wenn ich ihn eines Tages dabei erwische, wie er den Kindern Scharlacherreger in den Haferbrei mischt, um ein neu entwickeltes Gegenmittel zu testen.

Von der Belegschaft des Hauses scheinen mir nur zwei wirklich etwas zu taugen: die Grundschullehrerin und der Mann, der den Heizkessel betreut. Du solltest mal sehen, wie die Kleinen Miss Matthews entgegenlaufen und um Liebkosungen betteln, und wie ausgesucht höflich sie sich den anderen Lehrern gegenüber benehmen. Kinder erkennen einen Charakter besonders rasch. Es wäre mir sehr peinlich, wenn sie mir gegenüber allzu höflich wären.

Sobald ich mich ein bisschen besser zurechtfinde und genau weiß, was wir brauchen, werde ich umfassende Entlassungen vornehmen. Am liebsten würde ich bei Miss Snaith anfangen; aber ich habe entdeckt, dass sie die Nichte eines unserer großzügigsten Stifter ist und daher mehr oder weniger unkündbar. Sie ist eine formlose, kinnlose, blassäugige Kreatur, die durch die Nase redet und durch den Mund atmet. Nie kann sie entschlossen etwas sagen und dann schweigen; ihre Sätze versanden alle in unverständlichem Gemurmel. Jedes Mal, wenn ich die Frau sehe, packt mich der unwiderstehliche Drang, sie an den Schultern zu packen und ihr ein bisschen Entschiedenheit ins Hirn zu schütteln. Und diese Miss Snaith hat die alleinige Aufsicht über siebzehn kleine Würmchen zwischen zwei und fünf Jahren gehabt! Aber wenn ich sie schon nicht entlassen kann, so habe ich sie doch immerhin auf einen untergeordneten Posten verschoben, ohne dass sie es gemerkt hat.

Der Arzt hat ein reizendes Mädchen für mich gefunden, die ein paar Kilometer von hier wohnt und jeden Tag kommt, um den Kindergarten zu leiten. Sie hat große, sanfte, braune Augen wie eine Kuh und wirkt sehr mütterlich (dabei ist sie erst neunzehn), und die Kleinen lieben sie.

Die Leitung der Kinderkrippe habe ich einer fröhlichen, zufriedenen Frau mittleren Alters übertragen, die selbst schon fünf Kinder großgezogen hat und ein Händchen für Babys hat. Die hat unser Herr Doktor auch gefunden. Du siehst, er ist also doch ganz nützlich. Streng genommen untersteht sie Miss Snaith, aber sie reißt schon sehr zufriedenstellend die Führung an sich.

Jetzt kann ich nachts ruhig schlafen, ohne fürchten zu müssen, dass meine Kleinen aus Ahnungslosigkeit umgebracht werden.

Du siehst also, die Reformen kommen in Gang; und wenn ich auch mit aller mir zu Gebote stehenden Klugheit nachgebe, wenn es um die grundlegenden wissenschaftlichen Umwälzungen unseres Herrn Doktor geht, so lassen sie mich doch gelegentlich kalt. Mir geht immer und immer wieder die Frage im Kopf herum: Wie kann ich genug Liebe und Wärme und Sonnenschein in das trübselige Leben dieser kleinen Menschen bringen? Und ich bin nicht überzeugt, dass die Wissenschaft des Herrn Doktor das schaffen kann.

Eine unserer dringendsten *GEISTIGEN* Aufgaben ist die Neuordnung unserer Unterlagen. Die Bücher sind empörend unordentlich geführt worden. Mrs Lippett hatte ein großes schwarzes Haushaltsbuch, in das sie wahllos alle Fakten gestreut hat, die ihr zufällig zu Herkunft, Verhalten und Gesundheit der Kinder über den Weg liefen. Manchmal jedoch hat sie sich wochenlang zu keinem Eintrag herabgelassen. Wenn eine Adoptionsfamilie etwas über die Herkunft eines Kindes wissen will, können wir in der Hälfte der Fälle nicht einmal sagen, wo wir das Kind herhaben!

»Wo bist du denn hergekommen, liebes Kind?«
»Der blaue Himmel hat sich aufgetan, und hier bin ich.«

So lautet die exakte Beschreibung ihrer Ankunft.

Wir brauchen jemanden im Außendienst, eine Frau, die über Land fährt und alle Herkunftsdaten sammelt, die sie über unsere kleinen Küken finden kann. Das dürfte leichtfallen, denn die meisten haben Verwandtschaft. Was hältst Du davon, Janet Ware den Job zu geben? Du weißt doch noch, was für ein Fuchs sie in Wirtschaftskunde war? Von Tabellen und Diagrammen und Untersuchungen konnte sie nie genug kriegen.

Ich muss Dir außerdem mitteilen, dass unsere Waisen sich einer äußerst gründlichen körperlichen Untersuchung unterziehen müssen, und die schockierende Wahrheit ist, dass von den bisher untersuchten achtundzwanzig kleinen Würmern nur fünf allen Anforderungen genügt haben. Und die fünf sind noch nicht sehr lange hier.

Erinnerst Du Dich an den hässlichen grünen Empfangsraum im ersten Stock? Ich habe so viel Grün wie möglich daraus entfernt und ihn als Arztlabor hergerichtet. Es enthält Waagen und Medizin und, das ist das professionellste Detail, einen Zahnarztstuhl sowie eine dieser wundervollen Bohrmaschinen. (Habe ich aus zweiter Hand von Dr. Brice im Dorf gekauft, der seine Patienten mit Emaille und Nickellegierung versorgt.) Der Bohrer wird allgemein als Höllenmaschine betrachtet, und ich als wahre Teufelin, weil ich ihn installiert habe. Doch jedes kleine Opfer, das mit

Füllungen entlassen wird, darf eine Woche lang jeden Tag in mein Büro kommen und sich zwei Stückchen Schokolade abholen. Unsere Kinder sind zwar nicht besonders tapfer, aber sie sind Kämpfer, stellen wir fest. Der junge Thomas Kehoe hat dem Zahnarzt beinahe den Daumen abgebissen, nachdem er einen Tisch voller Instrumente umgetreten hatte. Man braucht sowohl Körperkraft als auch Talent, im John-Grier-Heim Zähne zu versorgen.

~

Wurde gerade unterbrochen, weil ich einer wohltätigen Dame unsere Einrichtung zeigen musste. Sie hat fünfzig irrelevante Fragen gestellt, eine Stunde meiner Zeit gestohlen, schließlich eine Träne weggewischt und mir einen Dollar für »meine armen kleinen Mündel« dagelassen.

Bisher sind meine armen kleinen Mündel von den Reformen gar nicht begeistert. Sie mögen die plötzlich hereinströmende frische Luft nicht, die Wasserflut ebenso wenig. Ich habe nämlich noch zwei Mal Baden in der Woche eingeführt, und sobald wir genug Wannen besorgt und ein paar zusätzliche Wasserhähne installiert haben, werden es *SIEBEN* Bäder sein.

Sieben Bäder die Woche!!!
Beispiellose Grausamkeit seitens der Heimleiterin

Eine Änderung, die ich angestoßen habe, ist immerhin sehr beliebt. Unser täglicher Speiseplan ist ausgeweitet worden, was von der Köchin als Quell unnötigen Ärgers und vom Rest der Belegschaft als unmoralische Kostenerhöhung beklagt wird. *SPARSAMKEIT* in Großbuchstaben war so viele Jahre das leitende Prinzip dieser Institution, dass sie zu einer Art Religion geronnen ist. Ich versichere meinen furchtsamen Mitarbeitern zwanzig Mal am Tag, dass sich unsere finanzielle Ausstattung dank der Großzügigkeit unseres Stiftungsvorsitzenden exakt verdoppelt hat und dass mir außerdem von Mrs Pendleton enorme Summen für notwendige Ausgaben wie Eiscreme zur Verfügung gestellt wurden. Aber sie können das Gefühl einfach nicht unterdrücken, dass es sündhafte Verschwendung ist, diese Kinder satt zu machen.

Der Herr Doktor und ich haben die Speisepläne der Vergangenheit gründlich studiert, und wir staunen über den Geist, der sie ersonnen haben mag. Hier ist eines ihrer häufig wiederkehrenden Abendmenüs:

GEKOCHTE KARTOFFELN
GEKOCHTER REIS
PUDDING

Geradezu ein Wunder, dass die Kinder nicht bloß hundertundelf kleine Stärkeklöße geworden sind.

Wenn man sich in dieser Einrichtung umschaut, möchte man am liebsten den Dichter Robert Browning falsch zitieren:

»Vielleicht gibts den Himmel; die Hölle bestimmt;
dazwischen das John-Grier-Heim – wie man's nimmt!«

S. McB.

John-Grier-Heim,
Samstag

Liebe Judy,

Dr. Robin MacRae und ich haben gestern wieder einen Streit über eine Belanglosigkeit ausgefochten (wobei ich im Recht war), und seither verwende ich einen ganz besonderen Kosenamen für unseren Herrn Doktor. »Guten Morgen, Feind!«, lautete meine heutige Begrüßung, worüber er ganz ernsthaft verärgert war. Er sagt, er möchte nicht als Feind betrachtet werden. Er ist nämlich kein bisschen feindselig – solange ich meine Strategie ganz nach seinen Wünschen ausrichte!

Wir haben zwei neue Kinder, Isador Gutschneider und Max Yog, die uns vom Frauenhilfswerk der Baptisten übergeben wurden. Wie sind diese Kinder um Himmels willen an eine derartige Konfession geraten? Ich wollte sie zuerst gar nicht nehmen, aber die armen Baptistinnen waren sehr überzeugend und zahlen die fürstliche Summe von vier Dollar fünfzig pro Woche pro Kind. Damit sind wir 113 und ziemlich überfüllt. Ich habe ein halbes Dutzend Kinder abzugeben. Finde mir ein paar freundliche Familien, die welche adoptieren wollen.

Weißt Du, es ist recht peinlich, wenn man nicht gleich aus dem Kopf sagen kann, wie groß die eigene Familie ist, aber meine variiert offensichtlich von Tag zu Tag, wie die Börse. Ich würde sie gern ungefähr im Gleichgewicht halten. Wenn eine Frau mehr als einhundert Kinder hat, kann sie ihnen nicht mehr die individuelle Aufmerksamkeit widmen, die sie verdienen.

Montag

Dieser Brief liegt schon seit zwei Tagen auf meinem Schreibtisch, und ich habe einfach keine Zeit gefunden, eine Marke daraufzukleben. Aber jetzt habe ich offenbar einen freien Abend vor mir, darum füge ich noch ein oder zwei Seiten hinzu, ehe ich ihn auf die erfreuliche Reise nach Florida schicke.

Ich fange gerade erst an, mir einzelne Gesichter aus

der Masse der Kinder zu merken. Zuerst hatte ich das Gefühl, ich würde sie nie auseinanderhalten können, sie schienen mir alle so gleich mit ihren unsagbar hässlichen Uniformen. Und antworte mir jetzt bitte nicht, dass Du die Kinder sofort neu eingekleidet haben möchtest. Das weiß ich doch; Du hast es mir schon fünf Mal gesagt. In ungefähr einem Monat werde ich mir darüber Gedanken machen können, aber im Augenblick ist ihr Innenleben noch wichtiger als ihr Äußeres.

Keine Frage: Massenhaft auftretende Waisen sprechen mich nicht an. Ich mache mir allmählich Sorgen, dass dieser berühmte Mutterinstinkt, von dem wir so viel hören, meinem Wesen fremd ist. Kinder an sich sind schmutzige, spuckende kleine Wesen, denen ausnahmslos die Nase geputzt gehört. Hier und da entdecke ich ein verschmitztes kleines Wesen, das es faustdick hinter den Ohren hat und mein Interesse vorübergehend weckt; doch meist sind sie bloß eine verschwommene Masse aus bleichen Gesichtern und blauen Karos.

Mit einer Ausnahme. Sadie Kate Kilcoyne ist schon am ersten Tag aus der Masse aufgetaucht und scheint für immer daraus hervorstechen zu wollen. Sie ist meine erwählte Botengängerin und versorgt mich täglich mit bester Unterhaltung. In diesem Waisenhaus ist in den letzten acht Jahren nichts angestellt worden, was nicht ihrem abnormen Hirn entsprungen ist. Die Geschichte dieses Kindes scheint in meinen Augen höchst außergewöhnlich, doch in Findlingskreisen ist sie offenbar recht normal. Sie wurde vor elf Jahren auf der untersten Eingangsstufe eines Wohnhauses in der 39th Street gefunden, in einem Pappkarton mit dem Etikett »Altman & Co.« schlafend.

»Sadie Kate Kilcoyne, fünf Wochen alt. Seien Sie freundlich zu ihr.«

Der Polizist, der sie aufsammelte, brachte sie ins Bellevue-Krankenhaus, wo Findlinge in der Reihenfolge ihres Eintreffens abwechselnd für »katholisch, protestantisch, katholisch, protestantisch« erklärt werden, ganz neutral und unparteiisch. Unsere Sadie Kate wurde trotz ihres Namens und ihrer blauen irischen Augen zur Protestantin gemacht. Und hier wird sie nun jeden Tag irischer, obwohl sie ihrer Taufe gemäß stets gegen jedes Detail ihres Lebens laut protestiert.

Ihre beiden kleinen schwarzen Zöpfe ragen in gegensätzliche Richtungen; ihr kleines Affengesichtchen steckt voller Schalk; sie ist energiegeladen wie ein Terrier, und man muss sie jeden Augenblick beschäftigen. Ihr Katalog an Missetaten nimmt in den Aufzeichnungen des Waisenhauses mehrere Seiten ein. Der letzte Eintrag im großen Buch lautet:

»Hat Maggie Geer überredet, einen Türknauf in den Mund zu nehmen – Bestrafung: Nachmittag im Bett, zum Abendbrot nur Cracker.«

Offenbar hatte Maggie Geer, deren dehnbarer Mund über ein erstaunliches Fassungsvermögen verfügt, den Türknauf hineinbekommen, aber nicht wieder heraus.

Der Arzt wurde gerufen und löste das Problem raffiniert durch Einsatz eines gebutterten Schuhanziehers. »Monstermaul-Meg« nennt er die Patientin seither.

Du verstehst sicher, dass ich sorgsam bedacht bin, jeden Freiraum in Sadie Kates Alltag zu füllen.

Ich müsste den Stiftungsvorsitzenden wegen einer Million Probleme ansprechen. Ich finde es sehr unfreundlich von Dir und ihm, mir ein Waisenhaus aufzuhalsen und dann zum Amüsement nach Süden abzuzwitschern. Es geschähe Euch nur recht, wenn ich alles falsch anpacken würde. Wenn Ihr also in Euren Privatabteilen herumgondelt und an palmgesäumten Stränden im Mondlicht flaniert, denkt bitte an mich im nieselnassen März in New York, wo ich 113 Kindlein betreue, die eigentlich Eure sind – und seid dankbar.

Ich verbleibe
(für eine begrenzte Zeit)
S. McBride

John-Grier-Heim
Leiterin

Lieber Feind,

hiermit sende ich Ihnen (im separaten Umschlag) Sammy Spier, der verlegt worden war, als Sie Ihre Morgenvisite abhielten. Miss Snaith hat ihn ans Tageslicht gebracht, nachdem Sie gegangen waren. Bitte untersuchen Sie seinen Daumen. Ich habe noch nie eine Nagelbettentzündung gesehen, doch ich würde eine solche diagnostizieren.

Mit freundlichen Grüßen
S. McBride

John-Grier-Heim
Leiterin

Liebe Judy,

ich weiß noch nicht, ob die Kinder mich lieben werden oder nicht, aber meinen *HUND* lieben sie. Kein Lebewesen war in diesen Hallen jemals so beliebt wie Singapur. Jeden Abend dürfen drei Kinder, die sich tadellos benommen haben, ihn bürsten und kämmen, und drei andere brave Kinder dürfen ihm Essen und Trinken servieren. Doch der Höhepunkt der Woche kommt jeden Samstagmorgen, wenn die drei bravsten aller Kinder ihm ein schönes Schaumbad mit heißem Wasser und Flohseife verpassen. Das Privileg, Singapurs persönlichen Diener spielen zu dürfen, ist ein ausreichender Anreiz, um die Disziplin zu wahren.

Aber ist es nicht jammervoll unnatürlich, dass all diese Kleinen hier auf dem Land leben und doch nie ein Haustier besitzen? Dabei brauchen ausgerechnet sie doch noch mehr als andere Kinder jemanden zum Liebhaben. Ich werde ihnen irgendwie Haustiere besorgen, und wenn ich unser neues Stiftungsgeld für einen Streichelzoo ausgeben muss. Könntet Ihr nicht ein paar kleine Alligatoren und einen Pelikan aus Florida mitbringen? Jedes Lebewesen wird mit Freuden empfangen werden.

Eigentlich sollte dies mein erster »Treuhändertag«

werden. Ich bin Jervis zutiefst dankbar, dass er stattdessen eine schlichte Geschäftssitzung in New York anberaumt hat, denn wir sind hier oben noch nicht auf Kleiderparade eingerichtet; wir hoffen aber, dass wir am ersten Mittwoch im April etwas vorzuzeigen haben werden. Sollten sich alle Ideen des Herrn Doktor und ein paar von mir sich in die Tat umsetzen lassen, werden unsere Treuhänder ziemlich die Augen aufsperren, wenn wir ihnen das Haus zeigen.

Ich habe gerade einen Speiseplan für die nächsten Wochen aufgestellt und in der Küche gut sichtbar für die jammernde Köchin aufgehängt. »Abwechslung« gehörte bisher nicht zum Wortschatz des John-Grier-Heims. Du würdest Dir nicht träumen lassen, was uns alles für herrliche Überraschungen erwarten: dunkles Brot, Maisfladen, Vollkorn-Muffins, Polenta, Reispudding mit *JEDER MENGE* Rosinen, Gemüseeintopf, italienische Makkaroni, Maisgrießküchlein mit Melasse, Apfelklöße, Lebkuchen – ach, die Liste ist endlos! Und nachdem unsere ältesten Mädchen bei der Herstellung solcher Leckereien geholfen haben, werden sie beinahe in der Lage sein, die Liebe ihrer zukünftigen Ehemänner warmzuhalten.

Ach herrje! Da plaudere ich von albernen Nichtigkeiten, wo es doch richtige Neuigkeiten gibt. Wir haben eine neue Mitarbeiterin, und sie ist eine Perle.

Erinnerst Du Dich an Betsy Kindred, die 1910 Examen gemacht hat? Sie hat den Chor geleitet und war

Vorsitzende der Theatergruppe. Ich erinnere mich sehr gut an sie; sie war immer so reizend gekleidet. Und was glaubst Du? Sie wohnt bloß fünfzehn Kilometer von hier. Gestern Vormittag bin ich ihr zufällig begegnet, als sie mit dem Auto durchs Dorf fuhr; oder sagen wir lieber, sie hat mit Müh und Not vermieden, mich zu überfahren.

Ich hatte vorher nie ein Wort mit ihr gewechselt, aber wir begrüßten uns wie die ältesten Freundinnen. Es zahlt sich aus, auffällige Haare zu haben; sie erkannte mich sofort wieder. Ich sprang auf das Trittbrett ihres Autos und sagte: »Betsy Kindred, du musst mit zu meinem Waisenhaus kommen und mir helfen, die Waisen zu katalogisieren.«

Das verblüffte sie so sehr, dass sie mitkam. Sie wird jetzt vier oder fünf Tage die Woche als Sekretärin auf Zeit bei uns arbeiten, und irgendwie muss ich es schaffen, sie dauerhaft einzustellen. Sie ist der brauchbarste Mensch, dem ich je begegnet bin. Ich hoffe, sie wird sich so an die Waisen gewöhnen, dass sie gar nicht mehr ohne sie kann. Ich glaube, sie würde bleiben, wenn wir ihr ein ausreichendes Gehalt zahlen könnten. Sie möchte gern von ihrer Familie unabhängig sein, wie wir alle in diesen verkommenen Zeiten.

In meinem zunehmenden Drang, alle Menschen zu erfassen und zu kategorisieren, würde ich auch gern unseren Herrn Doktor einordnen. Sollte Jervis irgendwelchen Klatsch über ihn wissen, schreib ihn mir, bitte; je schlimmer, desto besser. Gestern hat er hereingeschaut, um eine Nagelbettentzündung an Sammy Spiers Daumen zu behandeln, und ist danach in meinen leuchtend blauen Salon heraufgestiegen, um mir Anweisungen über Daumenverbände zu geben. Die Pflichten einer Heimleiterin sind in der Tat vielfältig.

Es war gerade Zeit für den Tee, also lud ich ihn leichthin ein, auf eine Tasse zu bleiben, und er nahm an! Sicher nicht um meiner angenehmen Gesellschaft willen – oh nein! –, sondern weil Jane gerade mit einem Tablett getoasteter Muffins auftauchte. Er hatte offenbar nicht zu Mittag gegessen, und bis zum Abendessen war es noch lange hin. Zwischen den Muffins (er aß den ganzen Teller leer) hielt es für angebracht, mich nach meiner Eignung für diesen Posten zu befragen. Ob ich Biologie studiert hätte? Wie bewandert war ich in Chemie? Kannte ich mich mit Soziologie aus? Hatte ich das vorbildliche Kinderdorf in Hastings besucht?

Ich beantwortete alle Fragen freundlich und offen. Dann gestatte ich mir meinerseits ein paar Erkundigungen: Welche Ausbildung in jungen Jahren hatte denn wohl zu einem solchen Inbegriff an Logik, Genauigkeit, Würde und Vernunft geführt, wie ich es hier vor mir sitzen hatte? Durch hartnäckiges Bohren förderte ich ein paar magere Fakten zutage, die allerdings alle ganz respektabel klangen. Aus seiner abweisenden Haltung hätte man schließen können, dass einer seiner Vorfahren gehenkt worden sei. Aber nein: Vater MacRae ist in Schottland geboren und in die Vereinigten Staaten gekommen, weil er auf einen medizinischen Lehrstuhl an der Johns-Hopkins-Universität berufen wurde; sein Sohn Robin wurde zur Ausbildung zurück in die alte Heimat geschickt. Seine Großmutter war eine McLachlan aus Strathlachan (sie klingt höchst ehrwürdig), und seine Ferien verbrachte er in den Highlands bei der Hirschjagd.

So viel also konnte ich ermitteln; mehr nicht. Ich flehe Dich an, liefere mir ein wenig Tratsch über meinen Feind – am liebsten etwas Skandalöses.

Wenn er so ein ungeheuer tüchtiger Mensch ist, wieso vergräbt er sich dann in dieser abgelegenen Gegend? Man sollte doch meinen, ein aufstrebender Mediziner mit Forschungsinteresse hätte am liebsten ein Krankenhaus zur Linken und ein Leichenschauhaus zur Rechten. Bist Du sicher, dass er nicht ein Verbrechen begangen hat und auf der Flucht vor dem Gesetz ist?

Offenbar habe ich jede Menge Papier vollgeschrieben, ohne Dir wirklich viel zu berichten. *VIVE LA BAGATELLE!*

Wie immer Deine
Sallie

PS: In einem Punkt bin ich beruhigt. Dr. MacRae sucht seine Kleidung nicht selbst aus. Solche unerheblichen Nebensächlichkeiten überlässt er seiner Haushälterin, Mrs Maggie McGurk.

Noch einmal und nun unwiderruflich: Adieu!

John-Grier-Heim,
Mittwoch

Lieber Gordon,

Deine Rosen und Dein Brief haben mich den ganzen Vormittag aufgeheitert, und damit habe ich zum ersten Mal so etwas wie Heiterkeit verspürt, seit ich Worcester verlassen habe.

Es lässt sich kaum beschreiben, wie bedrückend monoton der Alltag in so einer Einrichtung werden kann. Der einzige Lichtblick in all der Trübseligkeit ist die Tatsache, dass Betsy Kindred bei uns arbeitet. Betsy und ich haben zusammen studiert, und gelegentlich finden wir gemeinsam etwas zu lachen.

Gestern haben wir in meinem *GRÄSSLICHEN* Wohnzimmer Tee getrunken und plötzlich beschlossen, gegen so viel unnötige Hässlichkeit zu revoltieren. Wir haben sechs kräftige und zerstörungswillige Waisen herbeigerufen, eine Trittleiter und einen Eimer heißes Wasser geholt, und in zwei Stunden hatten wir die Tapete bis auf den letzten Rest von der Wand geholt. Du kannst Dir nicht vorstellen, wie viel Spaß es macht, Papier von Wänden zu reißen.

Zur Stunde sind zwei Tapezierer damit beschäftigt, die besten Tapeten anzubringen, die unser Dorf zu bieten hat, während ein deutscher Polsterer meine Sessel ausmisst, um Chintzüberzüge anzufertigen, die jeden Zentimeter der grauenhaften Plüschpolster verbergen werden.

Werde bitte nicht nervös. Das bedeutet nicht, dass ich mich darauf vorbereite, mein Leben in diesem Heim zu verbringen. Sondern dass ich meiner Nachfolgerin einen fröhlicheren Empfang bereiten möchte. Ich habe Judy nicht zu verraten gewagt, wie trostlos ich es hier finde, weil ich ihren Florida-Urlaub nicht trüben will; doch wenn sie zurückkehrt, wird sie mein offizielles Kündigungsschreiben in der Post finden.

Ich würde Dir einen langen Brief schreiben, in dankbarer Gegenleistung für Deine sieben Seiten, aber zwei meiner kleinen Lieblinge prügeln sich direkt unter meinem Fenster. Ich eile, sie zu trennen.

Immer die Deine
S. McB.

John-Grier-Heim,
8. März

Meine liebe Judy,

ich habe dem John-Grier-Heim aus eigenem Antrieb ein kleines Geschenk gemacht – die Umgestaltung des Wohnzimmers in den Privaträumen der Leitung. Ich hatte gleich am ersten Abend erkannt, dass weder ich noch sonst eine zukünftige Bewohnerin mit Mrs Lippetts leuchtend blauem Plüsch glücklich werden könnte. Du siehst, ich möchte dafür sorgen, dass meine Nachfolgerin zufrieden ist und gerne bleibt.

Betsy Kindred ist mir bei der Sanierung der Lippett'schen Kammer des Schreckens zur Hand gegangen, und gemeinsam haben wir eine Symphonie aus Mattblau und Gold kreiert. Es ist wirklich und wahrhaftig ein so reizendes Zimmer geworden, wie Du es Dir nur vorstellen kannst. Der Anblick wird jedem Waisenkind zur Geschmacksbildung dienen. Neue Tapeten, neue Teppiche (meine eigenen geliebten Perser, von meiner protestierenden Familie per Express aus Worcester geschickt); neue Netzgardinen an den drei Fenstern, die den Blick eine bezaubernde Aussicht freigeben, welche bisher durch Spitzenklöppelei verdeckt war; ein neuer, großer Tisch, ein paar Lampen und Bücher und hier und da ein Bild, dazu ein offener Kamin.

Sie hatte den Kamin verschließen lassen, weil dadurch Luft hereinkam.

Mir war noch nie so klar, wie viel eine ästhetisch befriedigende Umgebung zum Seelenfrieden beitragen kann. Gestern Abend saß ich hier, betrachtete die hübschen Lichtreflexe, die das Feuer auf mein neues altes Kamingitter warf, und schnurrte vor Zufriedenheit. Und ich kann Dir versichern, das war das erste Mal, dass diese Katze geschnurrt hat, seit sie durch das Tor des John-Grier-Heims getreten ist.

Aber die Renovierung der Heimleiter-Wohnung ist die geringste unserer Sorgen. Die Zimmer der Kinder müssen so gründlich umgestaltet werden, dass ich gar nicht weiß, wo ich anfangen soll. Das düstere Spielzimmer an der Nordseite ist ein schockierender Skandal, aber nicht schockierender als unser grässlicher Speisesaal oder unsere unbelüfteten Schlafsäle oder unsere wannenlosen Badezimmer.

Wenn das Heim sehr sparsam wirtschaftet, meinst Du, es wäre dann irgendwann möglich, dieses stinkende alte Gebäude niederzubrennen und stattdessen ein paar hübsche, luftige moderne Häuschen zu bauen? Wenn ich an die wundervolle Einrichtung in Hastings denke, erfüllt mich blanker Neid. Es würde wirklich Spaß machen, ein Waisenhaus zu leiten, wenn man so eine Anlage zur Verfügung hätte. Wie dem auch sei: Wenn Du nach New York zurückkehrst und mit dem Architekten über eine Renovierung sprechen willst, wende

Dich bitte wegen Vorschlägen an mich. Neben anderen Kleinigkeiten hätte ich gern siebzig Meter Schlafterrassen an den Außenwänden unserer Schlafsäle.

Es ist nämlich so: Unsere medizinischen Untersuchungen haben gezeigt, dass ungefähr die Hälfte unserer Kinder änamisch – aneamisch – anämisch sind (meine Güte, was für ein Wort); viele von ihnen haben schwindsüchtige Vorfahren, und noch mehr stammen von Alkoholikern ab. Sauerstoff brauchen sie dringender als Schulbildung. Und wenn er den Kränklichen guttut, wieso sollte er dann nicht auch den Gesunden nützen? Am liebsten würde ich jedes Kind sommers wie winters an der frischen Luft schlafen lassen; aber ich weiß schon, wenn ich eine solche Bombe unter den Treuhändern platzen ließe, würde die gesamte Stiftung explodieren.

Wo wir von Treuhändern sprechen: Ich habe mich gerade mit dem Ehrenwerten Herrn Cyrus Wykoff getroffen, und ich glaube wirklich, dass ich ihn noch weniger leiden kann als Dr. Robin MacRae oder die Kindergartenerzieherin oder die Köchin. Anscheinend habe ich ein besonderes Talent dafür, Feinde zu entdecken!

Mr Wykoff hat uns am letzten Mittwoch besucht, um die neue Heimleiterin in Augenschein zu nehmen.

Nachdem er sich in meinem bequemsten Sessel niedergelassen hatte, verbrachte er den Rest des Tages dort. Er erkundigte sich nach dem Unternehmen meines Vaters und ob er wohlhabend sei oder nicht. Ich erklärte ihm, dass mein Vater Arbeitskleidung herstellt und dass selbst in diesen harten Zeiten die Nachfrage nach Arbeitskleidung ziemlich stabil ist.

Er wirkte erleichtert. Der nützliche Aspekt von Arbeitskleidung gefällt ihm. Er hatte befürchtet, ich käme aus der Familie eines Geistlichen oder Professors oder Schriftstellers, jede Menge hochfliegende Gedanken und keinerlei gesunder Menschenverstand. Herr Cyrus glaubt an den gesunden Menschenverstand.

Und wie sei ich für meine Stellung ausgebildet worden?

Das ist, wie Du weißt, eine etwas unangenehme Frage. Aber ich habe ihm meine Universitätsausbildung dargelegt, von einigen Vorträgen an der »School of Philanthropy« der Columbia University erzählt, dazu von meiner Arbeit in einer Sozialsiedlung in Boston (ich verriet ihm nicht, dass ich dort bloß den Versammlungsraum und die Treppe gestrichen habe). Außerdem sprach ich von wohltätigem Einsatz für die Angestellten meines Vaters und ein paar Besuchen in der Trinkerinnen-Heilanstalt.

Zu alldem grunzte er nur.

Ich fügte hinzu, dass ich kürzlich eine Untersuchung über minderjährige Kinder durchgeführt hätte, und erwähnte nebenbei die siebzehn Einrichtungen, die ich dafür besucht habe.

Wieder grunzte er und sagte, er halte nicht viel von dieser neumodischen wissenschaftlichen Wohltätigkeitsarbeit.

In diesem Augenblick kam Jane mit einer Schachtel

Rosen vom Blumenhändler herein. Die treue Seele Gordon Hallock schickt mir zwei Mal die Woche Rosen, um das Elend meines Waisenhauslebens aufzuhellen.

Unser Treuhänder begann mich sofort empört zu verhören. Er wollte wissen, woher ich diese Blumen hätte, und war sichtlich erleichtert, als er erfuhr, dass ich kein Geld des Heims dafür vergeudete. Dann wollte er wissen, wer Jane sei. Diese Frage hatte ich vorhergesehen und beschloss, dreist die Wahrheit zu sagen.

»Mein Dienstmädchen«, sagte ich.

»Ihr was?«, blaffte er mit rotem Gesicht.

»Mein Dienstmädchen.«

»Und was tut sie hier?«

Gutwillig ging ich ins Detail. »Sie flickt meine Kleidung, putzt meine Schuhe, hält meine Schreibtischschubladen in Ordnung und wäscht mir die Haare.«

Ich fürchtete tatsächlich, der arme Mann könnte ersticken, also fügte ich gnädig hinzu, dass ich von meinem eigenen Geld ihren Lohn und dem John-Grier-Heim fünf Dollar fünfzig die Woche für ihren Unterhalt bezahle; und dass sie, obwohl eine kräftige Frau, nicht sehr viel esse.

Er wandte ein, dass ich doch für alle mir zustehenden Dienstleistungen eine der Waisen heranziehen könne.

Ich erklärte – immer noch höflich, aber allmählich gelangweilt –, dass Jane schon seit Jahren in meinen Diensten stehe und unersetzlich sei.

Schließlich verabschiedete er sich, nicht ohne mir

vorher noch mitzuteilen, dass er persönlich nie etwas an Mrs Lippett auszusetzen gehabt habe. Sie sei eine gute Christin mit gesundem Menschenverstand, ohne hochtrabende Ideen, aber mit einer soliden Arbeitseinstellung. Er hoffte, ich sei so klug, mich bei der Leitung des Waisenhauses von ihrem Vorbild leiten zu lassen!

Der Ehrenwerte Herr Cyrus Wykoff

Und was, meine liebe Judy, hältst Du davon?

Ein paar Minuten später schaute der Herr Doktor herein, und ich gab meine Unterhaltung mit dem Ehrenwerten Herrn Cy in allen Einzelheiten wieder. Zum ersten Mal in der Geschichte unserer Kommunikation waren wir einer Meinung.

»Ausgerechnet Mrs Lippett!«, knurrte er. »Das alte Kamuffel! Möge der Herr ihm Hirn vom Himmel schmeißen!«

Wenn der Herr Doktor sich richtig aufregt, verfällt er in seinen schottischen Akzent und eine recht blumige Ausdrucksweise.

Mein jüngster (heimlicher) Spitzname für ihn ist *Sandy*.

Während ich dies schreibe, sitzt Sadie Kate vor mir auf dem Fußboden, entwirrt verschiedene Knäuel Nähseide und wickelt sie ordentlich wieder auf für Jane, die inzwischen einen richtigen Narren an dem kleinen Irrwisch gefressen hat.

»Ich schreibe an deine Tante Judy«, sage ich zu Sadie Kate. »Was soll ich ihr von dir ausrichten?«

»Von Tante Judy habe ich noch nie gehört.«

»Sie ist die Tante von allen braven Mädchen in dieser Einrichtung.«

»Dann sagen Sie ihr, sie soll mich besuchen kommen und Süßigkeiten mitbringen«, sagt Sadie Kate.

Was ich hiermit tue.

Liebe Grüße an den Vorsitzenden
Sallie

13. März

MRS. JUDY ABBOTT PENDLETON

Verehrte Dame,

Ihre vier Briefe, zwei Telegramme und drei Schecks liegen vor mir, und Ihren Anweisungen wird so rasch Folge geleistet werden, wie es die überarbeitete Heimleitung vermag.

Den Speisesaal habe ich an Betsy Kindred delegiert. Einhundert Dollar habe ich ihr für die Renovierung dieser trostlosen Umgebung zugebilligt. Sie hat die Zuwendung entgegengenommen, fünf willige Waisen ausgewählt, die ihr bei den handwerklichen Einzelheiten assistieren sollen, und die Tür hinter sich geschlossen.

Drei Tage lang haben die Kinder nun auf ihren Schultischen im Klassenzimmer gegessen. Ich habe keine Ahnung, was Betsy anstellt; aber sie hat einen viel besseren Geschmack als ich, darum hat es wenig Sinn, wenn ich mich einmische.

Dass ich solche Aufgaben guten Gewissens jemand anderem überlassen kann, ist so eine Erleichterung – Betsy hat der Himmel geschickt. Bei allem Respekt vor dem Alter und der Erfahrung der hiesigen Belegschaft: Neuen Ideen gegenüber sind sie nicht sonderlich aufgeschlossen. So wie das John-Grier-Heim von seinem edlen Gründer im Jahre 1875 angelegt wurde, so soll es auch heute noch geführt werden.

Übrigens, meine liebe Judy, war Deine Idee, für die Heimleiterin ein privates Esszimmer einzurichten, die ich als gesellige Seele zunächst abgetan habe, meine Rettung. Wenn ich todmüde bin, speise ich allein, doch in meinen lebhafteren Phasen lade ich eine meiner Untergebenen zum Essen ein; und in der großzügigen Intimität des Esstischs kann ich am wirkungsvollsten Einfluss nehmen. Wenn es mir wünschenswert erscheint, die Saat der Frischluft in Miss Snaiths Seele einzupflanzen, dann lade ich sie zum Abendessen ein und schiebe diskret ein wenig Sauerstoff zwischen ihre Scheiben Kalbskopfsülze.

Unsere Köchin hält Kalbskopfsülze für einen akzeptablen Hauptgang bei einer Dinnerparty. Noch einen Monat, dann werde ich das Thema »Angemessene Ernährung für die Mitarbeiter« angehen.

Bis dahin aber gibt es so viele wichtigere Probleme als unser persönliches Wohlbefinden, dass wir uns mit Kalbskopf durchschlagen müssen.

Vor meiner Tür hat es gerade fürchterlich geknallt. Ein kleiner Engel scheint einen anderen kleinen Engel die Treppe hinunterzuwerfen. Doch ich schreibe ungerührt weiter. Will ich meine Tage unter Waisen verbringen, muss ich fröhliche Distanz wahren.

Hast Du die Karten von Leonora Fenton bekommen? Sie heiratet einen Missionsarzt und siedelt nach

Siam um! Hast Du schon mal so etwas Absurdes gehört wie Leonora, die einem Missionshaushalt vorsteht? Meinst Du, sie wird die Heiden mit Tänzen unterhalten?

Ist allerdings auch nicht absurder als ich in einem Waisenhaus, Du als konservative und sesshafte Matrone oder Marty Keene als Gesellschaftsschmetterling in den Salons von Paris. Glaubst Du, dass sie in Reitkleidung zu den Botschaftsbällen geht? Und was stellt sie um Himmels willen mit ihren Haaren an? So schnell kann es nicht gewachsen sein; sie muss eine Perücke tragen. Hat unser Abschlussjahrgang nicht einige höchst amüsante Überraschungen zu bieten?

Da kommt die Post. Entschuldige mich, während ich einen schönen, dicken Brief aus Washington lese.

Gar nicht so schön; eher unverschämt. Gordon findet immer noch, dass Sallie McBride im Zusammenhang mit hundertdreizehn Waisen ein köstlicher Witz ist. Er fände es sicher nicht mehr so witzig, wenn er es für ein paar Tage ausprobieren würde. Er sagt, er wolle bei seinem nächsten Besuch im Norden ein paar Tage hier vorbeikommen und sich den Kampf anschauen. Wie wäre es, wenn ich ihm ein paar Tage die Leitung überlasse, während ich schnell nach New York fahre und ein bisschen einkaufe? Unsere Bettlaken sind alle fadenscheinig, und wir haben gerade mal zweihundertelf Decken im Haus.

Singapur, Hündchen meines Herzens und Freude meines Heims, sendet Dir respektvoll liebe Grüße.

Ich ebenso!
S. McB.

John-Grier-Heim,
Freitag

Meine liebe Judy,

Du solltest mal sehen, was Deine hundert Dollar und Betsy Kindred aus dem Speisesaal gemacht haben!

Er ist ein funkelnder Traum aus gelber Farbe. Weil er nach Norden liegt, wollte sie ihn aufhellen; und das ist ihr gelungen. Die Wände sind ockergelb gekalkt, und oben läuft rundum ein Ornamentfries kuscheliger kleiner Kaninchen. Sämtliche Holzflächen – inklusive der Stühle und Tische – sind in fröhlichem Chromgelb gestrichen. Statt Tischdecken, die wir uns nicht leisten können, haben wir Tischläufer aus Leinen, auf deren ganzer Länge mit der Schablone gemalte Kaninchen herumhoppeln. Darauf stehen gelbe Schalen, in denen Weidenkätzchen liegen, die sich aber schon auf Löwenzahn und Schlüsselblumen und Hahnenfuß freuen. Und neues Geschirr, meine Liebe: weiß mit gelben Narzissen, glauben wir, es könnten aber auch Rosen sein; wir haben keinen Botanik-Experten im Haus. Das Wunderbarste ist, dass wir *SERVIETTEN* haben, zum ersten Mal im ganzen Leben. Die Kinder dachten, es seien Taschentücher, und haben sich alle ganz begeistert die Nase geputzt.

Zur Feier der Eröffnung des neuen Saals gab es zum

Nachtisch Eiscreme und Kuchen. Es ist so eine Freude, die Kinder einmal *nicht* eingeschüchtert und apathisch zu sehen, dass ich Preise für Überschwang auslobe – ausgenommen für Sadie Kate. Sie trommelte schon mit Messer und Gabel auf dem Tisch und sang »Willkommen im Goldenen Saal«.

Du erinnerst Dich sicher an den über der Speisesaaltür aufgemalten Bibelspruch – »Der Herr wird es richten«. Den haben wir übergemalt und die Stelle mit Kaninchen geschmückt. Ist ja schön und gut, so einen schlichten Glaubensspruch normalen Kindern einzutrichtern, die eine richtige Familie und ein Dach über dem Kopf haben; doch ein Mensch, dessen einzige Zuflucht in der Not eine Parkbank ist, braucht ein eher kämpferisches Bekenntnis.

»Der Herr hat dir zwei Hände und ein Hirn gegeben, und eine große Welt, sie darin zu gebrauchen. Gebrauche sie gut, so wird für dich gesorgt; gebrauche sie schlecht, so wird es dir mangeln« – so lautet unser Motto, und auch das nur unter Vorbehalt.

Beim Neusortieren bin ich elf unserer Kinder losgeworden. Der wunderbare Verband der staatlichen Hilfsorganisationen hat mir bei der Vermittlung von drei kleinen Mädchen geholfen, die alle in sehr netten Familien gelandet sind, und eine von ihnen soll sogar adoptiert werden, wenn sie der Familie gefällt. Und sie wird der Familie gefallen, dafür habe ich gesorgt. Sie war das prächtigste Kind des ganzen Heims, folgsam

Betsy und fünf kräftige Waisenkinder renovieren den Speisesaal.

und höflich, mit lockigem Haar und freundlichem Wesen, genau die Art kleines Mädchen, die jede Familie braucht. Wenn adoptionswillige Eltern eine Tochter auswählen, stehe ich daneben und das Herz klopft mir bis zum Hals, als würde ich dem undurchschaubaren Walten des Schicksals nachhelfen. Solche Kleinigkeiten geben manchmal den Ausschlag! Die Kleine lächelt und gewinnt für den Rest des Lebens ein liebevolles Zuhause; sie niest, und es geht ihr für immer durch die Lappen.

Drei unserer ältesten Jungen sind zum Arbeiten auf Bauernhöfe gegangen, einer sogar weit in den Westen auf eine *RANCH*! Es wird erzählt, er solle ein Cowboy werden, mit Indianern kämpfen und Grizzlybären jagen; ich glaube allerdings, dass er in Wirklichkeit der friedlicheren Aufgabe der Weizenernte nachgehen wird. Er marschierte als romantischer Held vom Hof, verfolgt von den wehmütigen Blicken fünfundzwanzig abenteuerlustiger Burschen, die sich seufzend wieder dem sicheren und eintönigen Leben im John-Grier-Heim zuwandten.

Fünf andere Kinder sind in die für sie passenden Einrichtungen umgezogen. Einer von ihnen ist gehörlos, einer ein Epileptiker und die anderen drei nahezu schwachsinnig. Keines der fünf hätte überhaupt hier aufgenommen werden sollen. Dies ist eine Bildungseinrichtung, wir können unsere wertvolle Zeit nicht für die Pflege von behinderten Menschen aufwenden.

Waisenhäuser kommen aus der Mode. Ich werde eine Art Internat zur körperlichen, moralischen und geistigen Erziehung von Kindern entwickeln, deren Eltern nicht für sie sorgen können.

»Waisen« ist bloß mein allgemeiner Ausdruck für die Kinder; viele von ihnen sind überhaupt keine Waisen. Sie haben noch einen lästigen und hartnäckigen Elternteil, der seine Rechte nicht abtreten will, weshalb ich sie nicht zur Adoption freigeben kann. Diejenigen jedoch, die zu haben sind, wären in liebevollen Pflegefamilien viel besser aufgehoben als in der besten Einrichtung, die ich jemals hinbekommen kann. Darum bereite ich sie so schnell es geht auf die Adoption vor und suche nach Familien.

Du müsstest auf Deinen Reisen doch vielen ansprechenden Familien begegnen; kannst Du nicht einige von ihnen dazu drängen, Kinder zu adoptieren? Vorzugsweise Jungen. Wir haben schrecklich viele überzählige Jungen, und niemand will sie. Von wegen frauenfeindlich! Das ist gar nichts im Vergleich zu der Jungenfeindlichkeit, die in den Herzen adoptierender Eltern herrscht. Ich könnte tausend kleine Mädchen mit goldenen Locken und Grübchen vermitteln, aber ein guter, lebhafter Junge zwischen neun und dreizehn ist ein echter Ladenhüter. Es scheint die allgemeine Überzeugung zu herrschen, dass sie Dreck ins Haus schleppen und die Mahagonimöbel zerkratzen.

Sollte man nicht meinen, dass Herrenclubs gern Jun-

gen adoptieren würden, so als eine Art Maskottchen? Der Junge könnte in einer netten, anständigen Familie untergebracht und von den verschiedenen Mitgliedern des Clubs an Samstagnachmittagen ausgeführt werden. Sie könnten mit ihm zu Sportveranstaltungen oder in den Zirkus gehen und ihn dann zurückgeben, wenn sie genug haben, so wie ein Büchereibuch. Das wäre doch ein sehr wertvolles Training für Junggesellen. Ständig reden alle davon, wie wichtig es sei, junge Mädchen auf die Mutterschaft vorzubereiten. Warum soll man nicht auch einen Übungskurs für Vaterschaft einrichten und die besten Herrenclubs mit der Durchführung betrauen? Kannst Du bitte Jervis anhalten, das Thema in seinen verschiedenen Clubs anzustoßen, und ich werde Gordon dazu bringen, die Sache in Washington anzuschieben. Sie gehören beide so vielen Clubs an, dass wir da mindestens ein Dutzend Jungen losschlagen sollten.

Ich verbleibe
Deine stets überlastete 113-fache Mutter
S. McB.

John-Grier-Heim,
18. März

Liebe Judy,

ich hatte gerade eine angenehme Erholung von den 113 Sorgen der Mutterschaft.

Was glaubst Du, wer gestern in unserem friedlichen Dörfchen einfiel? Mr Gordon Hallock auf dem Rückweg nach Washington, wo er sich wieder den Sorgen der Nation widmen wollte. Er sagte jedenfalls, er sei auf dem Rückweg, doch auf der Landkarte im Grundschulraum kann ich sehen, dass er einen Umweg von mindestens 150 Kilometern gemacht hat.

Meine Güte, war ich froh, ihn zu sehen! Er ist das Erste, was ich von der Außenwelt zu sehen bekomme, seit ich in diesem Waisenhaus eingesperrt bin. Und was für interessante Geschichten er zu erzählen hatte! Er kennt all die Nachrichten von innen, die man in der Zeitung liest; soweit ich das erkennen kann, ist er das gesellschaftliche Zentrum, um das sich ganz Washington dreht. Ich wusste immer, dass er es in der Politik zu etwas bringen würde, denn er hat so etwas an sich; kein Zweifel.

Du kannst Dir nicht vorstellen, wie beschwingt und erholt ich mich fühle; so als wäre ich nach einer Phase gesellschaftlicher Ächtung wieder in Ehren aufgenommen worden. Ich gebe zu, dass ich mich nach jemandem sehne, der meine Art Albernheiten erträgt und erwidert. Betsy trottet jedes Wochenende nach Hause, und der Herr Doktor unterhält sich zwar gern, aber er ist so schrecklich logisch! Gordon steht irgendwie für das Leben, zu dem ich gehöre – Country Clubs und Automobile und Bälle und Sport und gute Manieren – ein armseliges, albernes, närrisches Leben, wenn man so will, aber eben meins. Und das habe ich vermisst. Dieser »Dienst an der Gesellschaft« ist theoretisch bewundernswert und faszinierend und interessant, aber in den alltäglichen Einzelheiten tödlich langweilig und geistlos. Ich fürchte, ich bin nicht dafür gemacht, das Krumme gerade zu biegen und das Unrecht zu beseitigen.

Ich habe versucht, Gordon alles zu zeigen und ihn für die Kinder zu interessieren, aber er hat sie nicht mal eines Blickes gewürdigt. Er glaubt, ich sei nur hier, um ihn zu ärgern, was natürlich auch stimmt. Euer Sirenengesang hätte mich nie vom Pfad der Leichtfertigkeit weggelockt, wenn die Vorstellung, ich könnte ein Waisenhaus leiten, Gordon nicht so unerträglich belustigt hätte. Ich bin hergekommen, um ihm zu zeigen, dass ich es kann; und wo ich es ihm jetzt zeigen kann, will der Unhold nicht mal hinschauen.

Ich lud ihn ein, zum Abendessen zu bleiben, nicht ohne ihn wegen der Kalbskopfsülze vorzuwarnen; aber er lehnte dankend ab und meinte, ich bräuchte auch mal eine Abwechslung. Also fuhren wir ins Brantwood Inn und aßen gegrillten Hummer. Ich hatte wirklich ganz und gar vergessen, dass man diese Viecher essen kann.

Heute Morgen wurde ich um sieben Uhr vom stürmischen Klingeln des Telefons geweckt. Gordon rief vom Bahnhof an, wo er seine Fahrt nach Washington fortsetzen wollte. Er war ganz zerknirscht wegen des Waisenhauses und entschuldigte sich wortreich für seine Weigerung, meine Kinder anzuschauen. Es sei nicht so, als könne er Waisen nicht leiden, erklärte er; er wolle sie nur nicht gerne in meiner Gegenwart sehen. Und um seinen guten Willen zu beweisen, werde er ihnen eine Tüte Erdnüsse schicken.

Nach meinem kleinen Ausflug fühle ich mich so erfrischt und belebt, als hätte ich richtig Urlaub gemacht. Keine Frage, ein oder zwei Stunden aufregender Unterhaltung ist für mich bessere Medizin als ein halber Liter Eisenlösung und Aufputschmittel.

Sie schulden mir zwei Briefe, Madame. Zahlen Sie Ihre Schulden *TOUT DE SUITE*, sonst lege ich den Füller für immer aus der Hand.

Viele liebe Grüße, wie üblich,
von Deiner
S. McB.

Dienstag, 17 Uhr

Mein lieber Feind:

Mir wurde berichtet, dass Sie uns während meiner Abwesenheit heute Nachmittag einen Besuch abgestattet und einen Skandal aufgedeckt haben. Sie behaupten, dass die Kinder unter der Betreuung von Miss Snaith nicht die ihnen zustehende Menge Lebertran erhalten.

Es tut mir leid, wenn Ihren medizinischen Anordnungen nicht Folge geleistet wurde, doch Sie müssen verstehen, dass es kein leichtes Unterfangen ist, diese abscheuliche Substanz in ein sich windendes Kind hineinzubekommen. Und die arme Miss Snaith ist schwer überarbeitet. Sie hat zehn Kinder mehr zu versorgen, als einer einzelnen Frau eigentlich zugemutet werden sollte, und bis wir ihr eine weitere Assistentin besorgen können, kann sie nur sehr wenig Zeit für Ihre ausgefallenen Anforderungen erübrigen.

Außerdem, mein lieber Feind, ist sie sehr empfindlich Beschimpfungen gegenüber. Wenn Sie Kampfeslust verspüren, möchte ich Sie bitten, diese auf mich zu richten. Mir macht das nichts aus; im Gegenteil. Die arme Miss Snaith hingegen hat sich in beinahe hysterischer Erregung in ihr Zimmer zurückgezogen und neun Kleinkinder zurückgelassen, die nun von wer weiß wem ins Bett gebracht werden müssen.

Sollten Sie über irgendwelche Pülverchen verfügen, die ihre Nerven beruhigen könnten, geben Sie diese bitte Sadie Kate mit.

Mit freundlichen Grüßen
Ihre S. McBride

Mittwochmorgen

Lieber Dr. MacRae:

Ich vertrete hier überhaupt keinen unklugen Standpunkt; ich ersuche Sie lediglich, mit allen Beschwerden zu mir zu kommen und meine Angestellten nicht auf so explosive Art zu verstören, wie Sie es gestern getan haben.

Ich sichere Ihnen zu, alle Ihre Anweisungen – medizinischer Natur – sorgfältig ausführen zu lassen. Im vorliegenden Fall scheint nachlässig gehandelt worden zu sein; ich weiß nicht, wo die vierzehn nicht verabreichten Flaschen Lebertran geblieben sind, deretwegen Sie so einen Aufstand gemacht haben, aber ich werde nachforschen.

Und ich kann Miss Snaith aus verschiedenen Gründen nicht so fristlos entlassen, wie Sie es verlangen. Sie mag in mancher Hinsicht ungeeignet sein; aber sie ist freundlich zu den Kindern, und unter Aufsicht wird sie mit der Zeit besser werden.

Mit freundlichen Grüßen
S. McBride

Donnerstag

Lieber Feind:

Soyez tranquille. Ich habe Anordnungen erteilt, und in Zukunft sollen die Kinder sämtlichen Lebertran erhalten, der ihnen zusteht. Der Dickkopf setzt sich meistens durch.

S. McB.

22. März

Liebe Judy,

das Waisenhausleben ist in den letzten Tagen ein wenig unterhaltsamer geworden – seit dem Ausbruch des großen Lebertrankrieges. Zum ersten Scharmützel kam es am Dienstag, und leider habe ich es verpasst, weil ich fünf meiner Kinder zu einer Einkaufstour ins Dorf begleitete. Als ich zurückkehrte, herrschte Hysterie im Waisenhaus. Unser explosiver Herr Doktor hatte hereingeschaut.

Sandy hat zwei große Leidenschaften: Lebertran und Spinat – und beide sind unter unseren Vorschulkindern nicht sonderlich beliebt. Vor einiger Zeit – vor meiner Ankunft, um genau zu sein – hatte er Lebertran für alle änamischen – Herrgott! Dieses Wort wieder! – anämischen Kinder bestellt und Miss Snaith Anweisungen gegeben, wie er verabreicht werden soll. Gestern nun hat er in seiner schottisch-misstrauischen Art herumgeschnüffelt, weil die kleinen Bälger gar nicht so schnell runder wurden, wie sie sollten, und dabei einen furchtbaren Skandal aufgedeckt: Drei volle Wochen haben sie keinen Tropfen Lebertran erhalten! Da ist er explodiert, und was folgte, war Begeisterung, Aufregung und Hysterie.

Betsy sagt, sie habe Sadie Kate mit einem spontan

ausgedachten Auftrag in die Waschküche geschickt, weil seine Ausdrucksweise nicht für Waisenohren geeignet war. Als ich nach Hause kam, war er schon wieder weg, Miss Snaith war weinend in ihrem Zimmer verschwunden, und der Verbleib von vierzehn Flaschen Lebertran war weiterhin ungeklärt. Er hatte sie in höchster Lautstärke bezichtigt, sie selbst geleert zu haben. Stell Dir nur mal vor: Miss Snaith, die so unschuldig und harmlos und willensschwach wirkt, soll hilflosen kleinen Waisen Lebertran gestohlen und heimlich selbst geschlürft haben!

Zu ihrer Verteidigung versicherte sie hysterisch, sie liebe die Kinder und habe nach ihrem Verständnis nur ihre Pflicht getan. Sie hielt nichts davon, kleinen Kindern Medizin zu geben; sie fand, Medikamente seien nicht gut für die armen kleinen Mägen. Du kannst Dir ja Sandys Reaktion vorstellen! Oje, oje – dass ich das verpasst habe!

Der Sturm tobte jedenfalls drei Tage lang, Sadie Kate rannte sich beinahe die Füße wund, weil sie so viele gepfefferte Briefe zwischen dem Herrn Doktor und uns hin- und hertragen musste. Nur in höchster Not konferiere ich am Telefon mit ihm, denn er hat eine zanksüchtige und aufdringliche Haushälterin, die immer am unteren Apparat »mithört«. Ich möchte ja nicht, dass sich die skandalösen Geheimnisse des John-Grier-Heims verbreiten. Dr. MacRae verlangte Miss Snaiths sofortige Entlassung, die ich verweigerte. Sicher, sie ist eine schwammige, unkonzentrierte, nicht sehr tüchtige alte Dame, aber sie liebt die Kindchen wirklich, und unter richtiger Aufsicht ist sie durchaus zu gebrauchen.

Und wegen ihrer guten familiären Verbindungen kann ich sie keinesfalls unehrenhaft entlassen wie eine trunksüchtige Köchin. Ich hoffe sie auf lange Sicht durch diskrete Andeutungen loszuwerden; vielleicht kann ich sie überzeugen, dass es ihrer Gesundheit zuträglich wäre, den Winter in Kalifornien zu verbringen. Außerdem ist es ganz egal, was der Herr Doktor will: Er hat eine so überzeugte und diktatorische Auftrittsweise, dass man ihm schon aus Selbstachtung widersprechen muss. Wenn er behauptet, dass die Erde rund sei, versichere ich sofort, sie sei dreieckig.

Nach drei angenehm aufregenden Tagen beruhigte sich die Lage schließlich. Er ließ sich eine (sehr schwächliche) Entschuldigung abringen, dass er so unfreundlich zu der armen Dame gewesen war, und aus ihr pressten wir ein umfängliches Geständnis sowie Gelübde für die Zukunft heraus. Offenbar brachte sie es nicht übers Herz, den lieben Kleinen das Zeug zu verabreichen, doch genauso wenig mochte sie aus offensichtlichen Gründen Dr. MacRae verärgern, weshalb sie die vierzehn Flaschen in einer dunklen Kellerecke versteckte. Wie sie die unterschlagene Ware später wieder loswerden wollte, ist mir nicht klar. Kann man Lebertran zum Pfandleiher bringen?

Später

Die Friedensverhandlungen waren heute Nachmittag gerade erfolgreich beendet worden, und Sandy hatte einen würdevollen Abgang hingelegt, als der Ehrenwerte Herr Cyrus Wykoff angekündigt wurde.

Zwei Feinde innerhalb einer Stunde sind wirklich zu viel!

Herr Cy war zutiefst beeindruckt vom neuen Speisesaal, vor allem, als er hörte, dass Betsy die Kaninchen mit ihren eigenen lilienweißen Händen gemalt hatte. Schablonenkaninchen an Wände zu malen ist für eine Frau eine angemessene Beschäftigung, eine leitende Stellung wie die meine hingegen ist ein wenig außerhalb ihrer Reichweite. Er fände es viel klüger, wenn Mr Pendleton mir weniger Freiheit beim Ausgeben seines Geldes zugestände.

Während wir noch Betsys Wandmalerei bewunderten, hörten wir ein schreckliches Scheppern aus der Speisekammer, und wir fanden eine weinende Gladiola Murphy zwischen den Trümmern von fünf Tellern. Es zerrt schon genug an meinen Nerven, wenn ich dieses Klirren allein höre, aber besonders anstrengend wird es, wenn ein wenig wohlgesinnter Treuhänder zu Besuch ist.

Ich werde das Geschirr in Ehren halten, so gut ich kann, aber wenn Du Euer Geschenk in all seiner ungeborstenen Pracht sehen willst, möchte ich Dir raten,

Dich unverzüglich nach Norden aufzumachen und das John-Grier-Heim zu besuchen.

Immer die Deine
Sallie

26. März

Meine liebe Judy:

Ich habe gerade ein Gespräch mit einer Frau geführt, die ein Baby mit nach Hause nehmen will, um ihren Mann zu überraschen. Nur mit Mühe konnte ich sie davon überzeugen, dass es vielleicht heikel wäre, die Adoption nicht mit ihm zu besprechen, da er schließlich für das Kind aufkommen müsse. Sie argumentierte starrsinnig, das gehe ihn nichts an, weil die Mühen des Waschens und Anziehens und Erziehens an ihr hängen bleiben würden. Allmählich entwickle ich Mitleid für die Männer. Manche von ihnen scheinen nur wenige Rechte zu haben.

Selbst unseren kampfeslustigen Doktor halte ich für ein Opfer häuslicher Tyrannei, noch dazu durch seine Haushälterin. Es ist ein Skandal, wie Maggie McGurk den Mann vernachlässigt. Ich musste schon eine Waise mit der Sorge für ihn betrauen. Sadie Kate sitzt in diesem Augenblick auf dem Kaminvorleger und näht ihm ganz hausfraulich die Knöpfe an den Mantel, während er oben die Kinder versorgt.

Du wirst es kaum glauben, aber Sandy und ich sind inzwischen auf schottisch-mürrische Art recht vertraut miteinander geworden. Er hat es sich angewöhnt, auf dem Heimweg von seinen Hausbesuchen gegen vier

Uhr nachmittags vor unserer Tür zu stehen und einen Rundgang durchs Haus zu machen, um sicherzugehen, dass uns keine Choleraepidemie oder Kindstod oder sonst etwas Ansteckendes befällt, und dann um halb fünf an meine Bibliothekstür zu klopfen, damit wir über unser beider Probleme sprechen können.

Kommt er, um mich zu sehen? Oh nein, gewiss nicht; er kommt, um Tee und Toast mit Orangenmarmelade zu bekommen. Der Mann sieht so mager und ausgehungert aus! Seine Haushälterin gibt ihm nicht genug zu essen. Sobald ich ihn ein bisschen besser in den Griff bekomme, werde ich ihn zum Aufstand drängen.

Noch hingegen ist er zwar sehr dankbar für etwas zu essen, aber so zum Lachen, wenn er sich an makellosen Manieren versucht! Zuerst hielt er die Teetasse in einer Hand, einen Teller mit Muffins in der anderen und suchte dann verdutzt nach einer dritten Hand, mit der er sie essen könnte. Das Problem hat er inzwischen gelöst. Er dreht die Zehen nach innen und presst so die Knie aneinander; dann faltet er seine Serviette zu einem langen, schmalen Keil, der die Spalte zwischen seinen Oberschenkeln ausfüllt, sodass er eine ganz brauchbare Ablagefläche erhält; so bleibt er mit angespannten Muskeln sitzen, bis die Tasse ausgetrunken ist. Ich sollte ihm eigentlich ein Tischchen hinstellen, aber dieser Anblick Sandys mit nach innen gedrehten Zehen ist der einzige Funken Heiterkeit, den mein Tag mir bietet.

Gerade kommt der Postbote mit, so nehme ich an, einem Brief von Dir. Briefe sind eine sehr interessante Abwechslung in der Monotonie des Waisenhauslebens. Wenn Du die derzeitige Leiterin bei Laune halten möchtest, solltest Du ihr häufig schreiben.

~

Post erhalten und Inhalt registriert.

Bitte richte Jervis meinen Dank für die drei Alligatoren im Sumpf aus. Bei der Auswahl von Postkarten beweist er erstaunlichen Kunstsinn. Dein siebenseitiger illustrierter Brief aus Miami ist ebenfalls eingetroffen. Ich hätte Jervis auch ohne Beschriftung eindeutig von der Palme unterscheiden können, da der Baum so viel mehr Haarpracht aufweist. Außerdem habe ich einen höflichen Alltagsbrief sowie ein Buch und eine Schachtel Pralinen von meinem netten jungen Bekannten aus Washington bekommen. Die Tüte Erdnüsse für die Kinder lässt er per Express anliefern. Welch Eifer und Verlässlichkeit!

Jimmie teilt mit, dass er mich besuchen kommen wird, sobald Vater ihn in der Fabrik entbehren kann. Der arme Junge hasst den Betrieb so sehr! Nicht, dass er faul wäre; er interessiert sich bloß kein bisschen für Arbeitskleidung. Mein Vater hat überhaupt kein Verständnis für solch eine Geschmacksverirrung. Da er die Firma selbst aufgebaut hat, ist er natürlich voller Leidenschaft für Latzhosen, die sein ältester Sohn selbstverständlich geerbt haben sollte. Ich finde es ungeheuer praktisch, eine Tochter zu sein; niemand verlangt von mir, Latzhosen zu lieben, ich darf jede noch so morbide Beschäftigung wählen, die ich mag, sogar diese hier.

Um zu meiner Post zurückzukehren: Ich habe die Werbeschrift eines Großhändlers vor mir liegen, der außerordentlich preiswerte Sorten Haferflocken, Reis, Mehl, Trockenpflaumen und getrocknete Apfelringe anbietet, welche er speziell für Gefängnisse und wohltätige Institutionen verschickt. Klingt doch sehr nahrhaft, oder?

Außerdem erreichen mich Briefe mehrerer Landwirte, die alle gern einen kräftigen, gut gebauten Jungen von vierzehn Jahren aufnehmen würden, der die Arbeit nicht scheut und dem sie ein gutes Heim bieten wollen. Solche »guten Heime« treten vermehrt auf, da nun die Frühjahrsaussaat ansteht. Als wir eines davon in der letzten Woche überprüfen wollten, antwortete der Dorfpastor auf unsere übliche Frage »Hat er denn eigenen Besitz?« sehr zurückhaltend: »Ich bin sicher, er besitzt einen Flaschenöffner.«

Einige der Häuser, die wir besucht haben, fändest Du mit Sicherheit unglaublich. Wir haben neulich eine recht wohlhabende Bauernfamilie besucht, die sich in drei Räumen ihres sehr ansehnlichen Anwesens zusammendrängte, um den Rest des Hauses sauber zu halten. Das 14-jährige Mädchen, das sie als günstige

Hausangestellte adoptieren wollten, sollte mit den drei eigenen Kindern in einem winzigen Zimmer schlafen. Ihre Wohn-Ess-Küche war vollgestopfter und schlechter belüftet als jede städtische Mietwohnung, die ich je gesehen habe, und das Thermometer zeigte 29 Grad. Man konnte kaum sagen, dass sie in dem Haus wohnten; sie wurden eher *GEBACKEN*. Natürlich haben sie keines unserer Mädchen bekommen.

Ich habe eine unverrückbare Regel aufgestellt – alle anderen sind dehnbar. Kein Kind wird in eine Familie gegeben, wenn diese ihm nicht ein besseres Leben bieten kann als wir hier. Oder vielmehr als das, was wir in ein paar Monaten bieten können, wenn wir uns zu einer modernen Anstalt gemausert haben. Ich muss zugeben, im Augenblick sieht es bei uns noch ziemlich schlimm aus.

Jedenfalls bin ich bei der Auswahl »guter Heime« sehr wählerisch und lehne drei Viertel der Angebote ab.

Später

Gordon hat bei meinen Kindern angemessen Abbitte geleistet. Seine Erdnüsse sind eingetroffen: ein Leinensack voll, ein Meter hoch.

Erinnerst Du Dich an den Nachtisch aus Erdnüssen und Ahornsirup, den wir an der Universität bekommen haben? Wir haben die Nase darüber gerümpft, aber ihn gegessen. Den führe ich hier auch ein, und ich kann Dir versichern, niemand rümpft die Nase. Es ist eine wahre Freude, Kinder zu versorgen, die vorher in Mrs Lippetts Obhut waren; sie sind erschreckend dankbar für kleine Freuden.

Du kannst Dich nicht beschweren, dass dieser Brief zu kurz ist.

Am Rande des Schreibkrampfs –
Deine
S. McB.

John-Grier-Heim,
mit Unterbrechungen den ganzen Freitag

Liebe Judy,

Du wirst mit Interesse lesen, dass ich auf einen neuen Feind getroffen bin – die Haushälterin des Herrn Doktor. Ich hatte schon mehrmals am Telefon mit ihr gesprochen und festgestellt, dass ihre Stimme so rein gar nichts vom leisen, sanften Klang vornehmer Kreise hat; doch nun habe ich sie auch leibhaftig gesehen. Als ich heute Morgen aus dem Dorf zurückkam, habe ich einen kleinen Umweg gemacht und bin beim Haus des Doktors vorbeigegangen. Sandy ist offensichtlich von seiner Umgebung geformt – ein olivgrünes Haus mit Mansardendach und heruntergelassenen Jalousien. Man sollte meinen, er habe gerade einen Trauerfall erlitten.

Es wundert mich gar nicht, dass dem armen Mann jeglicher Sinn für die Schönheiten des Lebens abgeht. Nachdem ich sein Haus von außen betrachtet hatte, war ich sehr neugierig, ob das Innere dem entsprach.

Da ich heute Morgen vor dem Frühstück fünf Mal hintereinander niesen musste, wollte ich ihn auch um ärztlichen Rat fragen. Sicher, er ist Kinderarzt, aber geniest wird in jedem Alter. Also schritt ich kühn die Stufen hinauf und klingelte.

Halt! Welch Klang stört meine Erinnerungen? Bei meiner Seele, es ist die Stimme des Ehrenwerten Herrn Cy, der die Treppe heraufkommt. Ich muss Briefe schreiben und kann mich nicht von seinem Geschwätz quälen lassen, also schicke ich Jane rasch mit der Anweisung zur Tür, ihm fest in die Augen zu schauen und mitzuteilen, dass ich nicht da bin.

~

Weiter im Text! O ungetrübte Freude: Er ist fort.

Aber diese acht Striche stehen für acht Minuten Todesqualen im Dunkel meines Wandschranks. Der Ehrenwerte Herr Cy nahm Janes Mitteilung mit der leutseligen Bemerkung entgegen, dann werde er eben Platz nehmen und warten. Worauf er hereinkam und Platz nahm. Aber ließ Jane mich nun im Wandschrank verschmachten? Nein! Sie lockte ihn in die Klassenräume, um ihm zu zeigen, was Sadie Kate *SCHRECKLICHES* angestellt hatte. Der Ehrenwerte Herr Cy sieht zu gern *SCHRECKLICHES*, vor allem, wenn es von Sadie Kate angestellt wurde. Ich habe keine Ahnung, welchen Skandal Jane ihm zu enthüllen vorhat; aber Hauptsache, er ist weg.

Wo war ich? Ach ja; ich hatte an der Tür des Herrn Doktor geklingelt.

Diese wurde von einer großen, kräftigen Person mit aufgekrempelten Ärmeln geöffnet. Sie sah sehr geschäftsmäßig aus mit ihrer Adlernase und den kalten grauen Augen.

»Ja?« Sie klang, als sei ich ein Staubsaugervertreter.

»Guten Morgen.« Ich lächelte freundlich und trat ein. »Sind Sie Mrs Gurk?«

»Bin ich«, sagte sie. »Und Sie sind dann wohl die neue junge Frau vom Waisenhaus?«

»Die bin ich«, antwortete ich. »Ist der Herr zu Hause?«

»Ist er nicht«, sagte sie.

»Aber er hat doch jetzt Sprechstunde.«

»Die hält er nicht immer ein.«

»Das sollte er aber«, sagte ich streng. »Wenn Sie ihm bitte ausrichten wollen, dass Miss McBride ihn zu sprechen wünschte, und ihn bitten, heute Nachmittag im John-Grier-Heim vorbeizukommen.«

»Mmpf!«, machte Mrs Gurk und schloss die Tür so schnell wieder, dass sie den Saum meines Rocks einklemmte.

Als ich das heute Nachmittag dem Herrn Doktor erzählte, zuckte er nur die Achseln und bemerkte, das sei eben Maggies Form der Höflichkeit.

»Und wieso lassen Sie sich das bieten?«, fragte ich.

»Wo würde ich wohl jemand Besseren finden?«, fragte er zurück. »Es ist keine leichte Aufgabe, einen unverheirateten Mann zu versorgen, der so unregelmäßig zu den Mahlzeiten erscheint, wie es ein 24-Stunden-Tag nur erlaubt. Sie bringt zwar nur wenig Sonnenschein in mein Heim, aber sie kocht um neun Uhr abends ein warmes Abendessen.«

Ich würde allerdings jede Wette eingehen, dass ihre warmen Abendessen weder lecker sind noch ansprechend serviert werden. Sie ist eine faule, streitsüchtige alte Tagediebin, und ich weiß genau, warum sie mich nicht leiden kann. Sie malt sich aus, dass ich ihr den Herrn Doktor klauen und ihr die bequeme Anstellung nehmen will, was natürlich angesichts der tatsächlichen Verhältnisse ein guter Witz ist. Aber ich werde ihr den Irrglauben nicht nehmen; es wird der Alten ganz guttun, sich ein bisschen zu sorgen. Vielleicht kochte sie ihm dann besseres Essen und päppelt ihn ein bisschen auf. Ich habe gehört, dass dicke Männer umgänglicher sind.

Zehn Uhr abends

Ich weiß nicht, was ich Dir den ganzen Tag zwischen den Unterbrechungen für albernes Zeug geschrieben habe. Jetzt ist es endlich Nacht geworden, und ich bin zu müde, überhaupt noch den Kopf hochzuhalten. Dieses Lied von Dir sagt es ganz richtig: »Die größte Freude ist der Schlaf«.

Ich wünsche Dir eine gute Nacht.
S. McB.

John-Grier-Heim,
1. April

Liebe Judy,

ich habe eine Familie für Isador Gutschneider gefunden. Seine neue Mutter stammt aus Schweden, eine dicke, lächelnde Frau mit blauen Augen und hellblondem Haar. Sie hat ihn aus einem ganzen Raum voller Kinder ausgewählt, weil er der Brünetteste von allen war. Sie hat braune Haare immer gemocht, aber auch in ihren kühnsten Träumen nicht zu hoffen gewagt, jemals selbst ein brünettes Kind zu bekommen. Sein Name wird zu Oscar Carlson geändert, nach seinem verstorbenen Onkel.

Am kommenden Mittwoch findet meine erste Stiftungsversammlung statt. Ich gebe zu, dass ich sie nicht gerade ungeduldig herbeisehne – vor allem, da meine Antrittsrede der wichtigste Tagesordnungspunkt sein wird. Wäre doch nur der Vorsitzende da, um mir den Rücken zu stärken! Aber von einem bin ich immerhin überzeugt: Ich werde den Treuhändern gegenüber niemals so kriecherisch auftreten, wie Mrs Lippett es tat. Ich werde den »Ersten Mittwoch« als angenehme gesellschaftliche Abwechslung betrachten, als meinen Tag daheim, an dem sich die Freunde des Waisenhauses versammeln, um sich auszutauschen und zu entspannen; und ich werde versuchen, die Waisen nicht unter unseren Vergnügungen leiden zu lassen. Du siehst, wie sehr ich mir die unerfreulichen Erlebnisse der kleinen Jerusha zu Herzen genommen habe.

Dein letzter Brief ist gekommen, und kein Wort findet sich darin vom Aufbruch nach Norden. Wird es nicht langsam Zeit, dass Ihr Euch wieder in Richtung Fifth Avenue aufmacht? Trautes Heim, Glück allein und so weiter. Ich könnte Euch noch ein paar ähnliche schottische Sprichwörter dazugeben, nur würdet Ihr nichts verstehen; je besser ich Sandy kennenlerne, desto mehr neue Ausdrücke lerne ich.

Der Gong ruft zum Abendessen! Ich verlasse Euch und widme eine belebende halbe Stunde dem Lammhackbraten. Im John-Grier-Heim essen wir, um zu überleben.

Sechs Uhr

Der Ehrenwerte Herr Cy hat wieder angeklopft. Er taucht sehr häufig auf, weil er hofft, mich bei irgendeinem Vergehen zu erwischen. Wie wenig ich den Mann leiden kann! Er ist rosarot, dick und aufgeblasen, und seine Seele ganz genauso. Bevor er eintraf, war ich in fröhlicher, optimistischer Stimmung, doch jetzt werde ich den ganzen Tag nur grollen.

Er beklagt all die nutzlosen Neuerungen, die ich

einzuführen wage, wie zum Beispiel ein farbenfrohes Spielzimmer, hübschere Anstaltskleidung, Bäder für die Kinder, besseres Essen und frische Luft und Spiel und Spaß und Eiscreme und Küsse. Er meint, so mache ich die Kinder ungeeignet für die Stellung, die Gott ihnen im Leben zugedacht hat.

Daraufhin kochte mein irisches Blut über, und ich sagte ihm, falls Gott all diese 113 kleinen Kinder zu nutzlosen, unwissenden, unglücklichen Bürgern unseres Landes habe machen wollen, dann würde ich ihm ins Handwerk pfuschen! Und dass wir sie ganz und gar nicht an ihrer zugedachten Stellung vorbeierziehen würden. Vielmehr bildeten wir sie *GERADE* für die Stellung aus, die ihnen von Natur aus zugedacht war, und das viel wirksamer, als es in gewöhnlichen Familien geschehe. Wir versuchten nicht, sie zum Studium zu drängen, obwohl sie nicht das Hirn dazu hätten, wie es mit den Kindern reicher Eltern geschieht; und wir ließen sie auch nicht mit vierzehn Jahren schuften, obwohl sie die Anlagen zu Höherem besäßen, wie es mit den Kindern armer Eltern geschieht. Wir beobachteten sie genau und individuell und entdeckten ihre Fähigkeiten. Sollten unsere Kinder ein Talent zur Landarbeit oder Kindererziehung zeigen, würden wir versuchen, sie so gut wie möglich zu Landarbeitern und Kindermädchen auszubilden; und wenn sie Neigung zum Rechtsanwaltsberuf erkennen ließen, würden wir sie zu ehrlichen, intelligenten und aufgeschlossenen Rechtsanwälten machen. (Er ist selbst Rechtsanwalt, aber ganz bestimmt nicht aufgeschlossen.)

Als ich fertig war, grummelte er nur und rührte heftig in seiner Teetasse. Worauf ich anmerkte, er brauche vielleicht noch einen Würfel Zucker, ihm einen in die Tasse fallen ließ und ihm Zeit gab, das Gesagte zu verarbeiten.

Treuhänder muss man am festen Zügel führen. Man muss ihnen zeigen, wo ihr Platz ist.

Ach du meine Güte! Diesen Schmierfleck in der Ecke hat Singapurs schwarzblaue Zunge hinterlassen. Er versucht Dir einen liebevollen Kuss zu senden. Der arme Sing hält sich für ein Schoßhündchen – ist es nicht tragisch, wenn jemand seine Berufung so verfehlt? Ich bin selbst gar nicht immer sicher, ob ich zur Waisenhausleiterin geboren bin.

Dein bis in den Tod,
S. McB.

Büro der Heimleitung,
John-Grier-Heim,
4. April

An die Familie Pendleton
Palm Beach
Florida

Meine Dame, mein Herr,

ich habe meinen ersten Besuchstag überstanden und vor den Stiftungsmitgliedern eine wunderbare Rede gehalten. Jedenfalls haben alle gesagt, dass es eine wunderbare Rede war – sogar meine Feinde.

Der jüngste Besuch von Mr Gordon Hallock kam äußerst gelegen; er hatte viele gute Ratschläge für mich, wie man ein Publikum bei der Stange hält.

»Witzig sein.« – Ich habe ihnen von Sadie Kate erzählt und von anderen Engelchen, die Du nicht kennst.

»Konkret bleiben und die Intelligenz des Publikums nicht überfordern.« – Ich habe den Ehrenwerten Herrn Cy beobachtet und nichts gesagt, was er nicht verstanden hätte.

»Den Zuhörern schmeicheln.« – Ich deutete vorsichtig an, dass all diese Neuerungen auf die Weisheit und Initiative unserer unvergleichlichen Treuhänder zurückgingen.

»Einen hohen moralischen Ton anschlagen, gern mit einem Schuss Pathos.« – Ich wies auf den elternlosen Zustand dieser kleinen Mündel der Gesellschaft hin. Das war sehr rührend – mein Feind hat sich eine Träne weggewischt!

Dann verwöhnte ich sie mit heißer Schokolade und Schlagsahne und Limonade und Tatar-Sandwiches und schickte sie in herzlicher Stimmung und lächelnd nach Hause, wo sie sicher keinen Appetit mehr aufs Abendessen hatten.

Ich verweile so lange bei diesem Triumph, um Dich in gute Laune zu versetzen, ehe ich Dir das grauenhafte Unheil schildere, das die Veranstaltung beinahe ruiniert hätte.

»Meine Geschichte ist an Schrecken reich,
Schon beim Gedanken werde ich kreidebleich;
Zwar der Duft ist ganz verflogen,
doch auch heute, ungelogen:
Sprech ich davon, erzittere ich gleich!«

Du hast noch nie von unserem kleinen Thomas Kehoe gehört, oder? Ich glaube, ich habe Thomas noch nie erwähnt, weil dafür so viel Zeit und Tinte und Vokabular nötig wäre. Er ist ein lebhafter Knabe und zeigt des Vaters Gehabe, der ein großer Jäger einst war – ach, das klingt schon wieder nach Gilberts Nonsens-Balladen, aber das habe ich mir eben erst ausgedacht.

Offenbar hat er eine Rattenfalle aus dem Mehlkeller gestohlen und sie im Wäldchen hinterm Heim aufgestellt. Gestern Morgen hatte er dann das Glück, ein schönes großes Stinktier zu fangen.

Singapur wusste als Erster von der Entdeckung zu berichten. Er kam nach Hause und rollte sich reumütig wegen seines Anteils an der Missetat über alle Teppiche. Während wir also ganz mit Sing beschäftigt waren, zog Thomas seiner Beute in der Abgeschiedenheit des Holzschuppens in aller Ruhe das Fell ab. Diesen Pelz steckte er unter seine Jacke, transportierte ihn auf heimlichen Wegen quer durchs ganze Gebäude und verbarg ihn unter seinem Bett, wo man ihn nicht finden würde, so glaubte er.

Dann ging er – wie vorgesehen – in den Keller, um beim Zubereiten der Eiscreme für unsere Gäste zu helfen. Du wirst bemerkt haben, dass die Eiscreme in meiner Aufzählung der Speisen fehlte.

In der kurzen Zeit, die uns blieb, ergriffen wir alle nur möglichen olfaktorischen Gegenmaßnahmen. Noah (unser Heizer) legte in regelmäßigen Abständen auf dem Gelände Schwelbrände. Die Köchin schwenkte eine Kehrschaufel mit brennenden Kaffeebohnen durchs ganze Haus. Betsy besprühte die Flure mit Ammoniak. Miss Snaith behandelte die Teppichläufer vorsichtig mit Veilchenwasser. Ich sandte einen Notruf an den Herrn Doktor, der sofort kam und eine riesige Menge Chlorkalk anmischte. Nichtsdestoweniger lauerte über und unter und hinter jedem anderen Geruch immer noch der ruhelose Geist von Thomas' Opfer und schrie nach Rache.

Der erste Tagesordnungspunkt bei unserer Sitzung war denn auch die Frage, ob wir ein großes Loch graben und nicht nur Thomas, sondern gleich das ganze Hauptgebäude darin bestatten sollten. Du wirst mir glauben, dass ich das schockierende Ereignis mit größter Raffinesse behandelte, wenn ich Dir verrate, dass der Ehrenwerte Herr Cy auf dem Heimweg fröhlich über eine heitere Geschichte gluckste anstatt über die neue Heimleiterin zu schimpfen, die ihre Jungen nicht im Griff hat.

Wir haben alle unser Päckchen zu tragen, um ein schönes schottisches Sprichwort unseres Herrn Doktor zu zitieren.

Wie immer Deine
S. McBride

John-Grier-Heim,
Freitag sowie Samstag

Liebe Judy,

Singapur wohnt immer noch im Kutschenhaus und wird von Thomas Kehoe täglich mit Karbolsäure gebadet. Ich hoffe, dass mein Liebling eines Tages in nicht allzu ferner Zukunft zu mir zurückkehren kann.

Du wirst sicher gern hören, dass ich eine neue Methode eingeführt habe, Euer Geld auszugeben. Wir werden von nun an einen Teil unserer Schuhe und Kurzwaren und Lebensmittel in örtlichen Geschäften kaufen, die zwar nicht ganz so preiswert wie die Großhändler sind, aber uns immerhin Rabatt geben, und der darin schlummernde Bildungsaspekt ist den Aufpreis wert. Der Grund ist folgender: Ich habe entdeckt, dass die Hälfte meiner Kinder nicht den geringsten Begriff von Geld und seiner Kaufkraft haben. Sie glauben, dass Schuhe und Maismehl und rote Flanell-Unterröcke und Lammeintopf und karierte Kittel einfach so vom blauen Himmel fallen.

Letzte Woche fiel mir ein neuer grüner Dollarschein aus der Handtasche, und ein achtjähriger Bengel fragte, ob er das hübsche Bild von einem Vogel behalten könne. (Wegen des Seeadlers in der Mitte.) Der Junge hatte noch nie im Leben eine Banknote gesehen! Ich begann nachzuforschen und fand heraus, dass Dutzende von Kindern in diesem Waisenhaus noch nie irgendetwas gekauft oder auch nur jemand anderen etwas kaufen gesehen haben. Und so wollen wir sie mit sechzehn Jahren in eine Welt entlassen, die ganz und gar vom Wert des Geldes regiert wird! Guter Gott! Stell Dir das mal vor! Sie werden ja kein behütetes Leben führen, bei dem sich bis in alle Ewigkeit jemand um sie kümmert; sie müssen wissen, wie sie aus jedem Cent, den sie verdienen, so viel wie möglich herausholen können.

Diese Frage habe ich eine ganze Nacht (mit Schlafunterbrechungen) im Herzen bewegt und bin am nächsten Morgen um neun Uhr ins Dorf gegangen. Ich habe mit sieben Geschäftsinhabern verhandelt; vier von ihnen waren verständnisvoll und hilfreich, zwei misstrauisch und einer schlicht dumm. Mit den vieren habe ich angefangen – Kurzwaren, Lebensmittel, Schuhe und Papierwaren. Als Gegenleistung für unsere recht umfangreichen Bestellungen sollen sie und ihre Verkäufer für unsere Kinder Ausbilder spielen, denn die sollen in die Läden gehen, die Ware begutachten und die Einkäufe selbst mit echtem Geld machen.

Zum Beispiel braucht Jane eine Rolle blaue Nähseide und einen Meter Gummilitze; nun bekommen also zwei kleine Mädchen einen Vierteldollar ausgehändigt und trotten Hand in Hand zu Mr Meeker. Sie suchen sorgfältig die richtige Farbe Nähgarn aus und schauen dem Verkäufer argwöhnisch auf die Finger, dass er die

Gummilitze beim Abmessen nicht dehnt. Dann bringen sie mir sechs Cent Wechselgeld zurück, bekommen von mir Lob und Dank, und kehren voller Stolz auf ihre Leistung zu den Ihren zurück.

Ist es nicht jammervoll? Normale Kinder im Alter von zehn oder zwölf Jahren wissen ganz von allein so viele Dinge, die unsere kleinen Brutkastenküken sich nicht träumen lassen. Aber ich habe schon jede Menge Pläne. Gib mir nur ein wenig Zeit, dann wirst Du schon sehen. Eines Tages werde ich fast normale Jugendliche in die Welt entlassen.

Später

Ich habe einen freien Abend vor mir, also teile ich noch ein bisschen Tratsch mit Dir.

Du erinnerst Dich an die Erdnüsse, die Gordon Hallock geschickt hat? Ich habe ihm so herzlich dafür gedankt, dass es ihn zu neuen Anstrengungen angestachelt hat. Offenbar ist er in einen Spielzeugladen marschiert und hat sich rückhaltlos in die Hände einer geschäftstüchtigen Verkäuferin begeben. Gestern luden zwei stämmige Lieferanten eine Frachtkiste voller teurer Stofftiere in unserem Eingangsflur ab, die eigentlich zur Verwendung reicher Kinder gedacht waren. Nicht gerade das, was ich erworben hätte, wenn mir ein solches Vermögen zur Verfügung gestellt worden wäre, aber meine Kleinen finden sie sehr kuschelig. Die Küken gehen also jetzt mit Löwen, Elefanten, Bären und Giraffen ins Bett. Ich weiß nicht, was das für psychologische Folgen haben wird. Meinst Du, wenn sie groß werden, gehen sie alle zum Zirkus?

Oje, da kommt Miss Snaith zu Besuch.

Auf Wiedersehen
S.

PS: Der verlorene Sohn ist zurückgekehrt. Er lässt respektvolle Grüße ausrichten und wedelt drei Mal mit dem Schwanz.

John-Grier-Heim,
7. April

Meine liebe Judy,

ich habe gerade ein Traktat über die handwerkliche Ausbildung von Mädchen und ein anderes über die richtige Ernährung in Fürsorgeeinrichtungen gelesen – die richtigen Anteile an Eiweiß, Fett, Stärke und so weiter. Bei der heutigen wissenschaftlichen Fürsorge, wo für jedes Problem eine Lösung berechnet worden ist, kann man eine solche Institution nach Diagramm leiten. Ich weiß gar nicht, wie Mrs Lippett so viele Fehler machen konnte, wenn wir mal annehmen, dass sie des Lesens kundig war. Es gibt jedoch einen wichtigen Zweig dieser Arbeit, der bisher noch nicht berücksichtigt wurde und zu dem ich selbst gerade Daten sammle. Eines Tages werde ich einen Aufsatz zum Thema »Leitung und Kontrolle von Stiftungsmitgliedern und Treuhändern« veröffentlichen.

Ich muss Dir den Witz über meinen Feind erzählen – nicht über den Ehrenwerten Herrn Cy, sondern über meinen ersten, meinen ursprünglichen Feind. Er hat sich ein neues Aufgabenfeld gesucht. Er stellt ganz sachlich fest (er sagt und tut alles sachlich; er hat noch nie gelächelt), dass er mich seit meiner Ankunft genau beobachtet hat und dass er mich trotz meiner fehlenden Ausbildung, meiner Torheit und Flapsigkeit (sic!) nicht für so oberflächlich hält, wie der erste Anschein vermuten ließ. Ich habe eine fast männliche Fähigkeit, eine Frage in ihrer Gesamtheit zu verstehen und direkt zur Sache zu kommen.

Sind Männer nicht komisch? Wenn sie Dir das größte Kompliment machen wollen, das ihnen zu Gebote steht, sagen sie Dir ganz naiv, dass Du denkst wie ein Mann. Das Gegenkompliment übrigens werde ich ihm niemals machen. Ich kann nicht ehrlich behaupten, dass er eine beinahe weiblich schnelle Auffassungsgabe besitzt.

Obwohl Sandy also meine Fehler deutlich sieht, glaubt er doch, dass er einige davon korrigieren kann; und er hat beschlossen, meine Ausbildung dort fortzusetzen, wo das Studium geendet hat. Eine Person in meiner Stellung sollte sich in Physiologie, Biologie, Psychologie, Soziologie und Vererbungslehre auskennen; sie sollte um die Erblichkeit von Geisteskrankheit, Schwachsinn und Alkoholismus wissen; sollte in der Lage sein, den Binet-Simon-Test durchzuführen; sollte das Nervensystem eines Frosches verstehen. Zu diesem Zwecke hat er mir seine eigene wissenschaftliche Bibliothek von viertausend Bänden zur Verfügung gestellt. Er bringt mir nicht nur die Bücher vorbei, die ich seiner Meinung nach lesen soll, sondern kommt danach auch und stellt Verständnisfragen, um sicherzugehen, dass ich nichts überschlagen habe.

In der letzten Woche haben wir uns dem Leben und den Briefen der Familie Jukes gewidmet. Margaret Jukes, die »Verbrechermutter«, begründete vor sechs Generationen eine fruchtbare Abstammungslinie, und ihre Nachfahren, die größtenteils im Gefängnis sitzen, zählen inzwischen an die zwölfhundert. Und die Moral: Kinder mit schlechten Erbanlagen müssen sorgfältig beobachtet werden, damit sich ihnen kein Anlass bietet, als Erwachsene zu Jukes zu werden.

Sobald wir also jetzt unseren Tee getrunken haben, holen Sandy und ich die Waisenhausbücher hervor und gehen die Seiten Name für Name auf der Suche nach alkoholkranken Eltern durch. Ein fröhliches kleines Spiel, um sich nach des Tages Arbeit die Abendstunden zu vertreiben.

QUELLE VIE! Komm schnell nach Hause und hol mich hier raus. Ich sehne mich so nach Deinem Anblick.

Sallie

John-Grier-Heim,
Donnerstagmorgen

Meine liebe Familie Pendleton,

ich habe Euren Brief bekommen und greife sofort nach der Feder, um Euch Einhalt zu gebieten. Ich möchte nicht abgelöst werden. Ich nehme es zurück. Ich habe meine Meinung geändert. Die Frau, die Ihr herschicken wollt, klingt wie eine Zwillingsschwester von Miss Snaith. Wie könnt Ihr von mir verlangen, meine Kinder einer freundlichen, aber planlosen Dame mittleren Alters ohne Kinn und ohne Entschlusskraft anzuvertrauen? Allein der Gedanke zerreißt beinahe mein Mutterherz.

Könnt Ihr Euch vorstellen, dass eine solche Frau diese Arbeit leisten kann, und wenn auch nur vorübergehend? Nein! Die Leiterin einer Einrichtung wie dieser muss jung, kräftig, energiegeladen, effizient, rothaarig und gutmütig sein wie ich. Natürlich war ich unzufrieden – das wäre jeder Mensch, wenn er so ein Schlamassel übernehmen müsste –, aber es war eher das, was Ihr Sozialisten »heiligen Unmut« nennt. Und glaubt Ihr etwa, ich würde all die wunderbaren Reformen liegen lassen, die ich so sorgsam in Gang gesetzt habe? Noch mal nein! Ich werde keinen Millimeter weichen, ehe Ihr nicht eine bessere Heimleiterin findet als Sallie McBride.

Das soll allerdings nicht heißen, dass ich mich in alle Ewigkeit verpflichte. Nur für den Augenblick, bis alles ins Laufen kommt. Solange es noch um Katzenwäsche, Durchlüften, Neuaufbau geht, glaube ich ganz ehrlich, dass Ihr in mir die Richtige gefunden habt. Ich habe so eine *FREUDE* daran, Verbesserungen zu planen und Leute herumzukommandieren.

Das ist ein schrecklich chaotischer Brief, aber ich werfe ihn eben auch in drei Minuten hin, damit er Euch erreicht, bevor Ihr diese nette, nutzlose ältere Dame ohne Kinn fest engagiert.

Bitte, lieber Herr und liebe Dame, entlasst mich nicht aus meiner Stellung! Lasst mich noch ein paar Monate bleiben. Gebt mir die Chance zu zeigen, wozu ich gut bin, und ich verspreche Euch, Ihr werdet es nie bereuen.

S. McB.

John-Grier-Heim,
Donnerstagnachmittag

Liebe Judy,

ich habe ein Gedicht verfasst – einen Siegeshymnus:

Robin MacRae, ihr Leute,
hat gelächelt heute.

Es stimmt!

S. McB.

John-Grier-Heim,
13. April

Liebe Judy,

ich vernehme mit Freude, dass Ihr mit Freude vernommen habt, dass ich bleiben will. Es war mir gar nicht so klar, aber allmählich hänge ich irgendwie an den Waisen.

Es ist schrecklich enttäuschend, dass Ihr wegen Jervis' Geschäften noch so viel länger im Süden bleiben müsst. Ich platze vor Dingen, die ich mit Dir besprechen möchte, und es ist so anstrengend und lästig, alles aufzuschreiben.

Natürlich freue ich mich, dass wir das Haus umbauen werden, und ich finde alle Eure Ideen gut, aber ich habe noch ein paar gute eigene. Eine neue Sporthalle und Schlafveranden sind toll, aber ich sehne mich so sehr nach kleinen Wohnhäuschen! Je mehr ich mich mit den internen Funktionen eines Waisenhauses beschäftige, desto klarer wird mir, dass nur *eine* Art Waisenhaus sich mit der klassischen Familie messen kann, nämlich das Kinderdorf. Solange die Familie die Keimzelle der Gesellschaft bleibt, müssen Kinder frühzeitig für das Familienleben abgehärtet werden.

Derzeit bringt mich ein anderes Problem um den Schlaf: Wo lassen wir die Kinder, während umgebaut wird? Es ist nicht leicht, in einem Haus zu wohnen, das gleichzeitig renoviert oder neu gebaut wird. Wie wäre es, wenn ich ein Zirkuszelt miete und im Garten aufschlage?

Und wenn wir uns schon auf Neuerungen stürzen: Ich hätte gern ein paar Gästezimmer, wohin die Kinder zurückkehren können, wenn sie krank werden oder keine Arbeit mehr haben. Das große Geheimnis unseres bleibenden Einflusses auf ihr Leben wird unsere wachsame Betreuung nach ihrem Aufenthalt hier sein. Wie schrecklich *EINSAM* muss sich ein Mensch fühlen, wenn er gar keine Familie im Hintergrund hat! Bei meinen Dutzenden von Tanten und Onkeln und Müttern und Vätern und Cousins und Cousinen und Brüdern und Schwestern kann ich mir das überhaupt nicht vorstellen. Ich würde vor Angst nach Luft schnappen, wenn ich nicht jede Menge Rückendeckung hätte. Und für diese verlorenen kleinen Seelen muss das John-Grier-Heim diesen Schutz bieten. Also, liebe Leute, schickt mir bitte ein halbes Dutzend Gästezimmer, wenns recht ist.

Adieu, und ich bin froh, dass Ihr die andere Frau nicht eingestellt habt. Allein die Vorstellung, dass jemand anderes meine wundervollen Reformen übernehmen könnte, bevor sie richtig angefangen haben, hat meinen Widerstand geweckt. Da bin ich wohl so schottisch wie Sandy – nichts kann gut werden, wenn ich nicht selbst meine Finger drin habe.

Gegenwärtige Grüße
Deine Sallie McBride

John-Grier-Heim,
Sonntag

Lieber Gordon,

ich weiß, in letzter Zeit habe ich nicht geschrieben; es ist Dein gutes Recht, zu grollen, aber meine Güte! Du kannst Dir nicht vorstellen, wie viel so eine Waisenhausleiterin um die Ohren hat. Und meine ganze Schreibenergie wird von der gefräßigen Judy Abbott Pendleton abgesaugt. Wenn ich ihr drei Tage lang nicht schreibe, fragt sie per Telegramm, ob das Waisenhaus abgebrannt ist; wenn Du – Du netter Mann – jedoch ohne Brief bleibst, schickst Du uns einfach ein Geschenk, um uns an Deine Existenz zu erinnern. Du siehst also, dass es uns eindeutig zum Vorteil gereicht, wenn wir Dich öfter vernachlässigen.

Wahrscheinlich ärgerst Du Dich, wenn ich Dir jetzt verrate, dass ich versprochen habe, noch länger hierzubleiben. Sie hatten endlich eine Frau gefunden, die mich ersetzen sollte, aber sie war überhaupt nicht die Richtige dafür und hätte höchstens für den Übergang getaugt. Und außerdem, mein lieber Gordon, muss ich sagen: Als ich meinen Abschied von all den fieberhaften Planungen und Aktivitäten hier vor Augen hatte, kam mir Worcester irgendwie ziemlich farblos vor. Ich könnte es nicht ertragen, mein Waisenhaus zu verlassen, wenn die Alternative nicht ein ebenso mit Ereignissen vollgepacktes Leben wäre.

Ich weiß schon, welche Alternative *DU* jetzt vorschlagen willst, aber tu es bitte nicht – nicht jetzt. Ich habe Dir schon gesagt, dass ich noch ein paar Monate brauche, um mich zu entscheiden. Und inzwischen hätte ich gern das Gefühl, dass ich etwas Nützliches für die Welt tue. Die Arbeit mit Kindern hat etwas so Optimistisches und Konstruktives; jedenfalls von meinem frohgemuten Standpunkt aus, nicht von dem unseres schottischen Doktors. So einen Menschen habe ich überhaupt noch nicht erlebt; er ist immer pessimistisch, trübsinnig und niedergeschlagen. Es ist wohl am besten, wenn man nicht allzu viel über Geisteskrankheit und Alkoholismus und alle möglichen Vererbungsprobleme weiß. Ich bin gerade unwissend genug, dass ich an einem Ort wie diesem unbeschwert und effektiv arbeiten kann.

Ich finde den Gedanken an diese vielen kleinen Leben, die in alle Richtungen wachsen, ungeheuer spannend. In unserem Kinder-Garten gibt es für jede Art von Blume so viele Möglichkeiten. Er ist allerdings sehr dicht und wahllos bepflanzt, doch auch wenn wir sicherlich einiges Unkraut ernten werden, hoffen wir auf einige seltene und wunderschöne Blüten. Werde ich nicht schrecklich gefühlig? Das liegt am Hunger – und da schlägt auch schon der Gong zum Abendessen! Wir werden köstlich speisen: Roastbeef mit Sahnekarotten und Mangold, zum Nachtisch Rhabarberpastete. Würdest Du nicht gern mit mir zu Abend essen? Ich hätte Dich so gern dabei.

Mit den herzlichsten Grüßen
Deine
S. McB.

Milch wird um 12 Uhr im Schuppen serviert

PS: Du müsstest mal sehen, wie viele heimatlose Katzen die Kinder adoptieren wollen. Als ich ankam, waren es vier, und alle haben inzwischen Junge bekommen. Ich habe noch keine genaue Zählung vorgenommen, aber ich glaube, die Einrichtung besitzt inzwischen neunzehn.

15. April

Meine liebe Judy,

Du würdest dem John-Grier-Heim vom Überschuss des letzten Haushaltsgeldes gern eine weitere kleine Spende zudenken? *BENE!* Würdest Du bitte folgende Anzeige in allen minderwertigen Tageszeitungen der Metropole veröffentlichen:

Achtung!
An alle Eltern, die ihre Kinder abgeben wollen:
Tun Sie das bitte vor deren drittem Geburtstag.

Nichts, was die Eltern ausgesetzter Kinder tun könnten, würde uns mehr helfen. Dass man erst so viel Schlimmes entfernen muss, ehe man die Saat des Guten pflanzen kann, macht die Arbeit mit den Kindern langsam und entmutigend.

Wir haben hier ein Kind, das mich beinahe aus den Schuhen geworfen hat; aber ich *WERDE* mich *NICHT* von einem Fünfjährigen besiegen lassen. Er wechselt zwischen mürrischem Schmollen, wobei er kein Wort redet, und höchst gewalttätigen Gefühlsausbrüchen, bei denen er alles in Reichweite kaputt schlägt. Er ist erst seit drei Monaten hier und hat in dieser Zeit schon fast sämtlichen Nippes der Einrichtung zerstört – was in ästhetischer Hinsicht kein großer Verlust ist.

Ungefähr einen Monat vor meiner Ankunft hat er das Tischtuch vom Esstisch der Betreuer gerissen, während das verantwortliche Mädchen gerade den Essensgong schlug. Die Suppe war schon aufgetragen worden. Du kannst Dir die Schweinerei vorstellen! Mrs Lippett hat den Jungen bei der Gelegenheit fast umgebracht, aber das hat sein Temperament nicht gezügelt, denn ich habe es unversehrt übernommen.

Sein Vater war Italiener, seine Mutter irischer Abstammung; er hat rote Haare und Sommersprossen aus dem County Cork und die schönsten braunen Augen, die Neapel je hervorgebracht hat. Nachdem der Vater bei einer Messerstecherei ums Leben kam und die Mutter als Alkoholikerin starb, ist der arme kleine Kerl durch irgendeinen Zufall bei uns gelandet. Ich vermute, dass er eigentlich ins katholische Kinderheim gehört. Was sein Betragen angeht – ojemine! Das ist genau so, wie man es erwarten würde. Er tritt und beißt und flucht. Ich habe ihm den Spitznamen *Punch* gegeben, weil er so gut zuschlagen kann.

Gestern wurde er heulend und um sich schlagend in mein Büro gebracht und angeklagt, ein kleines Mädchen niedergeschlagen und seine Puppe gestohlen zu haben. Miss Snaith setzte ihn in den Sessel hinter mir, damit er sich dort beruhigen konnte, während ich weiterschrieb. Plötzlich schreckte mich ein lautes Krachen und Klirren auf. Er hatte die große grüne Blumenschale von der Fensterbank geschubst und in fünfhundert Scherben zerbrochen. Ich zuckte heftig zusammen und stieß dabei mein Tintenfass zu Boden, und als Punch diese zweite Katastrophe bemerkte, hörte er mit seinem Wutgebrüll auf, warf den Kopf in den Nacken und fing schallend zu lachen an. Der Junge ist wirklich *TEUFLISCH*.

Ich habe beschlossen, bei ihm eine neue Disziplinierungsmethode anzuwenden, die er sicher in seinem ganzen verzweifelten kleinen Leben noch nicht erlebt hat. Ich will sehen, was Lob und Ermunterung und Liebe ausrichten können. Anstatt ihn also wegen der Blumenschale auszuschimpfen, nahm ich an, es sei ein Unfall gewesen. Ich gab ihm einen Kuss und sagte, er solle sich nicht grämen; das mache mir überhaupt nichts aus. Das schockierte ihn so, dass er still wurde; er hielt ein-

Unser Punch zu Besuch

fach den Atem an und starrte mich an, während ich ihm die Tränen ab- und die Tinte aufwischte.

Dieses Kind ist im Augenblick das größte Problem des John-Grier-Heims. Er braucht eine höchst geduldige, liebevolle Einzelbetreuung – einen richtigen Vater und eine Mutter, dazu ein paar Brüder und Schwestern sowie eine Großmutter. Aber ich kann ihn nicht in eine anständige Familie geben, ehe ich ihm seine Ausdrucksweise und seinen Hang zum Kaputtmachen ausgetrieben habe. Ich habe ihn von den anderen Kindern getrennt und den ganzen Vormittag in meinem Zimmer behalten, nachdem Jane alle zerbrechlichen Kunstobjekte in unerreichbare Höhe geräumt hatte. Zum Glück zeichnet er sehr gern, also saß er zwei Stunden auf dem Teppich und beschäftigte sich mit Buntstiften. Er war so überrascht, als ich mich für sein grün-rotes Fährschiff mit gelber Flagge am Mast interessierte, dass er trotz seiner Kraftausdrücke ganz umgänglich wurde. Bis dahin hatte ich kein vernünftiges Wort aus ihm herausbekommen.

Am Nachmittag schaute Dr. MacRae herein und bewunderte die Fähre, wobei Punch vor Stolz die Brust schwoll. Zur Belohnung, weil er so ein braver kleiner Junge gewesen war, nahm der Doktor ihn im Auto mit zum Hausbesuch bei einer Patientin auf dem Land.

Um fünf Uhr wurde Punch von einem weniger erfreuten und klügeren Herrn Doktor zurückgebracht. Auf dem schläfrigen Landsitz hatte er die Hühner mit

Steinen beworfen, das Glas eines Frühbeets zerschlagen und die Angorakatze am Schwanz herumgeschleudert. Und als die reizende alte Dame ihn bat, doch nett zu der Miezekatze zu sein, teilte er ihr mit, sie könne zur Hölle fahren.

Ich mag gar nicht darüber nachdenken, was manche dieser Kinder schon gesehen und erlebt haben. Es wird Jahre des Sonnenscheins, des Glücks und der Liebe bedürfen, um die finsteren Erinnerungen auszulöschen, die sie in den hintersten Winkeln ihrer kleinen Hirne angesammelt haben. Und es sind so viele Kinder, und wir sind so wenige, weshalb wir sie nicht oft genug in den Arm nehmen können; es sind einfach nicht genug Arme und Schöße für alle.

Aber sprechen wir von anderen Dingen! Diese schrecklichen Fragen nach Vererbung und Umwelteinflüssen, über denen Dr. MacRae ständig brütet, sickern allmählich auch mir in die Adern; das ist eine schlimme Angewohnheit. Wenn man hier etwas Gutes bewirken will, dann darf man auch in der Welt nur Gutes sehen. Optimismus ist die einzig mögliche Haltung für Sozialarbeiter.

»'s ist Mitternacht, die Turmuhr sagt« – weißt Du, woher dieser wundervolle Vers stammt? Aus *Christabel* von Coleridge, Seminar Englisch K an der Universität. Meine Güte, was habe ich dieses Seminar gehasst! Dir als Literaturspezialistin hat es natürlich gefallen; ich aber habe vom Betreten des Seminarraums bis zum

Verlassen desselben nie auch nur ein Wort verstanden. Doch die Bemerkung, mit der ich diesen Absatz begonnen habe, trifft zu. Es *IST* Mitternacht, die Kaminuhr sagt, und ich wünsche Dir angenehme Träume.

Addio!
Sallie

Dienstag

Lieber Feind,

Sie haben das ganze Haus ärztlich versorgt und sind dann an meiner Bibliothek vorbeistolziert, die Nase hoch in die Luft gereckt, während ich mit dem Tee auf sie wartete, auf dem Servierteller schottische Scones, die ich extra als Friedensgabe für Sie bestellt hatte.

Wenn Sie wirklich gekränkt sind, lese ich eben dieses Buch über die Kallikaks; aber ich muss Ihnen sagen, dass Sie mir zu viel Arbeit aufhalsen. Ich brauche schon fast meine gesamte Energie, um das Haus vernünftig zu leiten, und Ihr akademischer Aufbaukurs ist ziemlich ermüdend. Erinnern Sie sich, wie empört Sie letzte Woche waren, als ich gestand, am Abend vorher bis ein Uhr nachts wach geblieben zu sein? Nun, mein Lieber, wenn ich all das lesen wollte, was Sie mir aufgeben, müsste ich jede Nacht bis morgens aufbleiben.

Aber bitte, bringen Sie es mir nur vorbei. Meist gönne ich mir abends eine halbe Stunde Erholung, und wollte zwar in Wells' neuesten Roman schauen, aber ich kann mich auch mit Ihrer geistesschwachen Familie amüsieren.

Das Leben wird mir reichlich mühsam in letzter Zeit.

Ihre pflichtbewusste
S. McB.

John-Grier-Heim,
17. April

Lieber Gordon,

vielen Dank für die Tulpen und auch für die Maiglöckchen.

Sie machen sich ganz wundervoll in meinen persischblauen Schalen.

Hast Du schon mal etwas von den Kallikaks gehört? Besorg Dir das Buch und lies es nach. Das sind zwei Zweige einer Familie aus New Jersey, glaube ich, auch wenn ihr richtiger Name und ihre Herkunft sorgfältig verschleiert werden. Jedenfalls – und das stimmt jetzt – gab es vor sechs Generationen einen jungen Mann, den wir Martin Kallikak nennen wollen; eines Abends betrank er sich und brannte mit einer geistesschwachen Bardame durch, mit der er dann eine lange Linie geistesschwacher Kallikaks zeugte – Trinker, Spieler, Prostituierte, Pferdediebe – eine Plage für New Jersey und die umliegenden Bundesstaaten.

Später wurde Martin anständig, heiratete eine normale Frau und begründete eine zweite Abstammungslinie anständiger Kallikaks – Richter, Ärzte, Landwirte, Professoren und Politiker – eine Zierde ihres Landes. Und diese beiden Zweige existieren und gedeihen noch immer nebeneinander. Du siehst wohl, welch ein Segen es für New Jersey hätte sein können, wenn der geistesschwachen Bardame in ihrer Kindheit etwas Schlimmes zugestoßen wäre.

Es scheint, dass Geistesschwäche äußerst erblich ist und die Wissenschaft kein Mittel dagegen findet. Man hat noch keine Operationsmethode gefunden, mit der sich Hirn in den Schädel eines Kindes einpflanzen ließe, das mit zu wenig auf die Welt kam. Und so wächst das Kind heran, wird zum Erwachsenen mit dem Gehirn eines Neunjährigen im Körper eines Dreißigjährigen und zur leichten Beute für alle Kriminellen, denen er begegnet. Unsere Gefängnisse sind voller geistesschwacher Häftlinge. Die Gesellschaft sollte sie auf großen Bauernhöfen absondern, wo sie sich ihren Lebensunterhalt mit einfachen Hilfsarbeiten verdienen können und keine Kinder bekommen dürften. Dann könnten wir dieses Übel in ein oder zwei Generationen ausmerzen.

Wusstest Du das alles? Das sind doch für einen Politiker sehr wertvolle Informationen. Besorg Dir bitte das Buch und lies es; ich würde Dir auch mein Exemplar schicken, aber das habe ich bloß geliehen.

Auch für mich ist das notwendiges Wissen. Elf meiner Küken habe ich diesbezüglich in Verdacht, und bei Loretta Higgins bin ich *SICHER*. Seit einem Monat versuche ich ein oder zwei grundlegende Gedanken in das Hirn dieses Kindes zu trichtern, und jetzt weiß ich endlich, wo das Problem liegt: Statt eines Gehirns hat sie eine Art Weichkäse im Schädel.

Ich bin hierhergekommen, um ein paar Kleinigkeiten in diesem Waisenhaus umzukrempeln, mehr frische Luft zum Beispiel, und Essen und Kleidung und Sonnenschein, aber gütiger Himmel! Du siehst schon, mit was für Problemen ich mich hier herumschlagen muss. Zuerst muss ich mal die Gesellschaft umkrempeln, damit sie mir keine unterbelichteten Kinder mehr schickt. Bitte entschuldige meine erregten Ausführungen; ich bin gerade erst auf dieses Thema Geistesschwäche gestoßen, und es ist wirklich empörend – und interessant. Bitte kümmere Dich sofort darum

und erfreue Deine
S. McBride

Leiterin des John-Grier-Heims
Freitag

Lieber Mann der Wissenschaft,

Sie sind heute nicht gekommen. Bitte übergehen Sie uns morgen nicht wieder. Ich habe das Buch über die Familie Kallikak durch und platze vor Gesprächsbedarf. Finden Sie nicht auch, dass wir unsere Kinder von einem Psychologen untersuchen lassen sollten?

Wir schulden es den adoptierenden Eltern, ihnen keine schwachsinnigen Kinder aufzuhalsen.

Wissen Sie, was, ich möchte Sie fast bitten, Loretta gegen ihre Erkältung Arsen zu verschreiben. Ich habe sie diagnostiziert: Sie ist eine Kallikak. Ist es richtig, sie aufwachsen zu lassen, damit sie eine Linie von 378 geistesschwachen Nachkommen begründet, die dann der Gesellschaft zur Last fallen? Ach je! Ich möchte das Kind wirklich nicht vergiften, aber was soll ich tun?

S. McB.

Lieber Gordon,

Du interessierst Dich nicht für Geistesschwache und bist schockiert, weil ich es tue? Nun, ich bin genauso schockiert, weil Du nicht interessiert bist. Wenn Du Dich nicht für all die Unannehmlichkeiten interessierst, die es leider in der Welt gibt, wie kannst Du dann kluge Gesetze erlassen?

Kannst Du gar nicht.

Aber wenn Du es wünschst, spreche ich gern von weniger trübseligen Themen. Ich habe gerade fünfzig Meter blaues und rosarotes und grünes und maisgelbes Haarband gekauft, um es meinen fünfzig Töchterlein zum Ostergeschenk zu machen. Ich überlege, ob ich Dir auch ein Ostergeschenk schicke. Wie würde Dir ein flauschiges kleines Kätzchen gefallen? Ich kann sie in den folgenden Modellen anbieten:

Getigert

Gefleckt

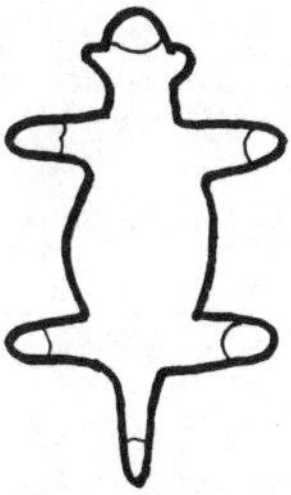

Weiße Nase
Weiße Pfoten

Nr. 3 gibt es in den Farben grau, schwarz oder gelb. Wenn Du mich wissen lässt, welche Du bevorzugst, sende ich es sofort per Express.

Ich würde Dir ja einen anständigen Brief schreiben, aber es ist Teezeit, und ich sehe eine Besucherin kommen.

Addio!
Sallie

PS: Kennst Du nicht jemanden, der einen ansprechenden kleinen Jungen mit siebzehn schönen neuen Zähnen adoptieren möchte?

20. April

Meine liebe Judy,

eins für 'nen Penny, zwei für 'nen Penny, warme Osterbrötchen! Zum Karfreitag haben wir zehn Dutzend geschenkt bekommen, und zwar von Mrs De Peyster Lambert, einer äußerst konservativen Kirchgängerin, die ich vor zwei Tagen zum Tee empfangen habe. Sie erkundigte sich nach meinen »reizenden kleinen Gassenkindern« und meinte, ich täte ein edles Werk, dessen Lohn mir sicher sei. Ich sah sofort die Brötchen in ihren Augen, setzte mich mit ihr an den Tisch und redete eine halbe Stunde auf sie ein.

Nun werde ich zu ihr gehen, mich persönlich bedanken und ihr in allen bewegenden Einzelheiten berichten, wie sehr sich meine reizenden kleinen Gassenkinder über die Osterbrötchen gefreut haben – wobei ich auslassen werde, wie der reizende kleine Punch sein Gebäck nach Miss Snaith warf und sie genau ins Auge traf. Ich glaube, mit ein bisschen Ermutigung kann Mrs De Peyster Lambert zu einer frohgemuten Spenderin erzogen werden.

Ach, und ich werde zu einer entsetzlichen Bettlerin! Meine eigene Familie traut sich schon nicht mehr, mich zu besuchen, weil ich so dreist nach Bakschisch verlange. Ich habe meinem Vater angedroht, den Kontakt zu ihm abzubrechen, würde er nicht sofort fünfundsechzig Arbeitshosen für meine zukünftigen Gärtner schicken. Heute Morgen kommt eine Nachricht vom Frachtbüro, ich solle zwei Packkisten abholen, die ihnen von der Firma J. L. McBride & Co. in Worcester zum Versand aufgegeben worden seien; ich nehme also an, er ist weiterhin an meiner Bekanntschaft interessiert. Jimmie hat uns noch nichts geschickt, dabei verdient er ein riesiges Gehalt. Ich sende ihm häufiger eine Mitleid heischende Liste unserer Bedürfnisse.

Gordon Hallock hingegen hat begriffen, wie man das Herz einer Mutter erobert. Ich habe mich so herzlich für die Erdnüsse und den Streichelzoo bedankt, dass er jetzt alle paar Tage irgendeine Art Geschenk schickt und ich die ganze Zeit damit beschäftigt bin, Dankesbriefe zu verfassen, die nicht wie vom letzten Dankesbrief abgeschrieben klingen. Letzte Woche haben wir ein Dutzend scharlachroter Gummibälle bekommen. Der Vorschulraum ist *VOLL* davon; man muss sie beim Hindurchgehen vor sich her treten. Und gestern traf ein halber Scheffel Frösche und Enten und Fische ein, die in Badewannen schwimmen sollen.

Schickt uns doch, o beste aller Treuhänder, die Wannen, in denen sie schwimmen können!

Ich verbleibe, wie immer,
S. McBride

Dienstag

Meine liebe Judy,

irgendwo muss der Frühling lauern; die Vögel kommen jedenfalls aus dem Süden zurück. Wird es nicht Zeit, dass Ihr ihrem Beispiel folgt?

Von den Gesellschaftsseiten der »Zugvogel-Gazette«:

»Mr und Mrs Rotkehlchen sind von ihrer winterlichen Reise nach Florida zurückgekehrt. Es ist zu hoffen, dass Mr und Mrs Jervis Pendleton ebenfalls in naher Zukunft wieder hier eintreffen werden.«

Selbst hier oben in unserem saumseligen Dutchess County riecht der Wind schon nach Grün. Man möchte hinaus ins Freie, durch die Hügel streifen oder auf den Knien in der Erde wühlen.

Ist es nicht eigenartig, wie im Frühling selbst in der noch so zivilisierten Städterbrust landwirtschaftliche Instinkte erwachen?

Den ganzen Vormittag schon schmiede ich Pläne für kleine Privatgärten für alle Kinder ab neun. Das letzte Stündlein des großen Kartoffelackers hat geschlagen. Das ist der einzig mögliche Ort für zweiundsechzig Kleinstgärten. Noch nah genug, dass man sie von den Nordfenstern aus überwachen kann, aber weit genug weg, dass die Unordnung nicht den hoch geschätzten modellierten Rasen ums Haus beeinträchtigt. Außerdem ist die Erde dort fruchtbar, sodass sie gute Erfolgschancen haben. Ich möchte nicht, dass die kleinen Küken den ganzen Sommer herumscharren und am Ende keinen Schatz finden. Um einen Anreiz zu bieten, werde ich ankündigen, dass das Waisenhaus ihnen ihre Ernte abkauft und in echtem Geld bezahlt, auch wenn ich schon ahne, dass wir von einem Riesenberg Rettich begraben werden.

Ich möchte bei den Kindern so gern Eigenständigkeit und Initiative fördern, denn diese stabilen Eigenschaften fehlen ihnen sichtlich (abgesehen von Sadie Kate und einigen anderen schlimmen Fingern). Bei den Kindern, die noch genug Tatkraft besitzen, um Unsinn anzustellen, bin ich guter Hoffnung. Doch diejenigen, die nur aus Antriebsschwäche brav sind, machen mir Sorgen.

In den letzten Tagen habe ich vor allem versucht, Punch seine infernalischen Bosheiten auszutreiben, was eine interessante Aufgabe wäre, wenn ich ihm meine ganze Zeit widmen könnte. Aber da ich noch einhundertsieben andere kleine Teufel bekehren muss, wird meine Konzentration empfindlich gestört.

Das Schlimme an diesem Leben ist nämlich, dass all die Dinge, die ich gerade nicht tue, ständig an meinen Rockzipfeln zupfen, ganz egal, was ich tatsächlich in Angriff nehme. Ganz ohne Frage erfordert Punchs persönlicher Dämon die volle Aufmerksamkeit eines ganzen Menschen – besser sogar zweier Menschen, damit sie einander ablösen und sich zwischendurch erholen können.

Gerade kommt Sadie Kate aus dem Kindergarten herbeigeeilt und informiert mich, dass ein scharlachroter Goldfisch (Geschenk von Gordon) von einem unserer Kleinen verschluckt worden ist. Herrje! Was in einem Waisenhaus alles für Katastrophen passieren können!

Neun Uhr abends

Meine Kinder sind im Bett, und mir kommt gerade ein Gedanke. Wäre es nicht wunderbar, wenn auch Menschenjunge in den Winterschlaf fallen würden? Es wäre wirklich angenehm, ein Waisenhaus zu leiten, wenn man die kleinen Herzchen am 1. Oktober ins Bett stecken und dort bis zum 22. April lassen könnte.

Wie immer die Deine
Sallie

24. April

Sehr geehrter Herr Jervis Pendleton!

Dies ist eine Nachschrift zu dem Nachttelegramm, das ich vor zehn Minuten geschickt habe. Weil fünfzig Worte nicht reichen, um eine Ahnung von meinen Gefühlen zu vermitteln, schiebe ich noch tausend hinterher.

Wie Du schon weißt, wenn Du das liest, habe ich unseren Bauern vom Hof gejagt, und er hat sich geweigert, den Hof zu verlassen. Da er doppelt so groß und breit ist wie ich, konnte ich ihn kaum zum Tor schleifen und auf die Straße werfen. Er möchte eine offizielle Mitteilung vom Vorsitzenden des Stiftungsrates, in kernigen Worten mit der Schreibmaschine auf offiziellem Briefpapier geschrieben. Also, lieber Vorsitzender des Stiftungsrates, wenn Du uns so rasch wie nur möglich damit ausstatten möchtest.

Hier nun der Hintergrund des Falles:

Da bei meiner Ankunft noch Wintersaison war und landwirtschaftliche Aktivitäten ziemlich brachlagen, habe ich mich bisher kaum mit Robert Sterry beschäftigt; nur zwei Mal ist mir aufgefallen, dass seine Schweineboxen ausgemistet werden müssten. Heute aber habe ich ihn holen lassen, um mit ihm über die Frühlingsaussaat zu reden.

Sterry kam wie verlangt, nahm entspannt in meinem

Büro Platz und ließ den Hut auf. Ich deutete so diskret wie möglich an, dass er ihn abnehmen solle – eine absolut notwendige Bitte, weil ständig Waisenjungen mit verschiedenen Aufträgen ins Büro kamen und für alle Jungen die Kleidungsvorschrift gilt: »Hut ab im Haus«.

Sterry kam meiner Bitte nach und verhärtete sich zugleich innerlich gegen alles, was ich von ihm wollen mochte.

Ich kam direkt zur Sache, dass nämlich die Ernährung im John-Grier-Heim im nächsten Jahr nicht so ausschließlich aus Kartoffeln bestehen sollte. Worauf unser Landwirt so ähnlich grunzte wie der Ehrenwerte Herr Cyrus Wykoff, nur dass er weniger luftig und wohlerzogen klang als ein Treuhänder. Ich zählte Mais, Bohnen, Erbsen, Zwiebeln, Rote Beete, Möhren und Steckrüben als wünschenswerte Alternativen auf.

Sterry bemerkte, wenn Kartoffeln und Kohl für ihn gut genug seien, dann wären sie doch wohl auch gut genug für Wohlfahrtskinder.

Ich fuhr ungerührt fort, dass der zwei Morgen große Acker umgepflügt, gedüngt und in vierundsechzig einzelne Gartenparzellen aufgeteilt werden solle, wobei ihm die älteren Jungen helfen würden.

Daraufhin explodierte Sterry. Dieser Acker sei das fruchtbarste und wertvollste Stück Land des gesamten Anwesens. Wenn ich das als Spielgärten für die Kinder aufteilen wollte, würde ich verdammt schnell Ärger mit dem Stiftungsrat kriegen. Der Acker sei genau richtig für Kartoffeln, da wären schon immer Kartoffeln gepflanzt worden, und sie würden auch weiter gepflanzt, solange er was zu sagen habe.

»Sie haben aber ganz und gar nichts zu sagen«, entgegnete ich freundlich. »Ich habe beschlossen, dass diese zwei Morgen sich am besten für die Gärten der Kinder eignen, und Sie und Ihre Kartoffeln werden dafür weichen müssen.«

Woraufhin er sich in einem ländlichen Wutausbruch erhob und sagte, er wolle verdammt sein, wenn er sich von einer Horde gottverdammter Stadtlümmel in die Arbeit pfuschen lasse.

Ich erklärte ihm – äußerst ruhig für eine Rothaarige mit irischen Vorfahren – dass dieser landwirtschaftliche Betrieb ausschließlich dem Wohl der Kinder dienen solle; dass die Kinder nicht hier seien, um im Dienst des Bauernhofs ausgenutzt zu werden. Diese Philosophie erschloss sich ihm nicht, allerdings hatte meine gepflegte städtische Ausdrucksweise eine etwas dämpfende Wirkung. Ich fügte hinzu, dass ich von unserem Landwirt die Fähigkeit und Geduld erwartete, die Kinder beim Gärtnern und bei leichten Außenarbeiten anzuleiten; dass ich mir einen Mann mit großem Herzen wünschte, der diesen Kindern von den Straßen der Stadt ein leuchtendes Vorbild sein könne.

Sterry lief hin und her wie ein Murmeltier, begann eine Tirade über albernes Wohltätigkeitsgerede und schwenkte dann – ohne dass ich dem Übergang folgen konnte – zum allgemeinen Thema Frauenwahlrecht. Ich hörte heraus, dass er nicht dafür ist. Ich ließ ihn lamentieren, bis er ruhiger wurde, dann reichte ich ihm seinen Lohnscheck und wies ihn an, das Pächterhaus bis zum nächsten Mittwoch um zwölf Uhr mittags zu räumen.

Sterry sagt nun, das werde er verdammt noch mal nicht tun. (Entschuldige das ständige »verdammt«. Es scheint das einzige Adjektiv dieses Menschen zu sein.) Der Vorsitzende des Sitzungsrates hat ihn eingestellt, und er wird dieses Haus nur verlassen, wenn der Vorsitzende ihn wegschickt. Ich glaube, der arme Sterry hat noch nicht gemerkt, dass der Vorsitz seit seinem Arbeitsantritt gewechselt hat.

ALORS, das ist die Geschichte. Ich will nicht drohen, aber: Sterry oder McBride – triff Deine Entscheidung, lieber Herr Vorsitzender.

Ich werde außerdem an den Direktor der Landwirtschaftlichen Hochschule von Massachusetts in Amherst schreiben und ihn bitten, mir einen guten, praktisch veranlagten Mann mit einer netten, tüchtigen, fröhlichen Frau zu nennen, der unsere bescheidenen siebzehn Morgen umfassend bewirtschaften würde und der dazu den richtigen Charakter besitzt, um unsere Jungen anzuleiten.

Wenn wir den landwirtschaftlichen Teil dieser Einrichtung ins Laufen kriegen, sollte er uns nicht nur Bohnen und Zwiebeln für die Speisekammer liefern, sondern auch Bildung für unsere Hände und Hirne.

Ich verbleibe, mein Herr,
Eure ergebene
S. McBride, Leiterin des John-Grier-Heims

PS: Ich glaube, Sterry wird eines Nachts zum Waisenhaus kommen und Fensterscheiben mit Steinen einschmeißen. Sollen wir sie versichern lassen?

Mein lieber Feind,

Sie sind heute Nachmittag so rasch verschwunden, dass ich gar keine Gelegenheit hatte, Ihnen zu danken, aber der Widerhall des Hinauswurfs war bis in meine Bibliothek zu hören. Außerdem habe ich die Trümmer besichtigt. Was um Himmels willen haben Sie mit dem armen Sterry angestellt? Als ich Sie mit entschlossen aufgerichteten Schultern auf das Kutschenhaus zuschreiten sah, überkamen mich plötzlich Gewissensbisse. Ich wollte den Mann nicht ermordet haben, nur zur Vernunft gebracht. Ich fürchte, Sie waren ein wenig zu hart mit ihm.

Allerdings scheint Ihre Taktik Erfolg gehabt zu haben. Es wird berichtet, dass er schon nach einem Umzugswagen telefoniert hat und dass Mrs Sterry in diesem Moment auf Händen und Knien den Wohnzimmerteppich vom Boden reißt.

Vielen Dank für diese Unterstützung.

Sallie McBride

26. April

Lieber Jervis,

Dein entschiedenes Telegramm war letztlich doch nicht mehr nötig. Dr. Robin MacRae, der sich in Auseinandersetzungen immer gewitzt anstellt, hat die Sache mit herrlicher Direktheit erledigt. Ich habe vor Wut so gekocht, dass ich gleich nach meinem Brief an Dich den Doktor angerufen und die ganze Sache noch einmal dargelegt habe. Egal, was man von unserem Sandy halten mag (und er hat so einige Schwächen), er hat jede Menge gesunden Menschenverstand. Er weiß, wie nützlich diese Gärten sein werden und wie nutzlos (oder schlimmer) Sterry war. Also stellte er fest: »Die Autorität der Heimleitung muss unbedingt aufrechterhalten werden.« (Nebenbei bemerkt, dass das ausgerechnet von ihm kommt, ist äußerst amüsant.) Dann legte er auf, warf seinen Wagen an und raste in verbotenem Tempo hierher. Angetrieben von erstklassigem schottischem Zorn marschierte er direkt zu Sterry und warf den Mann mit solcher Entschlossenheit und Zielsicherheit hinaus, dass dabei das Kutschenhausfenster zu Bruch ging.

Seit die Möbel der Sterrys heute auf einem Wagen zum Tor hinausgerumpelt sind, hat sich ein süßer Frieden über das John-Grier-Heim gelegt. Ein Mann aus dem Dorf hilft vorübergehend aus, während wir auf den Bauern unserer Träume warten.

Es tut mir leid, dass wir Dich mit unseren Sorgen behelligt haben. Richte Judy bitte aus, dass sie mir einen Brief schuldet und nichts von mir hören wird, ehe sie die Schulden begleicht.

Deine erg. Dienerin
S. McBride

Liebe Judy,

in meinem gestrigen Brief an Jervis habe ich vergesst (wie Punch sagt), unseren Dank für die drei Badewannen zu übermitteln. Die himmelblaue Wanne mit den Mohnblumen auf der Seite gibt dem Kinderkrippentrakt eine besonders fröhliche Note. Ich freue mich immer sehr über Geschenke für die Kinder, die sie nicht verschlucken können.

Du hörst sicher gern, dass unsere handwerkliche Ausbildung in vollem Gange ist. Die Hobelbänke werden im alten Grundschulraum aufgebaut, und bis unser Schulhaus seinen Anbau bekommt, werden unsere Grundschüler auf der Veranda unterrichtet, wie Miss Matthews so klug vorgeschlagen hat.

Die Nähkurse für die Mädchen gehen ebenfalls voran. Auf einem Bankkreis unter der Blutbuche wird von Hand genäht, und die größeren Mädchen wechseln sich an den drei Nähmaschinen ab. Sobald sie etwas geschickter werden, beginnen wir das großartige Werk der Neueinkleidung. Ich weiß, Du findest mich langsam, aber es ist eine Riesenaufgabe, einhundertachtzig neue Kittelkleider zu nähen. Und die Mädchen werden sie so viel mehr zu schätzen wissen, wenn sie die Sachen eigenhändig nähen.

Außerdem kann ich berichten, dass unsere Hygienestandards gestiegen sind. Dr. MacRae hat Frühsport und Abendsport eingeführt, dazu ein Glas Milch und allgemeines Fangenspielen in der großen Schulpause. Er hat außerdem Physiologieunterricht auf den Lehrplan gesetzt und die Kinder in Kleingruppen aufgeteilt, damit sie zu ihm nach Hause kommen können, wo er eine Art Lehrpuppe hat, die man öffnen und deren Innereien man betrachten kann. Inzwischen können sie wissenschaftliche Fakten über ihr kleines Verdauungssystem genauso schnell herunterrattern wie die Abzählreime von Mutter Gans. Wir werden allmählich so klug, dass wir kaum wiederzuerkennen sind. Du würdest uns kaum für Waisen halten, wenn Du uns reden hörtest; wir klingen ganz wie Kinder aus Boston.

Zwei Uhr nachmittags

Ach Judy, was für ein Unglück! Erinnerst Du Dich, dass ich Dir vor ein paar Wochen von einem netten kleinen Mädchen erzählt habe, das ich in eine nette Familie gegeben habe, die es hoffentlich adoptieren würde? Es war eine freundliche christliche Familie aus einem hübschen Dorf, und der Pflegevater war Diakon in der örtlichen Kirche. Hattie war ein reizendes, folgsames, häusliches kleines Ding, und es sah so aus, als hätten wir beide genau passend füreinander ausgewählt. Aber meine Güte, heute Morgen wurde sie zurückgebracht, weil sie

GESTOHLEN hatte. Und noch viel skandalöser: *SIE HATTE EINEN ABENDMAHLSKELCH AUS DER KIRCHE GESTOHLEN*!

Ich brauchte eine halbe Stunde, bis ich aus ihrem Schluchzen und den Vorwürfen der Eltern die Wahrheit herausgefiltert hatte. Offenbar ist ihre Kirche eine von der modernen und hygienischen Sorte, ganz wie unser Herr Doktor, und hat darum kleine Abendmahlsbecher für jedes Gemeindeglied eingeführt. Die arme kleine Hattie hatte in ihrem ganzen Leben noch nie etwas vom Abendmahl gehört. Sie war überhaupt nicht an Kirchgang gewöhnt, denn die Sonntagsschule hatte ihre einfachen religiösen Bedürfnisse bisher befriedigt. Doch in ihrem neuen Zuhause nahm sie an beidem teil, und eines Tages wurden zu ihrer freudigen Überraschung Erfrischungen gereicht. Doch sie ließ man aus. Sie kommentierte das aber nicht, denn sie ist es gewohnt, übergangen zu werden.

Als sie jedoch nach Hause gehen wollten, stellte sie fest, dass der kleine silberne Becher achtlos auf der Bank liegen gelassen worden war, und da sie annahm, dass es sich um ein Souvenir handelte, das man mitnehmen durfte, wenn man wollte, steckte sie ihn in die Tasche.

Zwei Tage später kam die Sache ans Licht, denn der Becher wurde als Schmuckstück ihres Puppenhauses entdeckt. Offenbar hatte Hattie vor langer Zeit mal ein Puppengeschirr in einem Schaufenster gesehen und seither davon geträumt, selbst eines zu besitzen.

Der Abendmahlsbecher war nicht ganz das Gleiche, aber immerhin ein Ersatz. Wenn nun unsere Christenfamilie ein bisschen weniger religiösen Eifer und ein bisschen mehr Verstand besäße, hätte sie den Becher unbeschadet zurückgebracht, wäre mit Hattie in den nächsten Spielzeugladen gegangen und hätte ihr Puppengeschirr gekauft. Stattdessen packten sie die Kleine mitsamt all ihren Habseligkeiten in den nächsten Zug, schoben sie durch unsere Eingangstür und erklärten sie lauthals zur Diebin.

Ich bin sehr zufrieden mit mir, dass ich dem empörten Diakon und seiner Frau eine so gründliche Strafpredigt hielt, wie sie von der Kanzel bestimmt noch keine gehört haben. Dafür habe ich mir ein paar kraftvolle und blumige Ausdrücke aus Sandys Vokabular geborgt und sie sehr demütig nach Hause geschickt. Die kleine Hattie aber ist wieder hier, nachdem sie mit so großen Hoffnungen fortgegangen war. Es hat eine sehr unerfreuliche moralische Wirkung auf ein Kind, wenn es in Schande ins Waisenhaus zurückgebracht wird, vor allem, wenn es sich gar keiner Schuld bewusst sein kann. So bekommt es das Gefühl, dass überall auf der Welt unbekannte Fallgruben lauern, und traut sich keinen eigenständigen Schritt mehr zu. Ich muss jetzt all meine Energie darauf verwenden, ihr neue Pflegeeltern zu finden, und zwar welche, die noch nicht so alt und gesetzt und »anständig« sind, dass sie ihre eigene Kindheit vollkommen vergessen haben.

Sonntag

Ich habe ganz vergessen zu erwähnen, dass unser neuer Landwirt da ist, Turnfelt heißt er; und seine Frau ist ein Schatz, hellblond mit Grübchen. Wäre sie eine Waise, fände ich in einer Minute eine Familie für sie. Wir dürfen sie nicht vergeuden. Ich habe schon einen herrlichen Plan für einen Anbau an das Bauernhaus, wo wir unter ihrer angenehmen Betreuung eine Art Brutstall einrichten könnten; dort könnten unsere neuen Küken eine Weile sozusagen in Quarantäne leben, damit sie keine ansteckenden Krankheiten und übermäßige Unflätigkeiten unter unseren anderen vollkommenen Küken verbreiten.

Wie gefällt Dir das? In einer so lauten und unruhigen Einrichtung wie dieser braucht man unbedingt einen abgeschiedenen Ort, wo man die Fälle absondern kann, die individuelle Betreuung brauchen. Einige unserer Kinder haben überempfindliche Nerven geerbt, und da ist eine Phase stiller Kontemplation angeraten. Ist mein Vokabular nicht höchst professionell und wissenschaftlich? Das tägliche Gespräch mit Dr. Robin MacRae ist äußerst bildend.

Du solltest mal unsere Schweine sehen, seit Turnfelt hier ist. Sie sehen so unnatürlich sauber und rosarot aus, dass sie einander gar nicht mehr erkennen.

Auch unser Kartoffelacker ist nicht wiederzuerkennen. Er ist mit Stöcken und Schnüren in so viele Felder wie ein Schachbrett unterteilt worden, und jedes Kind hat sich eines gesichert. Wir lesen praktisch nur noch Saatkataloge.

Noah ist gerade von einem Gang ins Dorf zurück, wo er die Sonntagszeitungen geholt hat, um sich den freien Tag zu vertreiben. Für einen Heizer ist Noah ein sehr kultivierter Mensch: Er liest nicht nur gern und viel, sondern trägt dabei auch eine elegante Lesebrille aus Schildpatt. Außerdem hat er vom Postamt einen Brief von Dir mitgebracht, den Du Freitagabend geschrieben hast. Ich nehme schmerzlich zur Kenntnis, dass Dir »Gösta Berling« nicht gefällt, und Jervis ebenso wenig. Mein einziger Kommentar dazu lautet: »Was für ein schockierender Mangel an literarischem Geschmack in der Familie Pendleton!«

Dr. MacRae hat einen anderen Arzt zu Besuch, einen sehr melancholischen Herrn, der einer privaten Nervenheilanstalt vorsteht und glaubt, dass es nichts Gutes im Leben gibt. Ich nehme an, eine so pessimistische Weltsicht ist nur natürlich, wenn man seine drei täglichen Mahlzeiten an einem Tisch voller Melancholiker einnimmt. Er geht durch die Welt und sucht nach Zeichen des Niedergangs, die er überall findet. Nach einem halbstündigen Gespräch rechnete ich schon damit, dass er mir in den Rachen schauen will, um zu sehen, ob ich eine Gaumenspalte habe. Sandys Freundeskreis scheint seinem Literaturgeschmack zu entsprechen. Meine Güte, ist das ein Brief geworden!

Bis bald,
Deine Sallie

Donnerstag, 2. Mai

Liebe Judy,

was für ein verwirrender Strudel von Ereignissen! Das John-Grier-Heim ist ganz außer Atem. Übrigens bin ich auf gutem Weg, eines meiner Probleme zu lösen: was ich nämlich mit den Kindern anfangen soll, wenn die Zimmerleute und Klempner und Maurer hier sind. Oder vielmehr hat mein toller Bruder es für mich gelöst.

Heute Nachmittag ging ich den Bestand an Bettwäsche durch und machte die schockierende Entdeckung, dass wir mit dem vorhandenen Vorrat die Betten der Kinder nur alle zwei Wochen neu beziehen können, was wir wohl auch immer so gemacht haben. Und wie ich da so inmitten meiner gesamten Weißwäsche stehe, ein dickes Schlüsselbund am Gürtel, sodass ich aussehe wie die Herrin einer mittelalterlichen Burg, wer wird da hereingebracht? Jimmie!

Da ich sehr beschäftigt war, drückte ich ihm einen schiefen Kuss auf die Nase und schickte ihn mit meinen beiden ältesten Knaben auf eine Besichtigungstour der Anstalt. Sie sammelten unterwegs sechs Freunde ein und organisierten ein Baseballspiel. Jimmie kam erschöpft, aber begeistert zurück und willigte ein, seinen Aufenthalt übers Wochenende zu verlängern, entschied allerdings nach dem Abendessen, seine Mahlzeiten in Zukunft im Hotel einzunehmen. Als wir mit unserem Kaffee vor dem Kamin saßen, vertraute ich ihm meine Sorgen wegen der Unterbringung meiner Küken während des Baus ihres neuen Hühnerstalls an. Du kennst ja Jimmie. In einer halben Minute hatte er seinen Plan präsentiert.

»Bau doch so eine Art Ferienlager oben auf das kleine Plateau im Wäldchen. Man kann drei offene Hütten aufstellen, acht Betten in jeder Hütte, und dann die ältesten vierundzwanzig Jungen im Sommer da wohnen lassen. Kostet keine zwei Cent.«

»Mag sein«, wandte ich ein, »aber es wird mehr als zwei Cent kosten, jemanden zu bezahlen, der dort auf sie aufpasst.«

»Gar kein Problem«, sagte Jimmie großspurig. »Ich finde dir jemanden von der Universität, der in den Ferien gern für Kost und Logis und eine kleine Entschädigung herkommt, nur musst du ihm was Nahrhafteres servieren als mir heute Abend.«

Dr. MacRae schaute um neun Uhr nach seinem Besuch in der Krankenstation herein. Wir haben drei Fälle von Keuchhusten, aber alle isoliert, es kommen keine weiteren nach. Wie die drei zu uns gekommen sind, kann ich mir nicht erklären. Anscheinend bringt ein kleiner Vogel den Keuchhusten in Waisenhäuser.

Jimmie überfiel ihn gleich mit seiner Lageridee, und der Doktor war begeistert. Sie griffen sofort zu Bleistift und Papier und zeichneten Pläne. Ehe der Abend zu Ende ging, war der letzte Nagel eingeschlagen. Die beiden waren nicht zufrieden, ehe sie um zehn Uhr abends einen armen Zimmermann per Telefon aus dem Schlaf gerissen hatten. Er ist mit einer Ladung Holz für morgen früh um acht bestellt.

Um halb elf wurde ich die beiden endlich los, und sie redeten immer noch über Stützen und Querbalken und Entwässerungsgräben und Dachneigung.

Jimmies Erregung und der Kaffee und die ganzen Baupläne haben mich an den Schreibtisch getrieben, um Dir sofort einen Brief zu schreiben; aber weitere Einzelheiten werde ich mit Deiner Erlaubnis auf einen späteren Zeitpunkt verschieben.

Wie immer Deine
Sallie

Samstag

Lieber Feind,

würden Sie heute Abend um sieben Uhr mit uns zu Abend essen? Es wird eine richtige Dinnerparty mit Eiscreme.

Mein Bruder hat einen vielversprechenden jungen Mann gefunden, der sich um die Jungen kümmern soll – vielleicht kennen Sie ihn, es ist Mr Witherspoon aus der Bank. Ich möchte ihn in kleinen Schritten an das Waisenhaus heranführen, darum sprechen Sie *BITTE* nicht von Geisteskrankheit oder Epilepsie oder Alkoholismus oder sonst einem Ihrer Lieblingsthemen.

Er ist ein frohsinniger junger Mann und eine Stütze der Gesellschaft, an feines und ausgefallenes Essen gewöhnt. Meinen Sie, dass wir ihn im John-Grier-Heim jemals zufriedenstellen können?

Sichtlich in Eile,
Ihre Sallie McBride

Sonntag

Liebe Judy,

Jimmie stand am Freitagmorgen um acht Uhr wieder vor der Tür, der Doktor um Viertel nach acht. Die beiden und der Zimmermann, dazu der neue Bauer, unsere beiden Pferde und unsere acht größten Jungen sind seitdem ununterbrochen bei der Arbeit. Ich wünschte, ich hätte ein Dutzend Jimmies hier, allerdings muss ich sagen, dass mein Bruder nur dann so schnell arbeitet, wenn die erste Begeisterung für ein Projekt noch nicht nachgelassen hat. Sollte er eine mittelalterliche Kathedrale meißeln, wäre er nicht so gut zu gebrauchen.

Am Samstag kam er strahlend mit einer neuen Idee an. Im Hotel hatte er am Abend zuvor einen alten Freund getroffen, der zu seinem Jagdclub in Kanada gehört und hier am Schalter unserer einzigen Bank arbeitet, der First National. »Ein prächtiger Bursche«, sagte Jimmie, »und genau der Mann, den du mit den Jungs ins Lager schicken möchtest, damit er sie ein bisschen auf Vordermann bringt. Er würde es für Kost und Logis und vierzig Dollar im Monat machen, er ist nämlich mit einem Mädchen aus Detroit verlobt und möchte was ansparen. Ich habe ihm erzählt, dass das Essen schrecklich sei, aber wenn er genug drängt, stellst du wahrscheinlich eine neue Köchin ein.«

»Wie heißt er denn?«, fragte ich mit vorsichtigem Interesse.

»Er hat einen herrlichen Namen: Percy de Forest Witherspoon.«

Ich bekam beinahe einen Lachanfall. Stell Dir einen Percy de Forest Witherspoon vor, der auf unsere vierundzwanzig kleinen Wilden aufpasst!

Aber Du kennst ja Jimmie, wenn er sich etwas in den Kopf gesetzt hat. Er hatte Mr Witherspoon schon zum Essen bei mir am Samstagabend eingeladen und Austern und Täubchen und Eiscreme bei der dörflichen Gastronomie bestellt, um meine Kalbskopfsülze zu unterfüttern. Am Ende habe ich eine richtig formelle Dinnerparty gegeben und Miss Matthews, Betsy und den Herrn Doktor dazugeladen.

Beinahe hätte ich auch noch den Ehrenwerten Herrn Cy und Miss Snaith eingeladen. Seit ich die beiden kenne, habe ich das Gefühl, zwischen den beiden müsste sich eine Romanze entwickeln. Ich habe noch nie zwei Menschen getroffen, die so gut zueinander passen. Er ist Witwer mit fünf Kindern. Meinst Du nicht, da müsste sich etwas arrangieren lassen? Wenn er eine Frau hätte, die ihn in Beschlag nähme, wäre er womöglich ein bisschen weniger auf uns fokussiert. Dann wäre ich sie beide auf einen Schlag los. Das sollte bei unseren zukünftigen Verbesserungen mitbedacht werden.

Aber zurück zu unserem Essen. Im Laufe des Abends wuchs meine Besorgnis – nicht so sehr darüber, was Percy für uns tun könnte, sondern was wir für Percy tun könnten. Wenn ich die ganze Welt absuchte, würde ich keinen jungen Mann finden, der die Zuneigung unserer Jungen eher gewinnen könnte. Man muss ihn nur anschauen, dann weiß man schon, dass er alles gut macht, oder jedenfalls entschlossen. Seine literarischen und kulturellen Meriten halte ich für ein bisschen zweifelhaft, aber er kann reiten und schießen und Golf und Football spielen und segeln. Er schläft gern im Freien und mag Jungen. Er hat schon immer mal Waisen kennenlernen wollen; so oft in Büchern über sie gelesen, sagt er, aber nie einen in natura gesehen. Percy wirkt zu schön, um wahr zu sein.

Ehe sie gingen, trieben Jimmie und der Doktor noch eine Laterne auf, und in ihrer feinen Abendkleidung stapften sie mit Mr Witherspoon über ein frisch gepflügtes Feld, um seine künftige Behausung zu inspizieren.

Und was für ein Sonntag dann folgte! Ich musste den Männern direkt das Zimmern verbieten. Sie hätten sonst einen vollen Arbeitstag eingelegt, ungeachtet des moralischen Schadens, den sie damit bei einhundertvier kleinen Christenseelen angerichtet hätten. So standen sie bloß mit ihren Hämmern in der Hand vor den unfertigen Hütten und überlegten, wo sie morgen früh den allerersten Nagel einschlagen wollten. Je länger ich Männer beobachte, desto mehr komme ich zu dem Schluss, dass sie nichts weiter sind als Jungen, die zu groß für einen ordentlichen Klaps geworden sind.

Ich mache mir schreckliche Sorgen, wie wir Mr Witherspoon ernähren sollen. Er sieht aus, als hätte er einen äußerst gesunden Appetit und könne kein Abendessen herunterbekommen, wenn er nicht fein angezogen ist. Ich habe Betsy beauftragt, uns von zu Hause einen großen Koffer Abendkleider schicken zu lassen, damit wir unsere gesellschaftliche Stellung wahren können. In einem haben wir Glück: Er isst im Hotel zu Mittag, und ich habe gehört, der Mittagstisch dort ist sehr sättigend.

Richte Jervis aus, wie leid es mir tut, dass er nicht hier ist, um unser Lager mitzubauen. Da kommt der Ehrenwerte Herr Cy den Gartenpfad entlang. Himmel, hilf!

Deine vom Pech verfolgte
S. McB.

John-Grier-Heim,
8. Mai

Liebe Judy,

unser »Ferienlager« ist fertig, mein energischer Bruder ist abgereist, und unsere vierundzwanzig Jungen haben zwei heilsame Nächte im Freien verbracht. Die drei mit Baumrinde verkleideten Holzhütten geben unserem Gelände eine hübsch ländliche Note. Sie sind so ähnlich wie die, die wir früher in den Adirondacks hatten, an drei Seiten geschlossen und vorn offen, und eine etwas größer mit einem Anbau, damit Mr Witherspoon ein Privatzimmer hat. Eine weitere Hütte, etwas weniger der Witterung ausgesetzt, dient als Waschgelegenheit – sie haben einen Wasserhahn an der Wand und drei Gießkannen. Jede Hütte hat einen »Bademeister«, der sich auf einen Hocker stellt und seine bibbernden Mitbewohner mit Wasser besprenkelt. Da unsere Treuhänder uns *NICHT GENUG* Badewannen geben wollen, müssen wir uns anders behelfen.

Die drei Hütten haben sich als drei Indianerstämme organisiert, jeder Stamm hat einen eigenen Häuptling, der für das Betragen seines Stammes verantwortlich ist, Mr Witherspoon ist der Oberhäuptling und Dr. MacRae der Medizinmann. Am Dienstagabend haben sie die Holzhäuser mit einer passenden Stammeszeremonie eingeweiht. Sie hatten mich zwar höflich dazu eingeladen, aber ich habe beschlossen, dass es sich um eine rein männliche Angelegenheit handelte, und dankend abgelehnt. Ich habe ihnen allerdings Erfrischungen bringen lassen, was sehr gut ankam. Am Abend sind Betsy und ich bis zum Baseballfeld gegangen, um einen Blick auf die wilde Feier zu erhaschen. Die tapferen Krieger saßen im Kreis um ein großes Feuer, alle in eine Bettdecke gehüllt und mit einem flotten Federschmuck angetan. (Unsere Hühner sehen alle am Schwanz verdächtig kahl aus, aber ich habe keine unangenehmen Fragen gestellt.) Der Doktor hatte eine Navajodecke um die Schultern geworfen und führte einen Kriegstanz auf, während Jimmie und Mr Witherspoon die Kriegstrommeln schlugen – zwei unserer Kupferkessel, nun für immer verbeult. Stell Dir Sandy vor! Das ist der erste Anflug von jugendlichem Leichtsinn, den ich an diesem Mann entdeckt habe.

Als die Krieger nach zehn Uhr sicher in den Betten lagen, kamen die drei Männer ins Haus und ließen sich schlaff in die bequemen Sessel meiner Bibliothek sinken. Sie taten so, als hätten sie sich zum Wohle der Gemeinschaft heldenhaft aufgeopfert, aber mich können sie nicht täuschen. Diese ganzen Albernheiten haben sie nur zum eigenen Vergnügen organisiert.

Bisher scheint Mr Witherspoon recht zufrieden. Er hat den Vorsitz an einem Ende des Mitarbeitertisches, unter besonderer Betreuung durch Betsy, und sie berichtet mir, dass er dieser etwas behäbigen Versammlung beträchtliches Leben einhaucht. Ich habe mich bemüht, die Speisekarte ein wenig zu verfeinern, und er isst alles, was ihm vorgesetzt wird, mit gutem Appetit, obwohl ihm gewohnte Leckereien wie Austern und Wachteln und Weichschalenkrebse fehlen.

Es war nirgendwo ein privater Raum zu finden, den ich dem jungen Mann hätte zur Verfügung stellen können, aber er hat das Problem selbst mit dem Vorschlag gelöst, unser neues Labor zu nutzen. Darin verbringt er also seine Abende mit einem Buch und einer Pfeife, behaglich in den Zahnarztsessel gestreckt. Nicht viele Herren der Gesellschaft wären bereit, ihre Abende mit

so harmloser Unterhaltung zu verbringen. Das Mädchen in Detroit kann sich glücklich schätzen.

Herrje! Ein Auto voller Menschen trifft gerade ein, um uns zu besichtigen, und Betsy, die sonst die Führungen übernimmt, ist nicht da. Ich eile.

Addio!
Sallie

Mein lieber Gordon,

dies ist kein Brief – ich schulde Dir auch keinen –, sondern nur eine Empfangsbestätigung für fünfundsechzig Paar Rollschuhe.

Vielen Dank,
S. McB.

Freitag

Lieber Feind,

ich habe gehört, dass ich heute Ihren Besuch verpasst habe, aber Jane hat mir Ihre Botschaft ausgerichtet und mir die »Genetische Philosophie der Erziehung« überreicht. Sie sagt, dass Sie in ein paar Tagen vorbeikommen und mich nach meiner Meinung über das Buch befragen wollen. Soll das eine schriftliche oder mündliche Prüfung werden?

Ist Ihnen noch nie in den Sinn gekommen, dass dieses Bildungsprogramm reichlich einseitig verläuft? Ich denke oft, dass auch die geistige Haltung von Dr. Robin MacRae einer leichten Umstrukturierung bedürfte. Ich verspreche, Ihr Buch zu lesen, wenn Sie auch eines von mir lesen. Ich sende Ihnen beiliegend Anthony Hopes »Dolly-Dialoge« und werde Sie in ein oder zwei Tagen nach Ihrer Ansicht fragen.

Es ist sicher nicht leicht, einem schottischen Presbyterianer etwas Leichtsinn einzupflanzen, aber Hartnäckigkeit bewirkt Wunder.

S. McB.

12. Mai

Meine liebe, liebe Judy –

von wegen große Flut in Ohio! Hier in Dutchess County sind wir inzwischen so durchweicht wie ein nasser Schwamm. Fünf Tage Regen am Stück, und in diesem Heim läuft alles schief.

Die Kleinen hatten Diphtherie, und wir haben nächtelang bei ihnen gewacht. Die Köchin hat gekündigt, und in der Wand steckt eine tote Ratte. Die drei Lagerhütten sind undicht, und am frühen Morgen nach dem ersten Wolkenbruch standen vierundzwanzig tropfnasse kleine Indianer in feuchten Bettdecken vor der Tür und baten um Einlass. Seither hängt jede Wäscheleine, jedes Treppengeländer voll mit nassen, stinkenden Decken, die zwar ausdünsten, aber nicht trocken werden wollen. Mr Percy de Forest Witherspoon ist in sein Hotel zurückgekehrt und wartet, dass die Sonne sich wieder zeigt.

Nachdem wir also vier Tage lang praktisch ohne körperliche Betätigung eingepfercht waren, bricht die Ungezogenheit aus den Kindern hervor wie Ausschlag, wie die Masern. Betsy und ich haben alle harmlosen Aktivitäten durch, die in so einer überfüllten Unterkunft möglich sind: Blindekuh und Kissenschlacht, Verstecken und Gymnastik im Speisesaal, Bohnensackwerfen im Klassenzimmer. (Wir haben zwei Fensterscheiben zerschmissen.) Die Jungen haben in den Korridoren Bockspringen gespielt und im ganzen Haus den Wandputz zertreten. Wir haben wie verrückt geputzt und geschrubbt. Sämtliches Holz der Inneneinrichtung ist poliert, alle Böden gebohnert. Trotz alledem haben wir noch jede Menge überschüssige Energie und stehen kurz davor, uns gegenseitig zu verprügeln.

Sadie Kate benimmt sich wie eine kleine Teufelin – gibt es überhaupt weibliche Teufel? Wenn nicht, hat Sadie Kate diese Gattung begründet. Und heute Nachmittag hatte Loretta Higgins einen – nun ja, ich weiß nicht recht, ob es eine Art Anfall war oder bloß ein Temperamentsausbruch. Sie hat sich zu Boden geworfen und eine ganze Stunde lang laut geheult, und sobald sich ihr jemand näherte, hat sie mit Händen und Füßen um sich geschlagen und nach Leuten gebissen.

Als der Doktor kam, hatte sie sich schon völlig ausgetobt. Er hob sie auf, ganz schlaff hing sie in seinen Armen, und trug sie auf ein Bett im Krankenzimmer. Als sie eingeschlafen war, kam er zu mir in die Bibliothek und bat darum, in den Archiven nachschlagen zu können.

Loretta ist dreizehn; in den drei Jahren, die sie bei uns ist, hatte sie fünf solcher Ausbrüche und ist heftig dafür bestraft worden. Das Abstammungsregister des Mädchens liest sich ganz einfach: »Mutter im Heim von Bloomingdale an Alkoholdemenz verstorben; Vater unbekannt.«

Er starrte lange mit gerunzelter Stirn auf die Seite und schüttelte den Kopf.

»Bei so einer erblichen Belastung, ist es da richtig, das Kind zu bestrafen, weil sein Nervensystem zerrüttet ist?«

»Ist es nicht«, sagte ich bestimmt. »Wir werden ihr zerrüttetes Nervensystem heilen.«

»Wenn wir können.«

»Wir versorgen sie mit Lebertran und Sonnenschein, und dann finden wir eine liebevolle Pflegemutter, die Mitleid mit dem armen kleinen –«

Doch dann erstarb meine Stimme, als ich mir Lorettas Gesicht vor Augen rief: die tief liegenden Augen und die große Nase, der offen stehende Mund und das fehlende Kinn, das strähnige Haar und die abstehenden Ohren. Keine Pflegemutter der Welt würde ein Kind lieben, das so aussah.

»Warum, um Himmels willen«, jammerte ich, »schickt uns der Herr nicht lauter Waisen mit blauen Augen und blonden Locken und liebevollem Wesen? Von der Sorte könnte ich eine Million in guten Familien unterbringen, aber Loretta will niemand.«

»Ich fürchte, der Herr hat nichts damit zu tun, Lorettas auf die Welt zu bringen. Darum kümmert sich der Teufel.«

Der arme Sandy! Er wird manchmal arg pessimistisch, wenn es um die Zukunft des Universums geht; aber das wundert mich nicht, bei dem freudlosen Leben, das er führt. Heute sah er aus, als sei sein eigenes Nervensystem zerrüttet. Seit fünf Uhr morgens war er durch den Regen geplatscht, als er zu einem Hausbesuch bei einem kranken Säugling gerufen wurde. Ich brachte ihn dazu, Platz zu nehmen und Tee zu trinken, und wir haben uns nett und fröhlich über Trunksucht und Schwachsinnigkeit und Epilepsie und Geisteskrankheit unterhalten. Alkoholikereltern kann er schon nicht leiden, aber bei geisteskranken Eltern hört es für ihn ganz auf.

Im Stillen glaube ich ja überhaupt nicht an diese ganze Vererbung, wenn man die Babys nur schnell genug entführt, ehe sie die Augen aufschlagen.

Wir haben hier den sonnigsten Jungen, den man sich nur vorstellen kann; seine Mutter und seine Tante Ruth und sein Onkel Silas sind alle in geistiger Umnachtung gestorben, er hingegen ist so friedlich und seelenruhig wie eine Kuh.

Adieu, meine Liebe. Es tut mir leid, dass dieser Brief nicht fröhlicher ist, aber im Augenblick passiert einfach nur Unangenehmes. Es ist elf Uhr, ich habe den Kopf in den Korridor hinausgesteckt, und alles ist ruhig, bis auf zwei klappernde Fensterläden und die tropfenden Dachgauben. Ich habe Jane versprochen, um zehn ins Bett zu gehen.

Gute Nacht, und Freude sei mit Euch beiden! (Wie man in Schottland sagt.)

Sallie

PS: Für eines muss ich inmitten all meiner Sorgen und Nöte doch dankbar sein: Der Ehrenwerte Herr Cy hat sich eine langwierige Grippe eingefangen. In einem Ausbruch von Zuwendung habe ich ihm einen Strauß Veilchen geschickt.
PPS: Wir haben eine richtige Epidemie von Bindehautentzündungen.

16. Mai

Guten Morgen, meine liebe Judy!

Drei Tage Sonnenschein, und das John-Grier-Heim lächelt.

Meine unmittelbaren Sorgen lösen sich aufs Schönste in Luft auf. Die verflixten Decken sind endlich getrocknet, unser Lager ist wieder bewohnbar gemacht. Die Hütten sind mit Holzbohlen ausgelegt, die Dächer mit Teerpappe abgedichtet. (Mr Witherspoon nennt sie jetzt »Hühnerställe«.) Wir heben einen Graben aus und befestigen ihn mit Steinen, damit das Wasser bei weiteren Wolkenbrüchen vom Plateau hinunter in das Maisfeld geleitet wird. Die Indianer haben ihr wildes Leben wiederaufgenommen, ihr Häuptling ist auf seinem Posten.

Der Doktor und ich haben gründlich über Loretta Higgins' Nervenkostüm nachgedacht. Wir glauben, dass dieses kasernierte Leben mit der ständigen Bewegung und Unruhe zu aufregend für sie ist, und haben beschlossen, dass wir sie am besten in einer Privatfamilie unterbringen, wo man sich individuell um sie kümmern kann.

Der wie üblich findige Doktor hat auch gleich die passende Familie aufgetan. Es sind seine Nachbarn, sehr nette Menschen; ich komme gerade von einem Besuch dort zurück. Der Mann ist Vorarbeiter in der Gießerei im Hüttenwerk, und seine Frau ist eine freundliche Seele, die es beim Lachen am ganzen Körper schüttelt. Sie wohnen hauptsächlich in der Küche, um das Wohnzimmer sauber zu halten; aber es ist eine so fröhliche Küche, dass ich selbst gern darin leben würde. Auf der Fensterbank stehen Töpfe mit Begonien, vor dem Herd liegt auf einem Flechtteppich eine schöne, schnurrende, getigerte Katze. Am Samstag backt sie – Kekse und Lebkuchen und Schmalzgebäck. Ich habe vor, meinen wöchentlichen Besuch bei Loretta auf den Samstagvormittag um elf zu legen. Offenbar habe ich auf Mrs Wilson einen ebenso vorteilhaften Eindruck gemacht wie sie auf mich. Als ich weg war, vertraute sie dem Herrn Doktor an, dass sie mich mochte, weil ich genauso gewöhnlich war wie sie selbst.

Loretta soll dort Hausarbeit lernen und einen kleinen Garten für sich haben, und vor allem draußen in der Sonne spielen. Sie soll früh zu Bett gehen und nahrhaftes Essen bekommen, und sie sollen sie liebevoll behandeln und streicheln und glücklich machen. Und das alles für drei Dollar die Woche!

Wieso kann ich nicht hundert solche Familien finden und alle Kinder gegen Bezahlung unterbringen? Dann könnte man dieses Haus in eine Irrenanstalt umwandeln, und da ich von Geisteskranken nichts verstehe, könnte ich guten Gewissens kündigen, nach Hause zurückkehren und glücklich leben bis ans Ende meiner Tage.

Im Ernst, Judy, ich bekomme langsam Angst. Dieses Waisenhaus wird mich noch zu packen kriegen, wenn ich lange genug bleibe. Ich interessiere mich inzwischen so sehr dafür, dass ich an nichts anderes denken, von nichts anderem reden oder träumen kann. Jervis und Du, Ihr habt mir alle Chancen im Leben verbaut.

Nehmen wir mal an, ich würde jetzt hier aufhören und heiraten und eine Familie gründen. Heutzutage hieße das, ich könnte höchstens auf fünf oder sechs Kinder hoffen, und alle mit dem gleichen Erbgut. Meine Güte! Wie monoton und bedeutungslos eine solche Familie mir scheint. Ihr habt mich an die Anstalt gefesselt.

Eure vorwurfsvolle
Sallie McBride

PS: Wir haben hier ein Kind, dessen Vater gelyncht wurde. Ist das nicht ein pikantes Detail der Familiengeschichte?

Dienstag

Liebste Judy,

was sollen wir tun? Mamie Prout mag keine Dörrpflaumen. Diese Abneigung gegen ein preiswertes und gesundes Nahrungsmittel ist reine Einbildung und sollte unter den Insassen einer gut geführten Einrichtung nicht geduldet werden. Mamie muss dazu gebracht werden, Dörrpflaumen zu mögen. Sagt unsere Grammatiklehrerin, die mittags bei uns bleibt und die moralische Haltung ihrer Schützlinge überwacht. Gegen ein Uhr führte sie Mamie heute in mein Büro und klagte sie der völligen, *ABSOLUTEN* Dörrpflaumenverweigerung an. Das Kind wurde auf einen Hocker gesetzt, wo es meine Bestrafung erwarten sollte.

Wie Du weißt, mag ich keine Bananen und fände es ganz furchtbar, wenn ich gezwungen würde, eine zu schlucken; warum also sollte ich Mamie Prout zwingen, Dörrpflaumen zu schlucken?

Während ich noch überlegte, wie ich zum Schein Miss Kellers Autorität aufrechterhalten und zugleich Mamie ein Schlupfloch weisen könnte, wurde ich ans Telefon gerufen.

»Bleib hier sitzen, bis ich zurück bin«, sagte ich, ging hinaus und schloss die Tür hinter mir.

Der Anruf kam von einer netten Dame, die anbot,

mich zu einer Komiteeversammlung zu fahren. Ich habe Dir noch gar nicht berichtet, dass ich lokales Interesse zu unserem Wohl mobilisiere. Die reichen Müßiggänger, die hier in der Gegend Anwesen besitzen, kommen allmählich zur Sommersaison aus der Stadt zurück, und ich schmiede Pläne, sie abzufangen, bevor sie von zu vielen Gartenpartys und Tennisturnieren abgelenkt sind. Sie sind dem Waisenhaus bisher nicht im Geringsten von Nutzen gewesen, und ich finde, sie sollten allmählich von unserer Anwesenheit in Kenntnis gesetzt werden.

Als ich zur Teezeit zurückkehrte, wurde ich im Korridor von Dr. MacRae abgefangen, der nach einigen Statistiken aus meinem Büro verlangte. Ich öffnete die Tür, und da saß Mamie Prout an genau demselben Platz, an dem ich sie vor vier Stunden verlassen hatte.

»Mamie, Schätzchen!«, rief ich erschrocken. »Warst du etwa die ganze Zeit hier?«

»Ja, Ma'am«, sagte Mamie. »Sie haben gesagt, ich soll warten, bis Sie zurückkommen.«

Das arme, geduldige Ding schwankte richtig vor Müdigkeit und äußerte doch keinen Ton des Jammers.

Ich muss Sandy zugutehalten, wie *REIZEND* er zu ihr war. Er nahm sie auf den Arm und trug sie in meine Bibliothek, dann streichelte und liebkoste er sie, bis sie wieder lächelte. Jane brachte den Nähtisch herbei und stellte ihn vor den Kamin, und während der Doktor und ich Tee tranken, bekam Mamie ihr Abendessen.

Ich vermute, nach der Theorie einiger Pädagogen wäre dieser Moment, da sie so müde und hungrig war, genau richtig dafür gewesen, ihr Dörrpflaumen einzutrichtern. Aber Du wirst sicher erfreut sein zu hören, dass ich nichts dergleichen tat und dass Dr. MacRae diesmal meine unwissenschaftliche Einstellung voll und ganz unterstützte. Mamie bekam das herrlichste Abendessen ihres Lebens, angereichert mit Erdbeermarmelade aus meinem Privatvorrat und Pfefferminzbonbons aus Sandys Jackentasche. Glücklich und zufrieden entließen wir sie zu ihren Hausgenossen, auch wenn sie von ihrer bedauernswerten Abneigung gegen Dörrpflaumen immer noch nicht geheilt war.

Porträt eines braven Kindes

Kann irgendwas empörender sein als dieser seelentötende, gedankenlose Gehorsam, den Mrs Lippett so beharrlich gefördert hat? Das ist die Waisenhaushaltung dem Leben gegenüber, und irgendwie muss ich sie allen austreiben. Initiative, Verantwortung, Neugier, Erfindungsreichtum, Kampfgeist – oje! Wenn der Herr Doktor doch ein Serum hätte, mit dem ich den Waisen all diese nützlichen Tugenden einimpfen könnte.

Später

Ich wünschte, Du kämest nach New York zurück. Ich habe Dich zur Pressesprecherin unserer Einrichtung ernannt, und wir brauchen sofort deine blumigsten Formulierungen. Schriftlich. Sieben Kindlein wollen adoptiert werden, und es ist Deine Aufgabe, sie zu bewerben.

Die kleine Gertrude schielt, ist aber ganz lieb und zugewandt und großzügig. Kannst Du ihr nicht einen überzeugenden Empfehlungsbrief schreiben, sodass eine liebevolle Familie sie aufnimmt, obwohl sie nicht hübsch ist? Ihre schiefen Augen kann man operieren lassen, wenn sie älter ist; hätte sie einen »schiefen Charakter«, könnte kein Chirurg der Welt etwas daran ändern. Die Kleine weiß, dass ihr etwas fehlt, auch wenn sie noch nie im Leben einen lebenden Elternteil gesehen hat. Jedem Menschen, der an ihr vorbeigeht, streckt sie überzeugend die Ärmchen entgegen. Steck alles Pathos hinein, das Du aufbringen kannst, damit wir ihr eine Mutter und einen Vater angeln können.

Vielleicht kannst Du ja eine der New Yorker Zeitungen dazu bringen, in der Sonntagsbeilage einen großen

Artikel über mehrere Waisen zu bringen. Ich schicke Dir ein paar Fotos. Weißt Du noch, wie viele Reaktionen und Spenden das Bild vom »Lächelnden Joe« für das Sea-Breeze-Sanatorium gebracht hat? Ich kann Dir ebenso einnehmende Bilder liefern – die lächelnde Lou, die grinsende Gertrud, den kreuzfidelen Karl, wenn Du sie nur literarisch unterfütterst.

Und finde bitte Leute, die keine Angst vor Erbanlagen haben. Es wird allmählich ermüdend, dass alle nur ein Kind aus den vornehmsten Familien Virginias haben wollen.

Wie üblich Deine
Sallie

Freitag

Meine liebe, liebe Judy,

was für eine Aufregung! Ich habe die Köchin und die Haushälterin entlassen und der Grammatiklehrerin mit zarten Andeutungen nahegelegt, dass sie im nächsten Jahr nicht wiederzukommen braucht. Aber könnte ich doch auch nur unseren Ehrenwerten Herrn Cy hinauswerfen!

Ich muss Dir berichten, was heute Vormittag passiert ist. Unser Treuhänder, der bedrohlich erkrankt war, ist nun wieder bedrohlich genesen und kam auf einen nachbarschaftlichen Besuch vorbei. Punch saß in meiner Bibliothek auf dem Teppichläufer und beschäftigte sich brav mit Bauklötzen. Ich habe ihn von den anderen Kindergartenkindern getrennt und versuche es bei ihm mit der Montessori-Methode – ein eigener Teppich und keine äußeren nervlichen Reize. Ich redete mir ein, dass es gut lief: In letzter Zeit ist sein Vokabular beinahe sittsam geworden.

Nach einer halben Stunde inhaltsleerer Plauderei stand Cy auf und ging. Nachdem die Tür hinter ihm ins Schloss gefallen war (ich bin dankbar, dass der Junge immerhin so lange gewartet hat), hob Punch seine liebenswerten braunen Augen zu mir auf und sagte mit vertraulichem Lächeln:

»Verdammt! Hat der eine schräge Visage!«

Wenn Du eine christliche Familie weißt, die einen reizenden kleinen Fünfjährigen aufnehmen würde, wende Dich bitte umgehend an

S. McBride,
Leitung des John-Grier-Heims

Liebe Pendletons,

solche Schnecken wie Euch habe ich überhaupt noch nie erlebt. Ihr seid gerade erst bis Washington gekommen, dabei habe ich meinen Koffer schon seit Tagen gepackt, um eine erfrischende und verjüngende Woche *CHEZ VOUS* zu verbringen. Beeilt Euch bitte! Ich schmachte schon so lange in dieser Waisenhausumgebung, wie es nur menschenmöglich ist. Wenn ich nicht bald Luftveränderung bekomme, werde ich nach Atem ringend sterben.

Kurz vorm Ersticken,
Eure S. McB.

PS: Bitte meldet Euch kurz bei Gordon Hallock und sagt ihm, dass Ihr in der Stadt seid. Er wird Euch sicher gern zu Diensten sein. Ich weiß, dass Jervis ihn nicht leiden kann, aber Jervis sollte seine grundlose Abneigung gegen Politiker überwinden. Wer weiß? Vielleicht gehe ich selbst eines Tages in die Politik.

Meine liebe Judy,

wir erhalten von unseren Freunden und Wohltätern die erstaunlichsten Geschenke. Hör Dir das an: Letzte Woche fuhr Mr Wilton J. Leverett (ich schreibe das von seiner Visitenkarte ab) vor unserem Tor über eine zerbrochene Flasche. Während sein Chauffeur den Reifen wechselte, kam er herein, um sich die Einrichtung anzusehen. Betsy führte ihn herum. Er zeigte waches Interesse und Verständnis für alles, vor allem für unser neues Hüttenlager. Das kommt bei Männern immer gut an. Am Ende zog er den Mantel aus und spielte mit zwei Indianerstämmen Baseball. Nach anderthalb Stunden schaute er plötzlich auf die Uhr, bat um ein Glas Wasser und verabschiedete sich.

Bis zum heutigen Nachmittag hatten wir diese Episode völlig vergessen, doch da kam ein Lieferant vorgefahren und brachte uns ein Geschenk aus dem Chemielabor von Wilton J. Leverett: ein Fass – oder jedenfalls ein recht großes Fässchen – grüner Flüssigseife!

Habe ich Dir erzählt, dass das Saatgut für unsren Garten aus Washington eingetroffen ist? Eine freundliche Gabe von Gordon Hallock und der Regierung der Vereinigten Staaten. Nur als Beispiel für das, was die vorige Leitung *NICHT* hinbekommen hat: Martin

Schladerwitz, der schon drei Jahre auf diesem Pseudobauernhof zugebracht hat, wusste nichts Besseres mit seinen Salatsamen zu tun, als ein halbmetertiefes Grab zu schaufeln und sie alle darin zu bestatten!

Du kannst Dir nicht vorstellen, in wie vielen Bereichen wir alles umkrempeln müssen; andererseits – wenn es sich jemand vorstellen kann, dann Du. Nach und nach gehen mir die Augen auf, und viele Dinge, die ich zuerst bloß komisch fand, wirken jetzt – oje! Sehr desillusionierend. Alles, was einen zunächst zum Lachen reizt, verbirgt offenbar eine kleine Tragödie.

Im Augenblick achten wir gerade besonders auf gute Manieren – und zwar nicht Waisenhausmanieren, sondern Tanzschulmanieren. Unsere Haltung der Welt gegenüber soll nicht so kriecherisch sein wie der schreckliche Uriah Heep aus »David Copperfield«. Die kleinen Mädchen machen beim Händeschütteln einen Knicks, die Jungen nehmen die Mützen ab und erheben sich, wenn eine Dame aufsteht, und sie schieben ihnen den Stuhl unter. (Tommy Woolsey hat Sadie Kate so gestern in ihre Suppe geschubst, zur großen Erheiterung aller Umstehenden außer Sadie, die eine selbstständige junge Dame ist und auf so unnütze männliche Aufmerksamkeiten keinen Wert legt.) Zuerst war den Jungen eher nach höhnischem Gelächter, aber nachdem sie das tadellose Benehmen ihres Helden Percy de Forest Witherspoon beobachtet hatten, verhalten sie sich ebenfalls wie kleine Gentlemen.

Punch ist heute bei mir zu Besuch. Die letzte halbe Stunde, während ich diesen Brief an Dich kritzele, hat er auf der Fensterbank gesessen und sich ganz still und gar nicht zerstörerisch mit Buntstiften beschäftigt. Betsy hat ihm gerade *EN PASSANT* einen Kuss auf die Nase gegeben.

Tanzschulmanieren

»Ach, Mensch!«, sagte Punch darauf, lief rosarot an und wischte die Liebkosung mit demonstrativer männlicher Gleichgültigkeit weg. Aber mir fällt auf, dass er die Arbeit an seiner rot-grünen Landschaft mit größerem Eifer und dem Versuch eines gepfiffenen Liedchens wiederaufgenommen hat. Wir werden das Temperament des jungen Mannes noch in den Griff bekommen.

Dienstag

Der Doktor ist heute sehr mürrisch. Er kam herein, als die Kinder gerade zum Abendessen in den Speisesaal marschierten, worauf er mitmarschierte, ihr Essen probierte, und oh weh! Die Kartoffeln waren angebrannt! Was der Mann für einen Aufstand gemacht hat! Die Kartoffeln sind zum allerersten Mal angebrannt, und Du weißt selbst, so etwas kommt in den besten Familien vor. Aber wenn man Sandy zuhörte, hätte man zu dem Schluss kommen können, die Köchin habe sie absichtlich anbrennen lassen, und zwar auf meine Anordnung.

Wie ich wohl schon erwähnte, auf Sandy könnte ich ganz gut verzichten.

Mittwoch

Da gestern ein herrlich sonniger Tag war, haben Betsy und ich die Pflicht einmal vergessen und sind mit dem Auto zu Freunden von ihr gefahren, die in einem sehr schicken Haus wohnen. Wir haben unseren Tee in einem italienischen Garten genommen. Punch und Sadie Kate waren den ganzen Tag so brav gewesen, dass wir in letzter Minute anriefen und um Erlaubnis baten, sie mitzunehmen.

»Aber sicher, bringt die süßen Kleinen doch mit«, lautete die begeisterte Antwort.

Doch Punch und Sadie Kate waren die falsche Wahl. Wir hätten Mamie Prout nehmen sollen, die bewiesen hat, wie gut sie still sitzen kann. Ich erspare Dir die Einzelheiten; der Höhepunkt war erreicht, als Punch auf dem Grund des Schwimmbeckens Goldfische fangen wollte. Unser Gastgeber zog ihn an seinem aufgeregt zuckenden Bein heraus, und ins Waisenhaus kehrte er im rosaroten Bademantel des vornehmen Gastgebers zurück.

Und was glaubt Ihr? Dr. Robin MacRae, wohl reumütig, weil er gestern so unausstehlich war, hat Betsy und mich eingeladen, am kommenden Sonntag um sieben Uhr in seinem olivgrünen Haus zu Abend zu essen und dabei einige Präparate unter dem Mikroskop zu betrachten. Die Abendunterhaltung wird, so glaube ich, aus einer Kultur Scharlach-Bakterien, dem Gewebe eines Alkoholikers und einer tuberkulösen Drüse bestehen. Solche gesellschaftlichen Verpflichtungen langweilen ihn zu Tode; aber ihm ist bewusst, wenn er freie Hand haben will, seine wissenschaftlichen Theorien auf das Waisenhaus anzuwenden, muss er der Leiterin gegenüber ein wenig Höflichkeit an den Tag legen.

Ich habe diesen Brief gerade noch einmal durchgelesen, und ich muss zugeben, dass er ziemlich leichtfertig von einem Thema zum anderen springt. Aber wenn er auch wenig bahnbrechende Neuigkeiten enthält, wirst Du mir doch glauben, dass er an den letzten drei Tagen alle meine freien Minuten verschlungen hat.

Deine vollauf beschäftigte
Sallie McBride

PS: Heute Vormittag kam eine segensreiche Dame vorbei und sagte, sie wolle über den Sommer ein Kind bei sich aufnehmen – das kränklichste, schwächste, bedürftigste Baby, das ich ihr geben könnte. Sie hatte gerade ihren Ehemann verloren und sehnte sich nach einer *SCHWEREN* Aufgabe. Ist das nicht ungeheuer rührend?

Samstagnachmittag

Liebe Judy, lieber Jervis,

Bruder Jimmie (wie wir doch alliterieren!) hat uns, von meinen ständigen Bettelbriefen angestachelt, ein Geschenk geschickt; ausgesucht hat er es allerdings selbst.

WIR HABEN EINEN AFFEN! Er heißt Java.

Die Kinder hören die Schulglocke überhaupt nicht mehr. Am Tag, als das Tier hier eintraf, stand die gesamte Belegschaft Schlange, um ihm die Pfote zu schütteln. Der arme Sing hat vollkommen ausgedient. Ich muss jemanden *BEZAHLEN*, ihn zu baden.

Sadie Kate wird allmählich meine Privatsekretärin. Ich lasse sie die Dankesbriefe des Waisenhauses schreiben, und ihr literarischer Stil erfreut sich bei unseren Wohltätern größter Beliebtheit. Sie entlockt ihnen unweigerlich eine zweite Gabe. Ich hatte bisher geglaubt, die Familie Kilcoyne stamme irgendwo aus Irlands wildem Westen, doch allmählich nehme ich an, sie müssen irgendwo in der Nähe des Blarney Stone in Cork gelebt haben, der allen, die ihn berühren, die Gabe der Rede verleiht. Aus der beigelegten Durchschrift des Briefes, den sie an Jimmie geschickt hat, kannst Du ersehen, wie überzeugend die junge Dame sich auszudrücken vermag. In diesem Fall allerdings rechne ich nicht damit, dass sie das erhoffte Ergebnis erzielt.

Lieber Mr Jimie,

Wir danken Ihnen sehr herzlich für den hüpschen Affen von Ihnen. Wir nennen ihn Java weil das eine warme Insel übers Mehr ist, wo er oben im Nest geboren wurde, wie ein Fogel, bloß groß, hat der Dokter gesagt.

Am ersten Tag wo er gekommen ist hat ihm jeder Junge und jedes Mädchen die Hand geschüttelt und Guten Morgen Java gesagt, seine Hand fühlt sich komisch an, er pakt so fest zu. Ich hatte erst angst ihn anzufassen aber jetzt lasse ich ihn auf meiner schulter sitzen und kann mir die arme um den Hals legen wenn er will. Er macht so komische geräusche, die klingen wie schimfen, und wenn man ihn am schwanz zieht, wird er böse.

Wir lieben ihn sehr, und Sie lieben wir auch.

Das nächste mal wenn sie was schenken schicken Sie bitte einen Elifant. So jetzt höre ich wohl auf.

Mit freundlichen Grüßen
Sadie Kate Kilcoyne

Percy de Forest Witherspoon ist seinen kleinen Jüngern immer noch treu, allerdings habe ich solche Angst, dass es ihm zu viel werden könnte, weshalb ich ihn ständig auffordere, mal freizunehmen. Und er ist nicht bloß selbst treu geblieben, sondern hat auch neue Mitstreiter angeworben. Er hat weitreichende gesellschaftliche Verbindungen hier in der Gegend, und am letzten Samstag hat er uns zwei Freunde vorgestellt, sehr nette Männer, die am Lagerfeuer saßen und Jagdgeschichten austauschten.

Einer von ihnen war gerade von einer Weltreise zurück und erzählte haarsträubende Geschichten über die Kopfjäger von Sarawak, was ein schmales, rosafarbenes Land am oberen Rand von Borneo ist. Meine kleinen Krieger können es kaum erwarten, erwachsen zu werden und in Sarawak auf den Kriegspfad gegen die Kopfjäger zu ziehen. Jede Enzyklopädie des Waisenhauses ist konsultiert worden, und alle Jungen können Dir alles über Geschichte, Sitten und Bräuche, Klima, Flora und Pilzarten Borneos erzählen. Ich wünschte nur, Mr Witherspoon würde Freunde mitbringen, die in England, Frankreich oder Deutschland auf der Kopfjagd waren – diese Länder sind vielleicht nicht so *SCHICK* wie Sarawak, aber besser geeignet für die allgemeine kulturelle Bildung.

Wir haben eine neue Köchin, die vierte seit meinem Amtsantritt. Ich habe Dich mit den Küchenproblemen bisher nicht behelligt, aber Institutionen leiden genauso darunter wie Familien. Die neuste Küchenfee ist eine dicke, lächelnde, schokoladenbraune Frau aus South Carolina, obwohl das aus ihrem Mund eher wie »Saa-ouf Kä-leina« klingt. Und seit sie hier ist, schlürfen wir Nektar und Ambrosius! Ihr Name ist – rate mal? SALLIE, wenns recht ist. Ich habe ihr vorgeschlagen, ihn zu ändern.

»Na sicha, Miss! Den Nam' Sallie hab ich 'n bisschen länger als Sie, und ich kann mich bestimmt nich dran gewöhn, gleich zu spring', wenn Sie ›Mollie!‹ ruf'n. Ich glaub, Sallie gehört einfach mir.«

Sie bleibt also Sallie; aber immerhin besteht keine Gefahr, dass sie versehentlich meine Post bekommt, denn ihr Nachname klingt nicht so gewöhnlich wie McBride. Sie heißt Johnston-Washington, mit Bindestrich.

Sonntag

Unser Lieblingsspiel ist seit Neuestem, Spitznamen für Sandy zu finden. Seine strenge Ausstrahlung schreit geradezu nach Karikatur. Wir haben gerade eine neue Sammlung fertig. Percy hat sich für »Laird o' Cockpen« entschieden, nach dem schottischen Volkslied:

»Der Laird o' Cockpen ist stolz und ist groß,
im Kopf hat das Wohl seines Landes er bloß.«

Miss Snaith nennt ihn nur angewidert »dieser

Mann«, und Betsy bezeichnet ihn (in seiner Abwesenheit) als »Dr. Lebertran«. Mein persönlicher Favorit ist »MacPhairson Clonglocketty Angus McClan« aus dem albernen Gedicht von Gilbert. Aber was die poetische Ader angeht, so schlägt Sadie Kate uns alle. Sie nennt ihn »Mister Sehr Bald«. Ich glaube nicht, dass der Herr Doktor jemals unvermittelt in Lyrik ausgebrochen ist, außer einmal im Leben, aber das Gedicht kennt jedes Kind in diesem Haus auswendig.

»Sehr bald wird etwas Schönes geschehen:
Mädchen, sei brav, dann wirst du schon sehen.
Schlucke nur lächelnd den Lebertran du,
Dann gibt es ein Pfefferminzbonbon im Nu.«

Heute gehen Betsy und ich zum Abendessen zu ihm, und ich muss gestehen, dass wir mit einer gewissen perversen Vorfreude erwarten, dass Innere seiner düsteren Behausung zu sehen zu bekommen. Er spricht nie über sich oder seine Vergangenheit oder irgendjemanden, der mit ihm in Verbindung steht. Er wirkt wie eine völlig isolierte Gestalt, die auf einem Podest mit der Aufschrift *WISSENSCHAFT* steht, ohne einen Schimmer gewöhnlicher Launen oder Gefühle oder menschlicher Schwächen, abgesehen von seinem aufbrausenden Temperament. Betsy und ich sterben fast vor Neugier zu erfahren, welche Vergangenheit hinter ihm liegt; aber wenn wir erst einmal in seinem Haus sind, wird es unserem detektivischen Spürsinn schon seine Geschichte offenbaren. Solange der Eingang von der wütenden McGurk bewacht wurde, haben wir nicht damit gerechnet, jemals eingelassen zu werden; doch nun, siehe! hat sich die Tür von ganz allein aufgetan.

Fortsetzung folgt.

S. McB.

Montag

Liebe Judy,

gestern waren wir nun zum Abendessen beim Doktor, Betsy und Mr Witherspoon und ich. Es war dann eigentlich doch einigermaßen heiter, auch wenn ich sagen muss, dass der Abend unter düsteren Vorzeichen begann.

Sein Haus hält innen alles, was das Äußere verspricht. Noch nie im Leben habe ich eine Inneneinrichtung gesehen wie die im Esszimmer dieses Mannes. Die Wände, die Teppiche, die Querbehänge waren alle dunkelgrün. Im Kamin aus schwarzem Marmor lagen ein paar qualmende schwarze Kohlen. Die Möbel sind so schwarz, wie es nur geht. Der einzige Wandschmuck sind zwei Stahlstiche von Landseers Hirschen in schwarz glänzenden Rahmen – der »König des Glen« und der »Hirsch an der Bucht«.

Wir gaben uns redliche Mühe, locker und leicht und sprudelnd zu sein, aber es war wie ein Essen in der Familiengruft. Mrs McGurk stampfte in schwarzem Wollkleid mit einer schwarzen Seidenschürze um den Tisch und servierte kalte, schwere Speisen, und ihr Schritt war so schwer, dass das Silberbesteck in den Büfettschubladen klirrte. Ihre Nase zeigte nach oben, die Mundwinkel nach unten. Sie ist eindeutig nicht angetan davon, dass ihr Arbeitgeber Menschen einlädt, und sie möchte alle Gäste abschrecken, damit sie nie wieder eine Einladung annehmen.

Sandy hat so eine Ahnung, dass irgendwas nicht stimmt mit seinem Haus, und um es zu Ehren der Gäste ein wenig aufzuhellen, hatte er Blumen gekauft – Dutzende Blumen – ganz herrliche Killarney-Rosen und gelbe und rote Tulpen. Die McGurk hatte sie alle so fest zusammengeschnürt, wie sie nur konnte, damit sie in eine pfauenblaue Blumenschale passten, die sie dann mitten auf den Tisch gestellt hatte. Das Ding war so groß wie ein Fass. Betsy und ich hätten beinahe unsere guten Manieren vergessen, als wir diesen Tischschmuck sahen; aber Dr. MacRae schien so unschuldig erfreut, weil er seinem Esszimmer eine heitere Note verliehen hatte, dass wir unsere Erheiterung unterdrückten und ihm herzlich zu der fröhlichen Farbwahl gratulierten.

Kaum war das Essen vorbei, hasteten wir erleichtert in seinen eigenen Teil des Hauses, in den McGurks Einfluss nicht reicht. Niemand betritt in reinigender Absicht seine Bibliothek, sein Büro oder sein Labor außer Llewellyn, einem kleinen, drahtigen, krummbeinigen Waliser, der in einzigartiger Weise die Position einer Kammerzofe mit der eines Chauffeurs vereint.

Die Bibliothek war zwar auch nicht der fröhlichste Raum, den ich je gesehen habe, aber für einen Männerhaushalt gar nicht übel – an allen Wänden Bücher bis zur Decke, dazu weitere in Stapeln auf Tischen, Simsen und dem Fußboden; ein halbes Dutzend abgrundtiefe Ledersessel und ein oder zwei Teppiche; dazu wieder ein Kamin aus schwarzem Marmor, diesmal allerdings mit einem knisternden Holzfeuer darin. Zur Dekoration hat er einen ausgestopften Pelikan sowie einen Kranich mit einem Frosch im Schnabel herumstehen, außerdem einen Waschbären auf einem Stück Baumstamm und einen lackierten Tarpun auf einer Holzplatte. Ein leichter Hauch von Jodtinktur hängt in der Luft.

Der Doktor machte selbst den Kaffee in einer französischen Maschine, und wir verbannten seine Haushälterin aus unseren Gedanken. Er gab sich wirklich größte Mühe, ein guter Gastgeber zu sein, und ich kann berichten, dass das Wort »Geisteskrankheit« nicht ein einziges Mal fiel. Anscheinend ist Sandy in seiner kargen Freizeit Angler. Percy und er tauschten Anekdoten über Forellen und Lachse aus, und schließlich holte er sein Kästchen mit Angelfliegen hervor, aus dem er Betsy und mir galant einen »Silver Doctor« und einen »Jack Scott« schenkte, damit wir sie als Hutnadeln verwenden konnten. Dann wandte sich das Gespräch in Richtung schottischer Hochmoore, und er erzählte uns, wie er sich einmal verirrt habe und die Nacht im Heidekraut verbringen musste. Kein Zweifel, Sandys Herz hängt an den Highlands.

Ich fürchte, Betsy und ich haben ihm unrecht getan. Es ist zwar schwer, den interessanten Gedanken abzuschütteln, aber womöglich hat er doch kein Verbrechen begangen. Wir neigen jetzt eher zu der Annahme, dass ihm in Liebesdingen übel mitgespielt wurde.

Es ist wirklich eklig von mir, dass ich mich so über den armen Sandy lustig mache, denn trotz seiner strengen Kälte ist er doch ein bemitleidenswerter Mann. Stell Dir vor, Du kämest nach einem Tag voller anstrengender Hausbesuche heim und müsstest allein in diesem düsteren Esszimmer speisen!

Meinst Du, es würde ihn ein wenig aufheitern, wenn ich meine Künstler zu ihm schicke, damit sie ihm einen Fries aus Kaninchen rund um die Wände malen?

Wie immer liebe Grüße
Sallie

Liebe Judy,

kommst Du eigentlich irgendwann mal zurück nach New York? Bitte beeil Dich! Ich brauche einen neuen Hut, und den möchte ich sehr gern auf der Fifth Avenue kaufen und nicht hier an der Water Street. Mrs Gruby, unsere beste Hutmacherin, hält nichts davon, der Pariser Mode sklavisch zu folgen; sie denkt sich ihre Modelle selbst aus. Vor drei Jahren jedoch hat sie sich der Konvention gebeugt und die New Yorker Geschäfte abgeklappert; von den Eindrücken dieser Tour zehrt sie bis heute.

Und außer meinem eigenen Hut muss ich auch 113 Kopfbedeckungen für meine Kinder kaufen, von Schuhen und Hosen und Hemden und Haarbändern und Strümpfen und Strumpfhaltern gar nicht zu reden. Ist ziemlich anstrengend, so eine kleine Familie wie die meine anständig einzukleiden.

Hast Du den dicken Brief bekommen, den ich Dir letzte Woche geschrieben habe? Du hast ihn in Deinem Brief vom Donnerstag nicht einmal erwähnt, dabei war er siebzehn Seiten lang, und ich habe *TAGELANG* daran geschrieben.

Deine
S. McBride

PS: Warum erzählst Du mir gar nichts von Gordon? Habt Ihr ihn getroffen, und hat er von mir gesprochen? Läuft er irgendwelchen Südstaatenschönheiten hinterher, von denen es in Washington so viele gibt? Du weißt schon, was ich hören will. Wieso bist Du so schrecklich wenig mitteilsam?

Dienstag, 16 Uhr 27

Liebe Judy,

Dein Telegramm kam vor zwei Minuten per Telefon.

Ja, vielen Dank, ich werde sehr gern am Donnerstagnachmittag um 17 Uhr 49 in New York eintreffen. Und mach bitte keine Pläne für den Abend, ich habe nämlich vor, Dir und dem Vorsitzenden bis Mitternacht den neusten Klatsch aus dem John-Grier-Heim zu berichten.

Freitag, Samstag und Montag werde ich mit Einkäufen beschäftigt sein. Oh ja, Du hast recht: Ich besitze bereits viel mehr Kleider, als ein Anstaltsinsasse braucht, aber im Frühjahr brauche ich nun mal ein neues Federkleid. Im Augenblick ziehe ich jeden Abend ein Abendkleid an, nur um sie ein wenig abzutragen – nein, nicht bloß deshalb: Ich will mir auch selbst weismachen, dass ich noch eine ganz gewöhnliche junge Frau bin, trotz dieses außergewöhnlichen Lebens, in das Ihr mich gedrängt habt.

Gestern Abend traf mich der Ehrenwerte Herr Cy in einem nilgrünen Kreppkleid an (Janes Kreation, obwohl es wie aus Paris aussah). Er war ziemlich verwirrt, als er feststellte, dass ich nicht auf dem Weg zu einem Ball war. Ich lud ihn ein, zum Abendessen zu bleiben, und er nahm die Einladung an! Wir vertrugen uns ganz gut. Beim Essen entspannt er sich; Nahrung scheint ihm gutzutun. Wenn in New York irgendwo ein Stück von George Bernard Shaw läuft, könnte ich vielleicht am Samstagnachmittag zwei Stunden für eine Frühvorstellung erübrigen. Shaws Dialoge wären so ein belebender Kontrast zu den Wortbeiträgen des Ehrenwerten Cy.

Es hat wenig Sinn, jetzt noch mehr zu schreiben; ich warte, bis wir miteinander reden können.

Addio!
Sallie

PS: Oje! Gerade hatte ich Anflüge von Nettigkeit bei Sandy entdeckt, da ist seine Widerwärtigkeit wieder ausgebrochen. Leider haben wir fünf Masernfälle im Waisenhaus, und der Herr Doktor benimmt sich, als hätten Miss Snaith und ich die Kinder absichtlich mit Masern infiziert, um ihn zu ärgern. Die Kündigung unseres Heimarztes würde ich wirklich an den allermeisten Tagen akzeptieren.

Mittwoch

Lieber Feind,

Ihre kurze und würdevolle Nachricht von gestern liegt vor mir. Ich kenne wirklich niemanden, dessen Schreibstil so sehr seiner mündlichen Rede entspricht.

Und Sie wären sehr dankbar, wenn ich meine absurde Angewohnheit fallen ließe, Sie mit »Feind« anzureden? Diese absurde Angewohnheit werde ich fallen lassen, sobald Sie Ihre absurde Angewohnheit fallen lassen, wütend und unverschämt und beleidigend zu werden, sobald die kleinste Kleinigkeit danebengeht.

Ich fahre morgen für vier Tage nach New York.

Mit freundlichen Grüßen
S. McBride

Chez les Pendletons,
New York

Mein lieber Feind,

ich hoffe, dass diese Nachricht Sie in zugänglicherer Verfassung vorfindet als ich bei unserem letzten Treffen.

Ich möchte noch einmal unterstreichen, dass die beiden neuen Masernfälle nicht der Fahrlässigkeit der Heimleitung zuzuschreiben sind, sondern eher der unseligen Bauart unseres altmodischen Anwesens, das keine zuverlässige Isolation ansteckender Fälle erlaubt.

Da Sie sich nicht herabgelassen haben, uns gestern Vormittag vor meiner Abfahrt noch einen Besuch abzustatten, konnte ich Ihnen keine Hinweise mehr geben. Daher schreibe ich jetzt, um Sie zu bitten, ein wachsames Auge auf Mamie Prout zu haben. Sie hat überall kleine rote Flecken, die Masern sein könnten; ich hoffe allerdings nicht. Mamie bekommt sehr leicht Ausschlag.

Ich kehre am Montag um sechs Uhr ins Gefängnis zurück.

Viele Grüße
S. McBride

PS: Sie werden mir hoffentlich verzeihen, wenn ich das sage, aber Sie sind nicht die Art von Arzt, die ich bevorzuge. Ich mag Ärzte beleibt und rund und lächelnd.

John-Grier-Heim,
9. Juni

Liebe Judy,

für eine leicht zu beeindruckende junge Frau ist ein Besuch bei Euch furchtbar. Wie könnt Ihr erwarten, dass ich froh und zufrieden in mein Waisenhausleben zurückkehre, nachdem ich so ein glückliches, harmonisches Familienleben wie im Hause Pendleton erlebt habe?

Auf der Rückfahrt im Zug habe ich mich statt mit den zwei Romanen, vier Zeitschriften und einer Pralinenschachtel, mit der Dein Mann mich so fürsorglich versorgt hatte, mit einer gedanklichen Revision aller jungen Männer in meinem Bekanntenkreis beschäftigt, um festzustellen, ob nicht ein so netter wie Jervis darunter ist. Und siehe da: Es gibt einen! (Sogar ein bisschen netter, finde ich.) Von heute an ist er das anvisierte Opfer, die auserwählte Beute.

Ich werde das Waisenhaus nur sehr ungern verlassen, nachdem ich mich so hineingesteigert habe, aber wenn Ihr nicht bereit seid, es in die Hauptstadt zu verlegen, sehe ich keine Alternative.

Der Zug hatte schrecklich viel Verspätung. Wir standen qualmend auf einem Nebengleis, während zwei Nahverkehrszüge und ein Güterzug vorbeirasten.

Ich glaube, es war irgendetwas kaputtgegangen, und sie mussten die Lokomotive reparieren. Der Schaffner beruhigte uns zwar, informierte uns aber nicht.

Es war schon halb acht, als ich als einziger Fahrgast an unserem unbedeutenden Bahnhof ausstieg, in pechschwarzer Nacht und im *REGEN*, ohne Schirm und mit dem schönen neuen Hut auf dem Kopf. Kein Turnfelt war da, um mich zu empfangen; nicht einmal eine Droschke. Sicher, ich hatte auch kein Telegramm mit meiner genauen Ankunftszeit geschickt, aber ich fühlte mich dennoch ziemlich vernachlässigt. Ich hatte wohl irgendwie halb erwartet, dass *ALLE EINHUNDERTDREIZEHN* auf dem Bahnsteig stehen, Blumen streuen und ein Willkommenslied singen würden. Ich wollte dem Bahnhofsvorsteher gerade sagen, ich würde kurz seinen Telegrafen bewachen, wenn er zur Eckkneipe laufen und nach einem Wagen für mich telefonieren könnte, als zwei große Scheinwerfer um die Ecke bogen und sich direkt auf mich richteten. Sie kamen zwanzig Zentimeter vor mir zum Stehen, und ich hörte Sandys Stimme:

»Na, wenn das nicht Miss Sallie McBride ist! Wird auch langsam Zeit, dass Sie wiederkommen und mich von den Gören erlösen.«

Der Mann war schon drei Mal am Bahnhof gewesen, nur um zu schauen, ob der Zug nicht womöglich eingetroffen sei. Er setzte mich und meinen neuen Hut und all meine Taschen und Bücher und Pralinen unter sein wasserdichtes Stoffdach, und wir spritzten los. Es fühlte sich wirklich wie eine Heimkehr an, und ich war richtig traurig, dass ich hier wieder wegmusste. Im Geiste hatte ich nämlich schon meine Entscheidung getroffen, meine Sachen gepackt und das Waisenhaus verlassen. Aber allein die Vorstellung, nicht bis zum Ende seines Lebens an einem bestimmten Ort zu bleiben, macht so schrecklich unsicher. Darum würde eine Ehe auf Probe auch niemals funktionieren. Man muss schon das Gefühl haben, dass man sich unwiderruflich auf eine Sache einlässt, um sich richtig hineinzuknien und mit aller Kraft daran zu arbeiten, dass es auch funktioniert.

Wirklich verblüffend, wie viele Neuigkeiten sich in nur vier Tagen anhäufen können. Sandy konnte gar nicht so schnell reden, wie rasch ich alles hören wollte. Unter anderem erfuhr ich, dass Sadie Kate zwei Tage auf der Krankenstation verbracht hat, weil sie nach den Worten des Doktors an einem halben Glas Stachelbeermarmelade und Gott weiß wie vielen Doughnuts erkrankt war. In meiner Abwesenheit hatte sie die neue Aufgabe zugeteilt bekommen, in der Speisekammer der Mitarbeiterküche Geschirr abzuwaschen, und die Konfrontation mit so vielen exotischen Leckereien war zu viel für ihre schwankende Tugend.

Außerdem haben unsere neue Köchin Sallie und unser Faktotum Noah sich gegenseitig den Krieg bis zur völligen Vernichtung erklärt. Der ursprüngliche Streit drehte sich um eine Nichtigkeit betreffs des Anmachholzes und wurde verstärkt durch eine Schüssel heißen

Wassers, die Sallie mit für eine Frau außergewöhnlicher Zielsicherheit aus dem Fenster geschüttet hatte. Da siehst Du, aus welch einzigartigem Holz die Leiterin eines Waisenhauses geschnitzt sein muss: Sie muss die Qualitäten einer Kinderkrankenschwester und eines Polizeiwachtmeisters vereinen.

Der Doktor hatte mir erst die Hälfte erzählt, als wir am Waisenhaus ankamen, und da er noch nicht zu Abend gegessen hatte – schließlich war er drei Mal zum Bahnhof gefahren –, bat ich ihn, die Gastfreundschaft des John-Grier-Heims zu akzeptieren. Ich würde Betsy und Mr Witherspoon dazubitten, und wir könnten ein Leitungstreffen daraus machen und alle liegen gebliebenen Angelegenheiten besprechen.

Sandy nahm die Einladung mit schmeichelhafter Promptheit an. Er speist gern außerhalb der Familiengruft.

Betsy jedoch war nach Hause geeilt, um Großeltern auf Besuch zu begrüßen, und Percy spielte im Dorf Bridge. Der junge Mann kommt abends so selten aus dem Haus, da war ich froh, dass er ein wenig Unterhaltung hatte.

Am Ende nahmen also der Doktor und ich zu zweit ein improvisiertes Abendessen ein – es war schon fast acht, und die normale Abendessenszeit ist halb sieben –, allerdings war es eine Notmahlzeit, wie sie Mrs McGurk wohl niemals servieren würde. Sallie wollte mich von ihrer Unentbehrlichkeit überzeugen und zeigte sich von ihrer besten kulinarischen Südstaatenseite. Nach dem Essen tranken wir vor dem Kamin in meiner gemütlichen blauen Bibliothek Kaffee, während draußen der Wind heulte und die Fensterläden klapperten.

Wir verbrachten einen herzlichen, beinahe vertraulichen Abend. Zum ersten Mal, seit wir uns kennen, entdeckte ich eine neue Seite des Mannes. Er hat direkt etwas Anziehendes, wenn man ihn besser kennenlernt. Doch dazu bedarf es viel Zeit und Taktgefühl. Er ist nicht leicht zu knacken. Ich habe noch nie einen so aufreizend rätselhaften Menschen getroffen. Wenn ich mit ihm rede, habe ich immer das Gefühl, dass hinter seinen schmalen, schnurgeraden Lippen und den halb geschlossenen Augen unterdrücktes Feuer glimmt. Bist Du sicher, dass er kein Verbrechen begangen hat? Er vermittelt einem jedenfalls so ein unbestimmtes Gefühl.

Und ich muss hinzufügen, dass Sandy ganz interessant reden kann, wenn er sich einmal gehen lässt. Er kann die gesamte schottische Literatur aus dem Stegreif zitieren.

»Am Feuer sitzt warm das Mütterlein und ahnet nicht, was grad der wilde Wind am Hurly-Burly-Pass verbricht«, bemerkte er, als eine besonders heftige Bö den Regen ans Fenster peitschte. Klingt toll, oder? Ich habe allerdings nicht den leisesten Schimmer, was es bedeuten soll.

Und jetzt pass auf: Zwischen zwei Tassen Kaffee (er trinkt für einen vernünftigen Mediziner viel zu viel Kaffee) ließ er ganz nebenbei fallen, dass seine Familie mit der von Robert Louis Stevenson persönlich bekannt sei und regelmäßig in der Heriot Row Nummer 17 diniere! Den Rest des Abends behandelte ich ihn wie Browning sein Gegenüber in dem berühmten Gedicht:

»Und Ihr habt Shelley einst gesehen?
Und blieb er stehen und sprach mit Euch?«

Als ich diesen Brief anfing, hatte ich nicht die Absicht, die gerade entdeckten Reize des Dr. Robin MacRae auszubreiten; es ist eher eine reumütige Entschuldigung. Er war gestern Abend so nett und gesellig, dass ich heute den ganzen Tag ein schlechtes Gewissen hatte, weil ich mich Dir und Jervis gegenüber so gnadenlos über ihn lustig gemacht habe. Die vielen unhöflichen Dinge, die ich über ihn gesagt habe, meinte ich nicht so. Ungefähr einmal im Monat ist der Mann ganz reizend, umgänglich und unterhaltsam.

Punch hat mich gerade besucht und während seines Aufenthalts drei kleine Kröten verloren, alle um die zwei Zentimeter lang. Eine hat Sadie Kate unter dem Bücherregal gefunden, doch die beiden anderen sind weggehüpft; ich habe solche Angst, dass sie sich in meinem Bett verstecken! Ich wünschte wirklich, Mäuse und Schlangen und Kröten und Angelwürmer wären nicht so tragbar. Man weiß nie, was ein ganz anständig wirkendes Kind so alles in der Tasche hat.

Mein Besuch in der Casa Pendleton war wirklich wunderbar. Vergiss nicht, dass Du versprochen hast, ihn bald zu erwidern.

Wie immer die Deine –
Sallie

PS: Ich habe ein Paar hellblaue Hausschuhe unter dem Bett stehen lassen. Könntest Du die von Mary einpacken und herschicken lassen? Und geh ihr bei der Adresse zur Hand. Auf den Tischkarten hat sie meinen Namen »Mackbird« geschrieben.

Dienstag

Lieber Feind,

wie schon gesagt habe ich beim Arbeitsamt in New York eine Stellenanzeige für eine erfahrene Krankenschwester hinterlassen.

> Gesucht: Hauskrankenschwester mit breitem Schoß, der Platz für siebzehn Babys gleichzeitig bietet.

Sie kam heute Nachmittag an, und ihre Figur ist ganz und gar nicht, wie ich erhofft hatte.

Wir müssten das Baby mit Sicherheitsnadeln an ihrem Schoß befestigen, damit es nicht herunterrutscht.

Bitte geben Sie Sadie Kate die Zeitschrift. Ich werde sie heute Abend lesen und Ihnen morgen zurückgeben.

Gab es jemals eine friedlichere und folgsamere Schülerin als

S. McBride?

Donnerstag

Meine liebe Judy,

die letzten drei Tage habe ich damit zugebracht, sämtliche Neuerungen umzusetzen, die wir in New York geplant haben. Dein Wort ist Gesetz. Eine öffentlich zugängliche Keksdose ist installiert worden.

Außerdem habe ich die achtzig Spielkisten bestellt. Eine großartige Idee, dass jedes Kind sein eigenes privates Kästchen bekommt, worin es seine Schätze horten kann. Ein wenig Privatbesitz wird helfen, sie zu verantwortungsbewussten Bürgern zu machen. Ich hätte selbst darauf kommen sollen, aber aus irgendeinem Grund ist es mir nicht eingefallen. Arme Judy! Du kennst ihre Wünsche und Sehnsüchte aus eigener Erfahrung, und das kann ich mit allem mir zu Gebote stehenden Mitgefühl nicht wettmachen.

Wir geben uns Mühe, dieses Waisenhaus mit so wenigen unangenehmen Regeln wie nur möglich zu betreiben, aber in einem Punkt muss ich doch streng bleiben, was diese Kästchen angeht. Die Kinder dürfen darin keine Mäuse, Kröten oder Würmer aufbewahren.

Ich kann Dir gar nicht sagen, wie froh ich bin, dass Betsys Gehalt erhöht wird und wir sie unbefristet einstellen. Der Ehrenwerte Herr Cy jedoch hält nichts von dem Schritt. Er hat Erkundigungen eingezogen und herausgefunden, dass ihre Familie problemlos in der Lage wäre, für ihren Unterhalt aufzukommen, wenn sie gar kein Gehalt bekäme.

»Sie erteilen doch auch keine Rechtsberatung gratis«, sage ich zu ihm. »Warum sollte sie uns die Früchte ihrer Ausbildung ohne Gegenleistung zur Verfügung stellen?«

»Das hier ist gemeinnützige Arbeit.«

»Wenn man also eigennützig arbeitet, sollte man bezahlt werden, wenn man aber für das öffentliche Wohl arbeitet, sollte man kein Geld bekommen?«

»Papperlapapp!«, entgegnet er. »Sie ist eine Frau, ihre Familie sollte sie unterhalten.«

Damit eröffneten sich Diskussionsräume, in die ich den Ehrenwerten Cy keinesfalls begleiten wollte, weshalb ich ihn fragte, ob er gepflegten Rasen oder Wildgras für den Hang zum Tor hinunter schöner fände. Er freut sich, wenn man ihn nach seiner Meinung fragt, darum bauchpinsele ich ihn gern bei allen unwichtigen Kleinigkeiten. Dabei folge ich Sandys raffiniertem Ratschlag: »Treuhänder sind wie Geigensaiten: Man darf sie nicht zu sehr anspannen. Halten Sie ihn bei Laune, aber gehen Sie Ihren eigenen Weg.« Ach, was dieses Waisenhaus mich alles an Diplomatie lehrt! Ich werde mal eine großartige Politikergattin abgeben.

Donnerstagabend

Es wird Dich sicher interessieren, dass ich Punch vorübergehend bei zwei reizenden unverheirateten Damen untergebracht habe, die schon lange mit dem Gedanken spielen, ein Kind aufzunehmen. Letzte Woche sind sie endlich zu uns gekommen und haben verkündet, sie würden gern eins für einen Monat aufnehmen, um zu sehen, wie es sich anfühlt.

Natürlich wollten sie am liebsten ein hübsches Schmuckstück, in Rosa und Weiß gekleidet und direkt von den Pilgervätern abstammend. Ich erklärte ihnen, dass jeder Mensch eine Tochter der »Mayflower« zu einer Zierde der Gesellschaft erziehen könne, doch die wahre Aufgabe sei es, den Sohn eines italienischen Leierkastenmanns und einer irischen Waschfrau anständig großzuziehen. Und ich bot ihnen Punch an. Sein neapolitanisch-künstlerisches Erbe könnte sich großartig entwickeln, wenn in der richtigen Umgebung aller Wildwuchs bereinigt wird.

Ich habe es den beiden als sportliche Herausforderung verkauft, und sie haben eingewilligt. Sie wollen ihn einen Monat bei sich aufnehmen und all die Jahre aufgesparter Energie auf ihn verwenden, sodass er am Ende von einer moralisch einwandfreien Familie adoptiert werden kann. Sie haben beide Humor und ein *ZUPACKENDES* Wesen, sonst hätte ich gar nicht gewagt, den Vorschlag zu machen. Ich glaube wirklich, dass wir unseren jungen Heißsporn nur so zähmen können. Sie werden ihm die Zuneigung und die Streicheleinheiten geben, die er in seinem jungen misshandelten Leben bisher vermissen musste.

Sie wohnen in einem faszinierenden alten Haus mit italienischem Garten und Mobiliar, das aus der ganzen weiten Welt zusammengetragen ist. Vielleicht ist es ja ein Sakrileg, ihn auf all diese Schätze loszulassen; aber er hat hier seit über einem Monat nichts mehr zerbrochen, und ich glaube, die künstlerische Pracht wird den Italiener in ihm ansprechen.

Ich habe sie vorgewarnt, dass sie sich nicht vor den Schimpfworten erschrecken sollen, die womöglich über seine kindlich hübschen Lippen kommen.

Gestern Abend ist er in einem sehr schicken Automobil weggefahren, und vielleicht war ich doch gar nicht so froh, mich von unserem verrufenen jungen Mann zu verabschieden! Er hat ungefähr die Hälfte meiner überschüssigen Energie aufgebraucht.

Freitag

Heute Morgen ist der Anhänger angekommen. Vielen Dank! Aber Du hättest mir wirklich nicht noch einen schenken sollen; eine Gastgeberin kann nicht für alles verantwortlich gemacht werden, was achtlose Gäste in ihrem Haus verlieren. Er ist viel zu hübsch für meine

Kette. Ich überlege, ob ich mir ein Loch in die Nase stechen lasse, wie die Singhalesen, und meinen neuen Schmuck so trage, dass er auch auffällt.

Ich muss sagen, dass Percy sehr konstruktive Arbeit für das Waisenhaus leistet. Er hat die John-Grier-Bank gegründet und alle Einzelheiten gründlich und professionell ausgearbeitet, sogar für mein unmathematisches Hirn sofort verständlich. Alle älteren Kinder besitzen jetzt ein richtig gedrucktes Scheckbuch und bekommen alle fünf Dollar die Woche für ihre Dienstleistungen (wie zur Schule gehen und Hausaufgaben machen). Dann müssen sie dem Waisenhaus (per Scheck) jede Woche Kost und Logis und Kleidungspauschale bezahlen, womit die fünf Dollar aufgebraucht sind. Es sieht aus wie ein Teufelskreis, ist aber sehr lehrreich: Sie lernen den Wert des Geldes begreifen, bevor wir sie in die geldgierige Welt entlassen. Wer sich im Unterricht oder bei der Hausarbeit besonders eifrig zeigt, bekommt eine Bonuszahlung. Beim Gedanken an die Buchhaltung bekomme ich sofort Kopfschmerzen, aber Percy betrachtet das als zu vernachlässigende Bagatelle. Die Bücher führen sollen nämlich unsere talentierten Rechenkünstler selbst, und das wird sie für vertrauenswürdige Arbeitsplätze qualifizieren. Wenn Jervis von offenen Stellen für Bankangestellte hört, lass es mich wissen; nächstes Jahr um diese Zeit werde ich gut ausgebildete Bankdirektoren, Kassierer und Schalterbeamte anbieten können.

Samstag

Unser Doktor wird nicht gern »Feind« genannt. Es verletzt seine Gefühle oder seine Würde oder irgendetwas in der Art. Aber da ich trotz seiner Beschwerden hartnäckig bleibe, hat er nun endlich mit einem Spitznamen für mich zurückgeschlagen. Er nennt mich »Miss Sally Lunn«, nach dem süßen Hefebrot zum Tee, und ist mächtig stolz auf seinen Einfallsreichtum.

Er und ich haben uns eine neue Freizeitbeschäftigung ausgedacht: Er spricht schottisch, ich antworte irisch. Wir tauschen die albernsten Nichtigkeiten mit größtem Ernst und tadellosem Dialekt aus und amüsieren uns köstlich dabei.

Für Dich klingt das vielleicht nicht sonderlich aufregend, aber ich kann Dir versichern, für einen Mann von Sandys würdevollem Habitus ist es geradezu zügellos frivol. Der Herr Doktor ist seit meiner Rückkehr geradezu himmlischer Laune; ich habe noch kein böses Wort von ihm gehört. Allmählich glaube ich, ich könnte ihn ebenso läutern wie Punch.

Dieser Brief dürfte inzwischen sogar für Dich lang genug sein. Ich habe Stück für Stück drei Tage lang daran geschrieben, wann immer ich an meinem Schreibtisch vorbeikam.

Immer die Deine
Sallie

PS: Ich halte nicht viel von Deinem viel gerühmten Rezept für Haarwasser. Entweder hat der Drogist es nicht richtig angemischt oder Jane es nicht richtig angewandt; jedenfalls klebte ich heute Morgen am Kissen fest.

John-Grier-Heim,
Samstag

Lieber Gordon,

Dein Brief vom Donnerstag liegt vor mir, und ich finde ihn äußerst albern. Natürlich will ich mich nicht still und heimlich davonmachen; das ist nicht meine Art. Wenn ich Dich loswerden wollte, dann würde ich es plötzlich und mit lautem Knall tun. Aber ich habe ganz ehrlich gar nicht gemerkt, dass ich Dir schon drei Wochen nicht geschrieben habe. Entschuldige bitte!

Außerdem muss ich Dir, mein lieber Herr, gleichermaßen Vorhaltungen machen. Du warst letzte Woche in New York und bist nicht hierher zu Besuch gekommen. Du hast wohl gedacht, wir würden es nicht merken, aber es ist uns zu Ohren gekommen – und wir sind beleidigt.

Würdest Du gern einen kurzen Abriss meines Tagwerks erhalten? Monatsbericht für die Sitzung des Stiftungsrats geschrieben. Bücher geprüft. Mit dem Vertreter des Verbandes der staatlichen Hilfsorganisationen zu Mittag gegessen. Essensplan der Kinder für die nächsten zehn Tage abgenommen. Fünf Briefe an Familien diktiert, die Kinder von uns aufgenommen haben. Unsere kleine geistesschwache Loretta Higgins besucht (entschuldige die Erwähnung; ich weiß, Du hörst nicht gern von Geistesschwäche), die bei einer netten, gemütlichen Familie untergebracht ist, wo sie arbeiten lernt. Zum Tee zurückgekehrt und mit dem Doktor konferiert, ob ein Kind mit tuberkulösen Drüsen ins Sanatorium geschickt werden soll. Artikel über die institutionelle Unterbringung minderjähriger Kinder gelesen: Einzelhäuser/Kinderdorf oder Sammelunterkunft? (Wir brauchen Häuschen! Kannst Du uns nicht ein paar zu Weihnachten schicken?) Und jetzt, um neun Uhr abends, schreibe ich schläfrig diesen Brief an Dich. Kennst Du viele junge Damen der Gesellschaft, die einen so nützlichen Tagesablauf vorweisen können?

Ach, ich habe ganz vergessen zu erwähnen, dass ich zehn Minuten von der Buchprüfung abgeknapst habe, um unsere neue Köchin einzuführen. Die Vorgängerin Sallie Washington-Johnston, die himmlisch gekocht hat, war leider schrecklich cholerisch und hat den armen Noah so sehr terrorisiert, dass unser hervorragender Heizer und Mann für alle Fälle schon kündigen wollte. Auf Noah können wir aber nicht verzichten. Er ist für diese Einrichtung wichtiger als die Heimleiterin, weshalb Sallie Washington-Johnston uns verlassen musste.

Als ich die neue Köchin nach ihrem Namen fragte, antwortete sie: »Ich heiß Suzanne Estelle, aber meine Freunde nenn' mich Pet.« Pet hat heute Abend zum ersten Mal gekocht, und ich muss sagen, Sallies feines Händchen hat sie nicht. Ich bin sehr enttäuscht, dass

Du uns nicht besucht hast, solange Sallie hier war. Du hättest einen sehr übertriebenen Eindruck meiner kulinarischen Fähigkeiten mitgenommen.

An dieser Stelle übermannte mich die Müdigkeit, und jetzt ist es zwei Tage später.

Armer, vernachlässigter Gordon! Mir ist gerade aufgegangen, dass ich Dir gar nicht für die Modelliermasse gedankt habe, die vor zwei Wochen eintraf, und dabei war es so ein außerordentlich kluges Geschenk, dass ich Dir gleich per Telegramm hätte gratulieren sollen. Als ich die Kiste öffnete und die viele Knetmasse sah, habe ich mich sofort hingesetzt und eine Staue von Singapur modelliert. Die Kinder lieben das Zeug; und es ist sehr gut, ihre handwerklich-kreativen Fähigkeiten zu fördern.

Nach gründlichem Studium der amerikanischen Geschichte bin ich zu dem Schluss gelangt, dass es für einen zukünftigen Präsidenten nichts Wertvolleres gibt als die frühzeitige, verpflichtende, unentrinnbare Erledigung *HÄUSLICHER PFLICHTEN.*

Daher habe ich die alltäglichen Arbeiten in diesem Waisenhaus in hundert kleine Päckchen aufgeteilt, und die Kinder rotieren wöchentlich durch eine ganze Reihe ungewohnter Aufgaben. Natürlich machen sie alles schlecht, denn kaum haben sie eine Sache gelernt, müssen sie schon zur nächsten wechseln. Es wäre unendlich viel einfacher für uns, Mrs Lippetts unmoralischem

Vorbild zu folgen, also jedes Kind lebenslang zu einer gründlich gelernten Routineaufgabe zu verdonnern; doch wenn diese Versuchung mich ankommt, rufe ich mir das trübselige Bild von Florence Henty vor Augen, die sieben Jahre lang jeden Messingtürknauf dieser Institution poliert hat – und dann schiebe ich die Kinder streng zur nächsten Station.

Jedes Mal, wenn ich an Mrs Lippett denke, werde ich wütend. Sie hatte genau die gleiche Einstellung wie ein korrupter Politiker – nicht die geringste Spur von Dienst an der Gesellschaft. Ihr einziges Interesse am John-Grier-Heim bestand darin, dass es für ihren Lebensunterhalt aufkam.

Mittwoch

Was glaubst Du, was ich für ein neues Unterrichtsfach im Waisenhaus eingeführt habe? Tischmanieren!

Ich hätte nie gedacht, dass es so schwer ist, Kindern anständiges Essen und Trinken beizubringen. Ihre Lieblingsmethode ist es, den Mund zum Becher zu senken und die Milch wie ein Kätzchen aufzuschlabbern. Gute Tischmanieren sind nicht bloß dünkelhafte Ziererei, wie Mrs Lippetts Regiment wohl glaubte. Sie verlangen Selbstdisziplin und Rücksicht auf andere, und darum müssen meine Kinder sie lernen.

Diese Frau hat den Kindern nie erlaubt, bei den

Mahlzeiten zu reden, und jetzt habe ich die allergrößte Mühe, ihnen beim Essen mehr als ein ängstliches Flüstern zu entlocken. Darum habe ich die Sitte eingeführt, dass sämtliche Beschäftigten, ich selbst eingeschlossen, mit ihnen an den Tischen sitzen und sie zu einer fröhlichen und erhebenden Unterhaltung animieren.

Außerdem habe ich einen kleinen, sehr streng geführten Trainingstisch installiert, wo die lieben Kleinen schichtweise eine Woche lang stetig korrigiert und verbessert werden. Das gepflegte Tischgespräch verläuft in etwa so:

»Jawohl, Tom, Napoleon Bonaparte war ein großer Mann – Ellbogen vom Tisch. – Er besaß eine ungeheure Konzentrationsfähigkeit, die er auf alles richten konnte, was er erreichen wollte – nicht grabschen, Susan; frag höflich nach dem Brot, dann wird Carrie es dir reichen. – Aber er war auch ein gutes Beispiel dafür, dass selbstsüchtige Gedanken, die nur sich selbst in den Mittelpunkt stellen, ohne an das Leben der anderen zu denken, letztlich zur Katastrophe – Tom! Lass beim Kauen den Mund zu – und nach der Schlacht bei Waterloo – Finger weg von Sadies Keks – war sein Sturz umso heftiger, weil – Sadie Kate, du kannst sofort aufstehen. Ist ganz egal, was er gemacht hat. Unter keinen Umständen schlägt eine Dame einen Herrn.«

Wieder sind zwei Tage vergangen; dies ist ein ähnlich mäandernder Brief wie jene, die ich immer an Judy schreibe. Aber immerhin, lieber Mann, kannst Du Dich nicht beschweren, dass ich diese Woche nicht an Dich gedacht habe! Ich weiß, Du kannst es nicht ausstehen, wenn ich Dir so viel vom Waisenhaus erzähle, aber ich kann es nicht ändern, denn das ist alles, was ich kenne. Ich habe nicht mal fünf Minuten pro Tag, die Zeitungen zu lesen. Die große weite Welt ist hinterm Horizont verschwunden. Mein Interesse gilt nur noch dem, was innerhalb unseres kleinen Eisenzauns vorgeht.

Ich verbleibe Deine
S. McBride,
Leiterin des John-Grier-Heims

Donnerstag

Lieber Feind,

»Die Zeit ist nur ein Strom, in dem ich fische.« Klingt das nicht sehr philosophisch, abgeklärt, Welten beherrschend? Es stammt von Thoreau, den ich zurzeit aufmerksam lese. Wie Sie sehen, rebelliere ich gegen Ihre Literaturvorgaben und habe mich wieder den eigenen zugewandt. An den letzten beiden Abenden habe ich mich Thoreaus Buch »Walden« gewidmet, das so weit wie nur möglich von den Problemen des minderjährigen, betreuten Kindes entfernt ist.

Haben Sie Henry David Thoreau schon einmal gelesen? Sollten Sie wirklich.

Ich glaube, Sie fänden in ihm eine verwandte Seele. Hören Sie sich dies an:

»Gesellschaft ist meistens zu wohlfeil. Wir treffen uns nach allzu kleinen Pausen wieder und haben darum keine Zeit gehabt, neuen Wert füreinander zu erlangen. Es wäre besser, wenn es nur einen Einwohner pro Quadratmeile gäbe, gerade wie dort, wo ich lebe.« Was muss das für ein angenehmer, gesprächiger, geselliger Mensch gewesen sein! Irgendwie erinnert er mich an Sandy.

Ich schreibe dies, um Ihnen zu sagen, dass wir eine Familien-Vermittlerin zu Besuch haben. Sie möchte vier unserer Küken unterbringen, darunter auch Thomas Kehoe. Was meinen Sie? Sollten wir es riskieren? Das Haus, das sie für ihn vorgesehen hat, ist ein Bauernhof in einem alkoholfreien Teil von Connecticut, wo er für Kost und Logis hart arbeiten müsste und bei der Bauernfamilie leben würde. Klingt haargenau richtig für ihn, und wir können ihn ja nicht für immer hierbehalten; eines Tages muss er hinausgeschickt werden in eine Welt voller Whiskey.

Es tut mir leid, dass ich Sie von Ihrer fröhlichen Arbeit über »Dementia praecox« wegreißen muss, aber ich würde mich sehr freuen, wenn Sie gegen acht Uhr heute Abend hereinschauen könnten, um mit der Vermittlerin zu sprechen.

Ich verbleibe Ihre
S. McBride

17. Juni

Meine liebe Judy,

Betsy hat einem Paar Adoptiveltern einen höchst gewissenlosen Streich gespielt. Sie waren aus Ohio mit dem Automobil nach Osten gefahren, um sich das Land anzusehen und eine Tochter einzusammeln. Sie scheinen die tonangebenden Bürger ihrer Stadt zu sein, deren Name mir gerade entfallen ist; aber es ist eine sehr wichtige Stadt. Sie hat elektrisches Licht und Gas, und Herr Tonangebender Bürger kontrolliert beide Versorgungswerke. Mit einer Handbewegung könnte er die ganze Stadt ins Dunkel stürzen; aber zum Glück ist er ein freundlicher Mensch und wird so etwas Schlimmes nicht tun, nicht einmal, wenn man ihn nicht mehr zum Bürgermeister wählt. Er wohnt in einem Backsteinhaus mit Schieferdach und zwei Türmchen, und im Garten hat er ein Reh und einen Springbrunnen und jede Menge schöne, Schatten spendende Bäume. (Er hat ein Foto davon in der Tasche.) Es sind freundliche, großzügige, gutherzige, lächelnde Menschen, vielleicht ein bisschen dick; man sieht gleich, dass sie Eltern sein werden, wie man sie sich nur wünschen kann.

Und wir hatten auch genau die Tochter ihrer Träume für sie, doch da sie ankamen, ohne uns vorher Bescheid zu geben, trug sie ein Flanellnachthemd und war schmutzig im Gesicht. Sie schauten sich Caroline an und waren nicht begeistert; aber sie dankten uns höflich und sagten, sie würden weiter darüber nachdenken. Sie wollten noch ins New Yorker Waisenhaus, ehe sie sich entschieden. Wir wussten genau, wenn sie die hochwertige Sammlung von Kindern dort sähen, hätte unsere arme kleine Caroline keine Chance.

Und da ersann Betsy Rettung in der Not. Sie lud die beiden freundlicherweise ein, zu ihr nach Hause zu fahren, um einen Nachmittagstee zu nehmen und eines unserer kleinen Mündel in Augenschein zu nehmen, das gerade heute ihre kleine Nichte besuchte. Herr und Frau Tonangebend kennen nicht viele Menschen an der Ostküste und haben nicht so viele Einladungen erhalten, wie ihnen ihrer Ansicht nach zustehen; darum waren sie ganz unschuldig erfreut bei der Aussicht auf ein wenig gesellschaftliche Ablenkung. Kaum hatten sie sich zu ihrem Mittagsimbiss ins Hotel zurückgezogen, ließ Betsy ihren Wagen holen und brachte Caroline blitzschnell zu sich nach Hause. Sie stopfte sie in das schönste rosa und weiß bestickte Kleidchen ihrer Nichte, borgte sich ein Spitzenhäubchen, rosa Socken und weiße Schühchen, und setzte sie pittoresk auf den grünen Rasen unter eine ausladende Buche. Ein Kindermädchen mit weißer Schürze (ebenfalls von der kleinen Nichte geborgt) versorgte sie mit Brot und Milch und bunten Spielsachen. Als dann die voraussichtlichen Eltern eintrafen, war unsere Caroline satt und zufrieden und begrüßte sie mit erfreutem Krähen. Kaum hatte das Ehepaar sie erblickt, war es auch schon hingerissen und wollte sie haben. Nicht der leiseste Verdacht kam ihnen, dass diese süße kleine Rosenknospe das gleiche Kind wie morgens sein könnte. Und wenn nun noch ein paar Formalitäten erledigt sind, sieht es ganz so aus, als würde die kleine Caroline in den Türmchen wohnen und zu einer tonangebenden Bürgerin heranwachsen.

Jetzt muss ich mich aber ohne weiteren Verzug an die Arbeit machen, um die brennende Frage nach neuen Kleidern für unsere Mädchen zu beantworten.

Mit höchster Wertschätzung verbleibe ich,
verehrte Dame,
Ihre untertän. und erg. Dienerin
Sal. McBride

19. Juni

Meine allerliebste Judy,

beachte diese großartigste Neuerung von allen, die Dein Herz ganz besonders erfreuen wird:

NIE WIEDER BLAU KARIERTE BAUMWOLL-KITTEL!

In der Überzeugung, dass die hochwohlgeborenen Landsitze in unserer Nachbarschaft wertvolle Unterstützung für unser Waisenhaus enthalten könnten, habe ich mich in letzter Zeit in den gesellschaftlichen Kreisen des Dorfes bewegt und gestern bei einem Mittagsimbiss eine reizende und gut aussehende Witwe aufgetan, die ihre attraktiven, fließenden Kleider selbst entwirft. Sie vertraute mir an, dass sie zu gern Damenschneiderin geworden wäre, was ihre gesellschaftliche Stellung aber nicht erlaubte. Immer, wenn sie ein schlecht gekleidetes hübsches Mädchen sieht, möchte sie es sofort an der Hand nehmen und neu ausstatten. Passt das nicht wie die Faust aufs Auge? Kaum hatte sie den Mund aufgemacht, war sie schon geliefert.

»Ich kann Ihnen neunundfünfzig schlecht gekleidete Mädchen zeigen«, sagte ich zu ihr, »und Sie müssen mitkommen, ihre neuen Kleider entwerfen und sie schön machen.«

Sie protestierte, aber vergebens. Ich führte sie hinaus

zu ihrem Wagen, schob sie hinein und murmelte dem Fahrer »John-Grier-Heim« zu. Die erste Heimbewohnerin, die uns über den Weg lief, war Sadie Kate, die offenbar gerade erst am Melassefass gewesen war – für jeden ästhetisch anspruchsvollen Menschen ein schockierender Anblick. Sie war nicht nur klebrig, ihr war auch ein Strumpf heruntergerutscht, ihr Kittelkleid war schief geknöpft und sie hatte ein Haarband verloren. Doch sie war wie immer ganz entspannt und selbstsicher, begrüßte uns mit fröhlichem Grinsen und reichte der Dame eine harzige Hand.

»Nun«, sagte ich triumphierend: »Sehen Sie, wie dringend wir Sie brauchen? Was können Sie tun, um Sadie Kate schön zu machen?«

»Sie waschen«, sagte Mrs Livermore.

Sadie Kate wurde in mein Badezimmer geführt. Als sie sauber geschrubbt und ihr Haar wieder geflochten und der Strumpf in anständige Höhe gezogen war, stellte ich sie ein zweites Mal vor – ein ganz normales Waisenmädchen. Mrs Livermore drehte sie von einer Seite zur anderen und betrachtete sie lange ernst.

Sadie Kate ist von sich aus schön, ein wildes, dunkelhaariges irisches Naturkind. Sie sieht aus, als käme sie direkt von den windigen Hochmooren Connemaras. Doch leider haben wir sie mit unserer grässlichen Institutsuniform dieser Anmut beraubt!

Nach fünf Minuten stiller Betrachtung schaute Mrs Livermore mir in die Augen.

»Jawohl, meine Liebe, Sie brauchen mich.«

Und sofort schmiedeten wir unseren Plan. Sie wird das Komitee zur *EINKLEIDUNG* leiten. Sie soll drei ihrer Freundinnen auswählen und zur Mithilfe rekrutieren. Und diese vier Frauen werden mithilfe der zwei Dutzend besten Näherinnen unter den Waisen und der Handarbeitslehrerin und fünf Nähmaschinen den Stil des Hauses grundlegend verändern. Und dabei sind wir eigentlich die Wohltäter. Wir beschenken Mrs Livermore mit dem Beruf, den ihr die Geburt verwehrt hat. War das nicht klug von mir, sie zu finden? Als ich heute im Morgengrauen erwachte, habe ich gejubelt!

Es gibt noch viel mehr Neuigkeiten – ich könnte gleich noch einen zweiten Brief schreiben – aber ich werde diesen rasch von Mr Witherspoon zum Postamt bringen lassen. Der Gute ist mit einem steifen Kragen und seiner schwärzesten Abendkleidung angetan, weil der Country Club einen Tanz auf der Tenne ausrichtet. Ich habe ihm aufgetragen, die nettesten Mädchen unter seinen Tanzpartnerinnen auszusuchen und sie herzubitten, damit sie meinen Kindern Geschichten erzählen können.

Es ist wirklich schrecklich, wie ich ständig Listen und Ränke schmiede. Immer, wenn ich mit einem Menschen rede, denke ich im Stillen: »Was könntest du für mein Waisenhaus tun?«

Die gegenwärtige Heimleiterin ist ernstlich in Gefahr, sich so mit ihrer Aufgabe zu identifizieren, dass sie nie wieder wegwill. Manchmal stelle ich sie mir als weißhaarige alte Dame vor, die im Rollstuhl durch das Gebäude geschoben wird, aber immer noch hartnäckig über ihre vierte Generation von Waisen wacht.

BITTE entlasse sie, bevor es so weit kommt!

Deine
Sallie

Freitag

Liebe Judy,

gestern Vormittag fuhr ohne die geringste Vorwarnung eine Bahnhofsdroschke vor und entlud auf unsere Eingangsstufen zwei Männer, zwei kleine Jungen, ein noch kleineres Mädchen, ein Schaukelpferd und einen Teddybären und fuhr wieder weg!

Die Männer waren Künstler, und die Kleinen waren die Kinder eines Künstlerfreundes, der vor drei Wochen gestorben war. Sie hatten sie zu uns gebracht, weil sie fanden, »John Grier« klinge solide und respektabel, nicht nach einem öffentlichen Kinderheim. Es war ihnen nie in den künstlerischen Sinn gekommen, dass Formalitäten nötig sein könnten, wenn man ein Kind in ein Waisenhaus geben will.

Ich erklärte ihnen, dass wir voll waren, aber sie wirkten so verloren und verschreckt, dass ich sie einlud, sich zu mir zu setzen, damit ich ihnen erklären konnte, was zu tun war. Die Kinder wurden also in die Betreuung geschickt, wo sie Brot und Milch bekommen sollten, während ich mir ihre Geschichte anhörte. Diese Künstler hatten ein verhängnisvolles Erzähltalent, oder vielleicht war es auch das Lachen des kleinen Mädchens, jedenfalls waren sie noch gar nicht fertig mit ihrem Bericht, als die Kinder schon unsere waren.

Ich habe noch kein sonnigeres Wesen gesehen als die kleine Allegra (solch ausgefallene Namen kriegen wir hier selten, und solch ausgefallene Kinder auch nicht). Sie ist drei Jahre als, sagt lispelnd lustige Kleinkindsätze und sprudelt über vor Lachen. Die Tragödie, die sie durchlebt hat, ist ihr nicht bewusst. Aber Don und Clifford, zwei kräftige Knaben von fünf und sieben, blicken schon sehr ernst und verängstigt auf die Härten des Lebens.

Ihre Mutter war Kindergärtnerin und hatte einen Maler geheiratet, mit nichts als Begeisterung und ein paar Tuben Farbe als Kapital. Seine Freunde sagen, er hatte Talent, aber das musste er natürlich vor die Säue werfen, um die Rechnungen bezahlen zu können. Sie wohnten etwas behelfsmäßig in einer baufälligen Atelierwohnung, kochten hinter Wandschirmen, ließen die Kinder in Schrankfächern schlafen.

Aber ihr Leben scheint auch seine glücklichen Seiten gehabt zu haben – viel Liebe und viele Freunde, alle mehr oder weniger arm, aber talentiert und gleich gesinnt und geistvoll. An den Jungen, an ihrer Freundlichkeit und Feinheit kann man diesen Aspekt ihrer Erziehung ablesen. Sie haben eine Aura, die den meisten meiner Kinder, so viele Manieren ich ihnen auch beizubringen versuche, immer abgehen wird.

Die Mutter verstarb ein paar Tage nach Allegras Geburt im Krankenhaus, und der Vater schlug sich noch zwei Jahre durch, versorgte seinen Nachwuchs und malte wie verrückt – Werbetafeln, Schilder, alles –, um ihnen weiter ein Dach über dem Kopf bieten zu können.

Vor drei Wochen ist er im St-Vincent's-Hospital gestorben – an Überarbeitung, Sorge und Lungenentzündung. Seine Freunde haben sich um die Kinder gekümmert, alles im Atelier verkauft, was noch nicht verpfändet worden war, alle Schulden abgezahlt und sich nach dem besten Waisenhaus umgeschaut, das sie finden konnten. Und – der Himmel segne sie! – da sind sie auf uns gekommen.

Ich behielt die beiden Künstler zum Mittagessen da – nette Menschen mit Baskenmützen und Halstüchern, die selbst schon ziemlich mitgenommen aussahen – und setzte sie dann mit dem Versprechen in den Zug zurück nach New York, dass ich der kleinen Familie meine ganze elterliche Sorge widmen würde.

Und hier sind sie also nun, ein kleiner Spatz in der Krippe, zwei größere im Kindergartenzimmer, vier große Kisten mit Leinwänden im Keller und ein Koffer mit den Briefen ihrer Eltern im Vorratsraum. Und einen Ausdruck in den Gesichtern, ein ungreifbares spirituelles *ETWAS*, das wohl das Erbe dieser Eltern ist.

Ich muss einfach immer an sie denken. Die ganze Nacht habe ich ihre Zukunft geplant. Bei den Jungen ist es leicht. Mit Mr Pendletons Unterstützung haben sie bereits das Studium abgeschlossen und eine ehrenwerte Berufslaufbahn eingeschlagen. Aber bei

Allegra bin ich mir nicht so sicher; ich weiß einfach nicht, was ich mir für das Kind wünschen soll. Der normale Wunsch für so ein reizendes kleines Mädchen wäre natürlich, dass sich nette Pflegeeltern finden, die den Platz der richtigen Eltern einnehmen, welche das Schicksal ihm geraubt hat. Doch in diesem Fall wäre es grausam, sie von ihren Brüdern wegzureißen. Es ist herzzerreißend, wie sie die Kleine lieben. Im Grunde haben die beiden sie bisher aufgezogen. Ich habe sie bisher ausschließlich lachen gehört, wenn Allegra etwas Lustiges angestellt hat.

Die armen kleinen Burschen vermissen ihren Vater schrecklich. Don, den Fünfjährigen, fand ich gestern Abend schluchzend in seinem Bettchen, weil er seinem »Daddy« nicht Gute Nacht sagen konnte.

Allegra hingegen macht ihrem Namen alle Ehre und ist das fröhlichste, schwungvollste Kind, das ich je gesehen habe. Bei ihr hat der arme Vater seine Sache gut gemacht, und sie hat – ganz undankbar – schon vergessen, dass sie ihn verloren hat.

Was soll ich nur mit diesen kleinen Seelen anfangen? Ich kann nicht aufhören, darüber nachzudenken. Ich kann sie nirgendwo unterbringen, und es kommt mir doch zu grausam vor, sie hier aufwachsen zu lassen; denn so gut hier auch alles werden mag, wenn wir erst mit dem Umbau fertig sind, wir sind doch immer noch eine Institution, und unsere Insassen sind nichts weiter als kleine Brutkastenküken. Sie bekommen nicht die individuelle, besorgte Aufmerksamkeit, die eine alte Henne ihnen bieten könnte.

Ich hätte Dir sicher auch noch eine Menge anderer interessanter Neuigkeiten berichten können, aber meine neue kleine Familie hat alles andere aus meinem Kopf verjagt.

Kinder sind bestimmt viel Freude, aber noch mehr Sorge, wie das schottische Sprichwort sagt.

Immer die Deine
Sallie

PS: Vergiss nicht, dass Du mich nächste Woche besuchen kommst.
PPS: Der Doktor, normalerweise ganz wissenschaftlich und unsentimental, hat sich in Allegra verliebt. Er hat nicht einen Blick auf ihre Rachenmandeln geworfen, sondern sie einfach bloß hochgehoben und in die Arme geschlossen. Sie ist wirklich eine kleine Zauberin! Was soll nur aus ihr werden?

22. Juni

Meine liebe Judy,

ich darf berichten, dass Du Dir keine Sorgen mehr über unsere unzureichenden Brandschutzmaßnahmen zu machen brauchst. Der Doktor und Mr Witherspoon haben der Angelegenheit ihre volle Aufmerksamkeit gewidmet, und kein Spiel war jemals so unterhaltsam und zerstörerisch wie unsere Feuerübung.

Die Kinder gehen alle ins Bett und fallen in einen wachsamen Schlummer. Der Feueralarm ertönt. Alle springen aus dem Bett in die Schuhe, schnappen sich ihre Bettdecke, die sie um die (tatsächlich noch nicht angezogene) Nachtkleidung wickeln, reihen sich in einer Schlange auf und traben in den Flur und die Treppe hinunter.

Die siebzehn Knirpse im Babytrakt haben alle einen Indianer zugeteilt bekommen, der sie nach draußen schleppt, wobei sie vor Freude kreischen. Die übrigen Krieger widmen sich, solange das Dach nicht einzustürzen droht, der Rettung von Hab und Gut. Bei unserer allerersten Übung hatte Percy die Leitung, und der Inhalt von einem Dutzend Kleiderschränke wurde in Bettlaken geschüttet und aus den Fenstern geschleudert. Ich riss das Kommando an mich, um zu verhindern, dass Kissen und Matratzen ihnen folgten. Wir brauchten Stunden, die Kleider wieder zu sortieren, während Percy und der Doktor jegliches Interesse verloren hatten und mit ihren Pfeifen ins Lager hinaufstiefelten.

Unsere nächsten Übungen sollen weniger realistisch werden. Ich kann Dir jedoch erfreut berichten, dass unter der fähigen Leitung von Feuerwehrhauptmann Witherspoon das ganze Gebäude in sechs Minuten und achtundzwanzig Sekunden geräumt war.

Die kleine Allegra muss Elfenblut in den Adern haben. Dieses Waisenhaus hat noch nie ein solches Kind beherbergt, abgesehen von einem, das Jervis und ich persönlich kennen. Den Doktor hat sie inzwischen komplett unter ihrer Fuchtel. Anstatt wie ein nüchterner Mediziner seine Hausbesuche zu machen, kommt er Hand in Hand mit Allegra herunter zu mir in die Bibliothek, wo er eine halbe Stunde lang auf allen vieren auf dem Teppich herumkrabbelt und Pferd spielt, während das kleine Herzchen auf seinem Rücken sitzt und ihm die Sporen gibt. Ich glaube, ich werde eine Anzeige in der Zeitung aufgeben:

Wesensveränderungen nach Bedarf!
S. McBride

Vorgestern Abend hat Sandy hereingeschaut, um ein wenig mit mir und Betsy zu plaudern, und er war geradezu *AUSGELASSEN*. Er hat drei Witze gemacht, sich ans Klavier gesetzt und alte schottische Volkslieder gesungen: »My luv's like a red, red rose« und »Come under my plaidie« und »Wha's at the window? Wha? Wha?«, alles ganz ohne pädagogische Absicht, und dann hat er auch noch ein paar Schritte Strathspey getanzt!

Ich saß dabei und strahlte über mein Werk – denn es stimmt ja: Ich habe das alles geschafft, durch mein leichtsinniges Beispiel, durch die Bücher, die ich ihm zu lesen gegeben habe, und durch die Bekanntschaft mit so lockeren Gesellen wie Jimmie und Percy und Gordon Hallock, die ich ihm verschafft habe. Wenn ich noch ein paar Monate an ihm arbeiten kann, mache ich einen richtigen Menschen aus ihm. Er hat schon seine lila Krawatten aufgegeben und trägt auf meinen diskreten Hinweis hin einen grauen Anzug. Du glaubst ja nicht, wie gut ihm das steht. Wenn ich ihm noch abgewöhnen kann, seine Taschen mit zu großen Gegenständen auszubeulen, wird er richtig distinguiert aussehen.

Auf Wiedersehen, und nicht vergessen: Wir erwarten Dich am Freitag.

Sallie

PS: Hier ist ein Foto von Allegra, aufgenommen von Mr Witherspoon. Ist sie nicht ein Herzchen? Ihre derzeitige Kleidung unterstreicht ihre Schönheit nicht gerade, aber schon in wenigen Wochen wird sie zu einem gesmokten Kleidchen in Rosa wechseln.

Mittwoch, 24. Juni, 10 Uhr

Mrs Jervis Pendleton

Madame,

vor mir liegt Dein Brief, der mir mitteilt, dass Du mich nicht wie versprochen am Freitag besuchen kommst, weil Dein Ehemann wichtiger Geschäfte wegen in der Stadt bleiben muss. Was ist denn das für ein Geschwätz? Ist es schon so weit, dass Du ihn keine zwei Tage allein lassen kannst?

Ich habe mich von meinen hundertdreizehn Kindern nicht abhalten lassen, Dich zu besuchen, und ich sehe keinen Grund, wieso Du Dich von einem Gatten abhalten lassen solltest. Ich werde Dich am Freitag wie besprochen am Expresszug nach Berkshire erwarten.

S. McBride

30. Juni

Meine liebe Judy,

das war ein sehr flüchtiger Besuch, den Du uns abgestattet hast, aber wir sind für jede kleine Gefälligkeit dankbar. Ich freue mich sehr, dass Du so zufrieden warst mit der ganzen Entwicklung, und ich kann es kaum erwarten, dass Jervis und der Architekt zu uns heraufkommen und ernsthaft mit einem gründlichen Umbau anfangen.

Weißt Du, ich hatte die ganze Zeit während Deiner Anwesenheit ein höchst seltsames Gefühl. Ich kriege es immer noch nicht ganz in meinen Kopf, dass Du, meine liebe, wunderbare Judy, wirklich in dieser Einrichtung aufgewachsen bist und aus eigener bitterer Erfahrung weißt, was diese Knirpse brauchen. Manchmal weckt die Tragödie Deiner Kindheit eine Wut in mir, dass ich die Ärmel hochkrempeln und die ganze Welt zum Kampf herausfordern und sie zwingen will, sich in einen Ort zu verwandeln, in dem Kinder besser leben können. Meine schottisch-irischen Vorfahren scheinen mir doch eine ungeheure Menge *KAMPFGEIST* eingepflanzt zu haben.

Hättest Du mir ein modernes Waisenhaus anvertraut, mit hübschen, sauberen, hygienischen Häuschen, wo alles funktioniert und in bester Ordnung ist, hätte ich die Monotonie des fehlerfrei laufenden Uhrwerks sicher nicht ausgehalten. Aber der Blick auf so viele Dinge, die unbedingt erledigt oder geändert werden müssen, macht mir das Bleiben möglich. Manchmal allerdings, das muss ich zugeben, wache ich morgens auf und lausche den Geräuschen dieser Institution und rieche die Luft darin, und dann sehne ich mich nach dem glücklichen, sorglosen Leben, das mir eigentlich zusteht.

Du, meine liebe Zauberin, hast einen Bann über mich geschlagen, und ich bin hergekommen. Aber in den wachen Nächten wird Dein Bann oftmals schwächer, und ich beginne den Tag mit der brennenden Entschlossenheit, aus dem John-Grier-Heim zu fliehen. Doch das verschiebe ich bis nach dem Frühstück. Und sobald ich in den Flur hinaustrete, kommt einer dieser jammervollen Zwerge auf mich zugelaufen, schiebt schüchtern eine warme, geballte Faust in meine Hand, schaut aus großen Kinderaugen zu mir auf und verlangt stumm, gestreichelt zu werden – und ich nehme ihn hoch und in den Arm. Und wenn ich über seine Schulter nach den anderen verlorenen Seelchen schaue, möchte ich alle hundertdreizehn in den Arm nehmen und lieben, bis sie glücklich werden. Diese Arbeit mit Kindern hat etwas Hypnotisches. Man kann sich wehren, sosehr man will, am Ende kriegen sie einen.

Dein Besuch hat mich offenbar in philosophische

Stimmung versetzt; aber ich habe tatsächlich auch ein oder zwei Neuigkeiten zu vermelden. Die neuen Kleider kommen voran, und sie werden so süß werden! Mrs Livermore war ganz verzaubert von diesen Ballen mehrfarbigen Baumwollstoffs, die Du geschickt hast – Du solltest unseren Werkraum sehen, wo er überall ausgebreitet liegt –, und wenn ich mir die sechzig Mädchen vorstelle, in Rosa und Blau und Gelb und Lavendel gekleidet, wie sie an einem sonnigen Tag über unseren Rasen tollen, dann denke ich beinahe, wir sollten für unsere Besucher einen Vorrat an getönten Brillen bereithalten. Du weißt natürlich, dass diese leuchtenden Farben sehr unpraktisch sind und sicher ausbleichen werden. Aber Mrs Livermore ist genauso schlimm wie Du – es ist ihr ganz egal. Wenn nötig, wird sie einen zweiten und dritten Satz anfertigen. *NIEDER MIT DEM BLAUEN KARO!*

Ich bin froh, dass Du den Doktor mochtest. Natürlich behalten wir uns vor, über ihn herzuziehen, wie wir wollen, aber es würde unsere Gefühle mächtig verletzen, wenn jemand anderes sich über ihn lustig macht.

Er und ich überwachen immer noch gegenseitig unsere Lektüre. Letzte Woche kam er mit Herbert Spencers »System der Synthetischen Philosophie« an, das ich mir ansehen sollte. Ich nahm es dankend entgegen und revanchierte mich mit dem »Tagebuch der Marie Baschkirzew«. Erinnerst Du Dich, wie wir an der Universität unsere alltäglichen Unterhaltungen mit Maries Zitaten anreicherten? Sandy hat sie also mit nach Hause genommen und aufmerksam und gründlich gelesen.

»Ja«, räumte er ein, als er heute zum Bericht erschien, »das sind die wahrhaftigen Aufzeichnungen einer ganz bestimmten morbiden, egoistischen Art von Persönlichkeit, die leider existiert. Aber ich begreife nicht, warum Sie so etwas lesen; denn Gott sei Dank, Sally Lunn, haben Sie mit Basch überhaupt nichts gemein.«

So nah an einem Kompliment ist er mir gegenüber noch nie gewesen, und ich fühle mich äußerst geschmeichelt.

Die arme Marie nennt er nur »Basch«, weil er ihren Namen nicht aussprechen kann und zu sehr auf sie herabschaut, um es überhaupt zu versuchen.

Wir haben hier im Haus ein Mädchen, die Tochter einer Revuetänzerin, und die ist ein eitles, eingebildetes, selbstsüchtiges, geziertes, unnatürliches, unehrliches Biest, aber Wimpern hat sie! Sandy hat eine heftige Abneigung gegen dieses Kind entwickelt. Und seit er das Tagebuch der armen Marie gelesen hat, verwendet er ein neues, zusammenfassendes Adjektiv für all ihre ärgerlichen Eigenschaften. Er bezeichnet sie als »baschig« und lehnt sie rundweg ab.

Adieu, und komm bald wieder.

Sallie

PS: Meine Kinder zeigen die Besorgnis erregende Tendenz, ihre Konten vollständig zu leeren, um Süßigkeiten zu kaufen.

Dienstagabend

Meine liebe Judy,

was glaubst Du, was Sandy jetzt angestellt hat? Er ist auf Vergnügungstour in die Nervenheilanstalt gefahren, deren Leiter uns vor ungefähr einem Monat besucht hat. Ist Dir so jemand schon einmal untergekommen? Er ist absolut fasziniert von Geisteskranken und kann nicht von ihnen lassen.

Als ich ihn zum Abschied nach medizinischen Anweisungen fragte, antwortete er:

»Erkältungen füttern, Koliken aushungern, nie den Ärzten trauen.«

Mit diesem Rat und ein paar Flaschen Lebertran lässt er uns also zurück. Ich fühle mich frei und abenteuerlustig. Vielleicht solltest Du rasch wieder herkommen, wer weiß, was für fröhliche Umwälzungen ich hier anrichte, wenn Sandys dämpfender Einfluss mich nicht mehr hemmt.

S.

John-Grier-Heim,
Freitag

Lieber Feind,

ich bleibe hier an den Mast gefesselt, während Sie sich im Land herumtreiben und mit Geisteskranken vergnügen. Dabei hatte ich gerade gehofft, Sie von dieser morbiden Vorliebe für psychopathische Institutionen geheilt zu haben! Das ist sehr enttäuschend. In letzter Zeit wirkten Sie beinahe menschlich.

Darf ich fragen, wie lange Sie dort zu verweilen gedenken? Sie hatten die Erlaubnis, zwei Tage fernzubleiben, und jetzt sind Sie schon vier Tage weg.

Gestern ist Charlie Martin aus einem Kirschbaum gefallen und hat sich den Kopf aufgeschlagen, und wir mussten zu einem fremden Arzt fahren. Fünf Stiche. Patient wohlauf. Aber wir mögen nicht gern zu Fremden gehen. Ich würde ja kein Wort darüber verlieren, wenn Sie aus legitimem Grund abwesend wären, aber Sie wissen selbst ganz genau, wenn Sie sich eine Woche lang mit Melancholikern abgegeben haben, werden Sie schrecklich trübsinnig zurückkehren, fest überzeugt, dass die Menschheit vor die Hunde geht; und ich werde meine Last damit haben, Sie wieder einigermaßen froh zu stimmen.

Überlassen Sie doch die Geisteskranken ihrem

Wahn und kehren Sie ins John-Grier-Heim zurück, wo man Sie braucht.

Ich verbleibe Ihr treuer
Freund und Sie mir teuer,
S. McB.

PS: Finden Sie das poetische Schlusswort nicht bewundernswert? Das habe ich von Robert Burns geborgt, dessen Werk ich eifrig studiere – als Kompliment an einen schottischen Freund.

6. Juli

Liebe Judy,

der Herr Doktor ist immer noch weg. Kein Wort; einfach verschwunden. Ich weiß nicht, ob er jemals zurückkommt oder nicht, aber wir scheinen auch ganz gut ohne ihn zurechtzukommen.

Gestern habe ich bei den beiden netten Damen zu Mittag gegessen, die unseren Punch bei sich aufgenommen haben. Er nahm mich an der Hand und führte mich durch den Garten, wobei er mir die Glockenblume meiner Wahl zum Geschenk machte. Beim Essen hob ihn der englische Butler auf seinen Stuhl und band ihm mit solchem Zeremoniell die Serviette um, als bediente er einen Thronfolger. Der Butler ist aus dem Haushalt des Grafen von Durham zu den Damen gekommen, Punch aus einem Kellerloch in der Houston Street. Das war ein äußerst erhebender Anblick.

Meine Gastgeberinnen unterhielten mich nach dem Essen mit Auszügen ihrer Tischgespräche in den letzten zwei Wochen. (Ich wundere mich, dass der Butler noch nicht gekündigt hat; er wirkte höchst anständig.) Wenn auch sonst nichts dabei herauskommt, so hat Punch sie doch mit erheiternden Anekdoten für den Rest ihres Lebens versorgt. Eine der beiden überlegt tatsächlich, ein Buch zu schreiben. »Wenigstens«, sagt sie und wischt sich Lachtränen aus dem Augenwinkel, »haben wir nun gelebt!«

Gestern Abend um halb sieben schaute der Ehrenwerte Cy herein und traf mich im Abendkleid an, auf dem Sprung zu einer Dinnerparty bei Mrs Livermore. Er bemerkte süffisant, Mrs Lippett habe nie danach gestrebt, eine Säule der Gesellschaft zu sein, sondern ihre Energie auf die Arbeit konzentriert. Du weißt, ich bin nicht rachsüchtig, aber wenn ich diesen Mann sehe, wünsche ich mir immer, er befände sich am Grunde des Ententeichs, sicher an einen Felsen gekettet.

Sonst würde er nach oben schießen und an der Oberfläche treiben.

Singapur lässt respektvoll grüßen und ist sehr froh, dass Du ihn in seiner augenblicklichen Verfassung nicht sehen kannst. Sein attraktives Äußeres ist durch ein erschreckendes Unglück verunstaltet. Ein böses Kind – und ich glaube nicht, dass es ein Junge war – hat dem armen Tier an verschiedenen Stellen das Fell kurz geschnitten, sodass er nun aussieht wie ein räudiges, von Motten zerfressenes Schachbrett. Wenn Du Dir das bildlich vorstellen kannst. Niemand kann sich allerdings vorstellen, wer das getan haben mag. Sadie Kate kann gut mit der Schere umgehen, aber sie hat auch ein gutes Alibi. Als mein Hund wahrscheinlich frisiert wurde, saß sie auf einem Hocker in der Ecke des Klassenzimmers, das Gesicht zur Wand, wie achtundzwanzig Mitschüler bezeugen können. Es ist jedoch Sadie

Kates tägliche Pflicht geworden, die rasierten Stellen mit Deinem Haarwasser zu behandeln.

Ich verbleibe wie immer
Deine Sallie

PS: Hier ein aktuelles Porträt des Ehrenwerten Cy, nach dem lebenden Modell gezeichnet. In mancherlei Hinsicht ist der Mann ein faszinierender Gesprächspartner; er kann mit der Nase gestikulieren.

Donnerstagabend

Liebe Judy,

Sandy ist nach zehntägiger Abwesenheit zurückgekehrt – keine Erklärungen – und in tiefe Schwermut verfallen. Unsere freundlichen Versuche, ihn aufzuheitern, nimmt er übel und will mit niemandem etwas zu tun haben, außer mit der kleinen Allegra. Heute Abend hat er sie zum Essen mit zu sich nach Hause genommen und erst um halb acht zurückgebracht, skandalös spät für eine junge Dame von drei Jahren. Ich weiß wirklich nicht, was ich mit unserem Doktor anfangen soll; er wird jeden Tag undurchschaubarer.

Percy hingegen ist ein offenherziger, vertrauensseliger junger Mann. Gerade hat er mit mir zu Abend gegessen (er ist sehr aufmerksam, was gesellschaftliche Verpflichtungen angeht), und das Tischgespräch drehte sich ausschließlich um das Mädchen in Detroit. Er ist einsam und spricht gern von ihr; und was für wunderbare Dinge er über sie sagt! Ich hoffe, dass Miss Detroit all diese verehrende Zuneigung verdient, aber ich bin etwas besorgt. Aus der innersten Tasche seiner Weste zog er ein Lederetui hervor, schlug andächtig zwei Lagen Seidenpapier zur Seite und zeigte mir das Foto eines albernen jungen Dings – große Augen und Ohrringe und flauschiges Haar. Ich gab mir Mühe, meine Glückwünsche aufrichtig klingen zu lassen, doch mein Herz verkrampfte vor Mitleid wegen der Zukunft des armen Jungen.

Ist es nicht eigenartig, dass sich die nettesten Männer oft die schlimmsten Frauen und die nettesten Frauen die schlimmsten Männer suchen? Ich nehme an, gerade ihre Nettigkeit macht sie arglos und blind.

Weißt Du, die interessanteste Beschäftigung der Welt ist die Charakterstudie. Ich glaube, ich hätte eigentlich Romanschriftstellerin werden sollen; Menschen faszinieren mich – bis ich sie gründlich durchschaut habe. Percy und der Doktor bilden einen höchst fesselnden Gegensatz. Man weiß in jedem Augenblick, was der nette junge Mann gerade denkt; er ist in Großbuchstaben und schlichten Worten geschrieben, wie eine Lesefibel für Erstklässler. Der Doktor hingegen! Er könnte ebenso gut in chinesischen Schriftzeichen verfasst sein, so unlesbar ist er. Man hat ja schon von Menschen mit zwei Seiten gehört; also, Sandy hat bestimmt drei. Normalerweise ist er rational und wissenschaftlich, hart wie Granit, aber gelegentlich vermute ich, dass unter der harten Schale ein sehr gefühlsbetonter Mensch steckt. Tagelang kann er geduldig und freundlich und hilfsbereit sein, und ich fange an, ihn zu mögen; dann bricht ohne Vorwarnung ein ungezähmter, wilder Mann aus seinen innersten Tiefen hervor, und – ach je! Der Mensch ist unmöglich.

Ich vermute ja immer, dass er irgendwann in der Vergangenheit furchtbar verletzt worden ist und immer noch an der Erinnerung nagt. Wenn er redet, hat man immer das unbehagliche Gefühl, dass er in den hintersten Winkeln seiner Gedanken mit etwas anderem beschäftigt ist. Aber das könnte auch meine romantische Deutung eines ungewöhnlich schwierigen Charakters sein. Auf jeden Fall ist er sehr verwirrend.

Seit Tagen warten wir schon auf einen schön windigen Nachmittag, und jetzt ist er gekommen. Meine Kinder erfreuen sich am »Drachentag«, ein Brauch, den wir uns von den Japanern abgeschaut haben. Alle Jungen, die groß genug dafür sind, und die meisten Mädchen haben sich auf der »Knowltop« verteilt (diese felsige Schafweide, die im Osten an unser Gelände angrenzt) und lassen selbst gebaute Drachen steigen.

Es war furchtbar anstrengend, dem mürrischen alten Herrn, dem die Weide gehört, die Erlaubnis abzuringen. Er sagt, er kann Waisen nicht leiden, und wenn er sie erst mal ein Stück weit auf sein Grundstück lässt, dann suchen sie schon bald sein ganzes Anwesen heim, und er wird sie nicht wieder los. Wenn man ihn so reden hört, könnte man meinen, Waisen seien eine besonders schädliche Käferart.

Doch nach einer halben Stunde Überzeugungsarbeit meinerseits räumte er uns zwei Stunden Zugang zu seiner Schafweide ein, solange wir keinen Fuß auf die Kuhweide auf der anderen Seite des Weges setzten und am Ende dieser Frist pünktlich nach Hause zurückkehrten. Um die Unversehrtheit seiner Kuhweide sicherzustellen, lässt Mr Knowltop seinen Gärtner, seinen Chauffeur und zwei Stallburschen an den Grundstücksgrenzen patrouillieren, solange die Drachen fliegen. Die Kinder sind jetzt noch draußen und finden es herrlich abenteuerlich, über den windigen Hügel zu jagen und ihre Drachenschnüre miteinander zu verheddern. Wenn sie keuchend ins Haus zurückkommen, erwartet sie eine Überraschung in Form von Ingwerkeksen und Limonade.

Diese armen Kleinen mit ihren alten Gesichtern! Es ist nicht einfach, sie wieder jung zu machen, aber ich glaube, es gelingt mir. Und es macht wirklich Spaß, wenn man das Gefühl hat, etwas Positives zum Wohle der Welt zu bewirken. Wenn ich mich nicht heftig dagegen wehre, wirst Du Dein Ziel erreichen, nämlich mich zu einem nützlichen Menschen zu machen. Die gesellschaftlichen Zerstreuungen von Worcester wirken beinahe brav im Vergleich zu der Faszination von hundertdreizehn lebendigen, zappelnden Waisenkindern.

Alles Liebe
Deine Sallie

PS: Um genau zu sein: Ich glaube, ich habe heute Nachmittag nur hundertsieben Kinder.

Liebe Judy,

weil heute Sonntag ist, ein herrlicher, blühender Tag mit warmen Winden, habe ich mich mit der »Hygiene des Nervensystems« von J. W. Courtney auf dem Schoß (Sandys jüngster Beitrag zu meiner intellektuellen Reife) ans offene Fenster gesetzt und den Blick auf die Aussicht gerichtet. »Dem Himmel sei Dank«, dachte ich, »dass dieses Waisenhaus so auf die Anhöhe gebaut wurde, dass wir zumindest über den gusseisernen Zaun hinwegsehen können, der uns umschließt.«

Ich fühlte mich sehr eingesperrt und gefangen und selbst wie eine Waise; also beschloss ich, dass mein eigenes Nervensystem frische Luft, Bewegung und Abenteuer braucht. Direkt vor meinen Augen verlief das weiße Band der Straße, das sich ins Tal hinabwindet und dann auf der anderen Seite über die Hügel und weiter. Seit ich hergekommen bin, sehne ich mich danach, ihr bis zum Hügelkamm zu folgen und herauszufinden, was dahinter liegt. Arme Judy! Ich nehme an, dass die gleiche Sehnsucht Deine ganze Kindheit geprägt hat. Wenn eines meiner Küken irgendwann am Fenster steht, übers Tal blickt und fragt: »Was ist dahinter?«, dann werde ich sofort nach einem Wagen telefonieren.

Heute aber waren meine kleinen Küken alle mit ganzem Herzen beschäftigt, nur mein Herz wanderte einsam in die Ferne. Ich tauschte das seidene Sonntagskleid gegen etwas Gröberes und schmiedete dabei einen Plan, wie ich auf jene Hügel gelangen könnte.

Dann ging ich zum Telefon und wählte kühn die Nummer 505.

»Guten Tag, Mrs McGurk«, sagte ich schmeichelnd. »Dürfte ich wohl Dr. MacRae sprechen?«

»Bleiben Sie dran«, sagte sie barsch.

»Einen guten Tag, Doktor«, sagte ich im schönsten irischen Tonfall. »Haben Sie zufällig irgendwelche todgeweihten Patienten, die auf den Hügeln hinterm Tal wohnen?«

»Gott sei Dank nicht!«

»Ach, wie schade«, sagte ich enttäuscht. »Und was haben Sie heute Nachmittag noch so vor?«

»Ich lese gerade ›Über die Entstehung der Arten‹.«

»Klappen Sie's zu; das ist keine Beschäftigung für einen Sonntag. Und sagen Sie, ist Ihr Automobil gut geölt und fahrbereit?«

»Es steht zu Ihrer Verfügung. Soll ich mit ein paar Waisen einen Ausflug machen?«

»Nur mit einer, die am Nervensystem leidet. Sie hat die fixe Idee entwickelt, dass sie auf den Kamm dieser Hügel gelangen muss.«

»Mein Wagen klettert wie eine Ziege. In fünfzehn Minuten –«

»Moment!«, sagte ich. »Packen Sie eine Bratpfanne ein, die richtige Größe für zwei Personen. In meiner Küche ist keine kleiner als ein Wagenrad. Und fragen Sie Mrs McGurk, ob Sie übers Abendessen ausbleiben können.«

Ich packte also Schinkenspeck und Eier in einen Korb, dazu Muffins und Ingwerkekse, heißen Kaffee in der Thermosflasche, und wartete auf den Eingangsstufen, als Sandy mit seinem Auto und seiner Bratpfanne vorgefahren kam.

Wir erlebten ein herrliches Abenteuer zusammen, und er genoss die Flucht genauso sehr wie ich. Nicht ein einziges Mal gestattete ich ihm, Geisteskrankheit zu erwähnen. Ich zwang ihn dazu, das weit sich streckende Weideland zu betrachten, die Reihen von Kopfweiden vor dem Hintergrund wogender Hügel, die Luft zu riechen, dem Schrei der Krähen, dem Bimmeln der

Kuhglocken und dem Rauschen des Flusses zu lauschen. Und wir redeten – oh, über eine Million Dinge, die gar nichts mit unserem Waisenhaus zu tun hatten. Ich ließ ihn den Wissenschaftler abschütteln und so tun, als sei er noch ein kleiner Junge. Du wirst es mir kaum glauben, aber es gelang ihm – mehr oder weniger. Er spielte mir tatsächlich ein oder zwei jungenhafte Streiche. Sandy ist in den Dreißigern, meine Güte! Das ist noch zu jung, ganz erwachsen zu sein.

Wir hielten auf einer Klippe mit Blick auf unser Tal, sammelten loses Holz, fachten ein Feuer an und brieten uns das *LECKERSTE* Abendessen – ein paar Krümel verkohlter Stock waren im Rührei, aber Holzkohle ist gesund. Als Sandy seine Pfeife aufgeraucht hatte und »die Sonne sank in den gewohnten Westen«, packten wir unsere Sachen ein und rollten heimwärts.

Er sagt, das war der netteste Nachmittag, den er seit Jahren erlebt hat, und das glaube ich dem armen von der Wissenschaft verführten Mann sogar. Sein olivgrünes Heim ist so wenig anheimelnd und inspirierend, so öde, dass es mich gar nicht wundert, wenn er seine Sorgen in Büchern ertränkt. Sobald ich eine nette, gemütliche Haushälterin für ihn auftreiben kann, werde ich alle Hebel in Bewegung setzen, Maggie McGurk von ihrem Posten zu vertreiben, auch wenn ich vorhersehe, dass sie noch schwieriger loszuwerden sein wird als Bauer Sterry.

Zieh jetzt bitte nicht den Schluss, dass ich ein unziemliches Interesse an unserem aufbrausenden Doktor entwickele, das tue ich nämlich nicht. Aber sein Leben ist so trostlos, dass ich ihm einfach gelegentlich den Kopf tätscheln und ihn aufmuntern möchte; die Welt ist voller Sonnenschein, und ein wenig davon ist auch für ihn – genau wie ich auch meine hundertsieben Waisen aufheitern möchte: nicht mehr und nicht weniger.

Ich bin sicher, dass ich Dir eigentlich auch noch echte Neuigkeiten zu berichten hatte, aber die sind mir komplett entfallen. Die viele frische Luft hat mich schläfrig gemacht. Es ist halb zehn, und ich sage Gute Nacht.

S.

PS: Gordon Hallock ist spurlos verschwunden. Seit drei Wochen nicht ein Wort; keine Süßigkeiten oder Kuscheltiere oder sonstige Kleinigkeiten. Was mag nur aus dem aufmerksamen jungen Mann geworden sein, was meinst Du?

13. Juli

Liebste Judy,

höre die frohe Botschaft:

Da heute der einunddreißigste Tag von Punchs Monat bei den beiden Damen ist, rief ich wie vereinbart seine Gönnerinnen an, um seine Rückkehr zu regeln. Doch man lehnte mein Ansinnen empört ab. Sie sollten ihren süßen kleinen Vulkan wieder hergeben, wo sie ihm gerade das Feuerspucken abgewöhnen? Sie waren entsetzt über ein so undankbares Ansinnen. Punch hat ihre Einladung, den Sommer über bei ihnen zu bleiben, dankend angenommen.

Die Kleiderherstellung geht voran. Könntest Du doch im Handarbeitsraum die Nähmaschinen sausen und die Zungen plappern hören! Selbst verschüchterte, apathische, mutlose Waisenmädchen werden munter und lebenslustig, wenn sie hören, dass sie jeweils drei ganz eigene Kleider besitzen sollen, alle in verschiedenen Farben, von jeder selbst ausgesucht. Und Du solltest mal sehen, wie das ihre Handarbeitsfähigkeiten verbessert. Sogar die kleinen Zehnjährigen werden schon richtige Näherinnen. Ich wünschte, ich könnte einen ähnlich wirkungsvollen Weg finden, ihr Interesse am Kochen zu wecken. Aber unsere Küche ist leider überhaupt nicht lehrreich. Du weißt ja, wie sehr es die kulinarische Begeisterung dämpft, wenn man einen ganzen Sack Kartoffeln auf einmal kochen muss.

Ich glaube, ich habe schon erwähnt, dass ich meine Kindlein am liebsten in zehn nette Kleinfamilien aufteilen würde, mit einer gemütlichen Hausmutter für jede einzelne? Hätten wir doch nur zehn malerische kleine Häuschen für sie, mit Blumen im Vorgarten und Kaninchen und Kätzchen und Hündchen und Hühnern hinterm Haus, dann wären wir eine sehr vorzeigbare Einrichtung und müssten uns nicht immer schämen, wenn diese Wohltätigkeitsexperten zur Besichtigung kommen.

Donnerstag

Vor drei Tagen habe ich diesen Brief begonnen, wurde dann durch ein Gespräch mit einem potenziellen Spender unterbrochen (fünfzig Eintrittskarten für den Zirkus), und seither hatte ich keine freie Minute, wieder zur Feder zu greifen. Betsy war drei Tage in Philadelphia, wo sie für eine jammernde Cousine Brautjungfer sein musste. Ich hoffe, dass nicht noch mehr Familienmitglieder ans Heiraten denken, das bringt nämlich im John-Grier-Heim alles ziemlich durcheinander.

Als sie dort war, hat sie eine Familie überprüft, die ein Kind aufnehmen wollte. Wir haben natürlich keine richtige Abteilung für solche Nachforschungen, aber wenn uns mal eine Familie in den Schoß fällt, dann gehen wir der Sache auch nach. Normalerweise arbeiten wir mit dem Verband der staatlichen Hilfsorganisationen zusammen. Die haben ausgebildete Vertreter, die den ganzen Bundesstaat bereisen, Kontakt mit aufnahmewilligen Familien sowie mit den Waisenhäusern halten, die welche abzugeben haben. Da sie gern für uns arbeiten, hätte es gar keinen Sinn, wenn wir unsere Kinder eigenhändig anpreisen wollten. Ich möchte aber so viele wie möglich unterbringen, denn ich bin der festen Überzeugung, dass ein richtiges Heim und eine richtige Familie der beste Ort für ein Kind sind, vorausgesetzt natürlich, dass wir diese Familien sehr sorgfältig und kritisch auswählen, vor allem was den Charakter angeht. Ich brauche keine reichen Pflegefamilien, sondern freundliche, liebevolle, intelligente Eltern. Ich glaube, diesmal hat Betsy ein Juwel von einer Familie aufgetrieben. Das Kind ist aber noch nicht abgereist, die Papiere noch nicht unterzeichnet, und natürlich kann es immer noch sein, dass sie plötzlich einen Rückzieher machen.

Frage doch Jervis einmal, ob er von einem J. F. Bretland aus Philadelphia gehört hat. Er scheint sich in Finanzkreisen zu bewegen. Zum ersten Mal von ihm gehört habe ich durch einen Brief, der an den »Leiter des John-Grier-Heims; Sehr geehrter Herr« gerichtet war – ein knapper, handgeschriebener Brief von einem *SCHRECKLICH* geschäftsmäßigen Anwalt, der mitteilte, seine Frau habe beschlossen, ein kleines Mädchen von einnehmendem Äußeren und guter Gesundheit zu adoptieren, zwei bis drei Jahre alt, eine Waise guter amerikanischer Herkunft mit makellosem Stammbaum und ohne störende Verwandte. Hätte ich so etwas wohl anzubieten, mit freundlichen Grüßen, J. F. Bretland?

Als Empfehlung gab er die Unternehmensberatung »Bradstreets« an. Ist das nicht zum Totlachen? Man könnte meinen, er wollte ein Kundenkreditkonto bei einer Gärtnerei eröffnen und hätte gleich eine erste Bestellung aus unserem Saatgutkatalog getätigt.

Wir begannen unsere übliche Überprüfung durch einen Fragebogen, den wir einem Geistlichen in Germantown zusandten, wo die Bretlands wohnen.

Hat er Grundbesitz?

Bezahlt er seine Rechnungen?

Ist er gut zu Tieren?

Geht er zur Kirche?

Streitet er mit seiner Frau?

Und ein Dutzend weiterer unverschämter Fragen.

Offensichtlich hatten wir einen Geistlichen mit Humor ausgewählt, denn statt die Fragen ausführlich in allen Einzelheiten zu beantworten, schrieb er quer über das ganze Blatt: »Ich wünschte, die Bretlands würden mich adoptieren!«

Das sah vielversprechend aus, also eilte Betsy Kindred gleich nach dem Hochzeitsfrühstück hinaus nach Germantown. Sie entwickelt geradezu phänomenale detektivische Fähigkeiten. Im Verlauf eines einzigen Höflichkeitsbesuchs kann sie allein aus dem Mobiliar die ganze Moralgeschichte einer Familie ableiten.

Sie kehrte begeistert und erfüllt von positiven Erkenntnissen aus Germantown zurück.

Mr. J. F. Bretland ist ein wohlhabender und einflussreicher Bürger, von seinen Freunden herzlich geliebt, von seinen Feinden abgrundtief gehasst (entlassene Mitarbeiter, die ihn, ohne zu zögern, als *HARTHERZIG* bezeichnen). Beim Kirchgang scheint er nicht ganz zuverlässig, doch seine Frau geht regelmäßig, und er spendet reichlich.

Sie ist eine reizende, freundliche, kultivierte Frau aus den höchsten Kreisen der Gesellschaft, die gerade ein Jahr wegen eines Nervenleidens im Sanatorium verbracht hat. Der Arzt sagt, sie benötigt vor allem eine Aufgabe, ein starkes Interesse in ihrem Leben, und rät zur Adoption eines Kindes. Das hat sie schon immer tun wollen, doch ihr hartherziger Ehemann hat bisher abgelehnt. Doch schließlich hat, wie immer, die sanfte, beharrliche Ehefrau sich durchgesetzt, und der harte Gatte musste nachgeben. Er stellte sogar seine eigene Vorliebe für einen Jungen zurück und sandte uns, wie oben berichtet, den üblichen Wunsch nach einem blauäugigen Mädchen.

Mrs Bretland hat im festen Entschluss, ein Kind

aufzunehmen, schon seit Jahren einschlägige Literatur gelesen und weiß jedes Detail gesunder Kinderernährung. Sie haben ein sonniges Kinderzimmer, das nach Südwesten hinausgeht und fix und fertig auf eine Bewohnerin wartet. Und einen ganzen Schrank voller heimlich angesammelter Puppen! Die Kleider dafür hat sie selbst genäht – sie hat sie Betsy ganz stolz gezeigt –, man sieht also, dass es unbedingt ein Mädchen sein muss.

Sie hat gerade von einem exzellenten, als Krankenschwester ausgebildeten englischen Kindermädchen gehört, das sie anstellen könnte, aber sie ist nicht sicher, ob man nicht mit einem französischen Kindermädchen anfangen sollte, damit das Kind die Sprache lernen kann, ehe die Stimmbänder sich verfestigen. Außerdem erwachte ihr Interesse, als sie hörte, dass Betsy studiert hatte. Sie konnte sich nicht entscheiden, ob sie ihre Kleine zur Universität schicken sollte oder nicht. Was war Betsys ehrliche Meinung? Wäre es Betsys eigene Tochter, würde sie die studieren lassen?

Man könnte nun über all das lachen, wenn es nicht so bemitleidenswert wäre; ich kann einfach das Bild dieser armen, einsamen Frau nicht abschütteln, die lauter Puppenkleider für ein unbekanntes kleines Mädchen näht, von dem sie nicht einmal weiß, ob es überhaupt zu ihr kommen wird. Ihre beiden eigenen Kinder hat sie vor Jahren verloren, oder vielmehr gar nicht bekommen, sie sind nämlich tot geboren.

Du siehst also, was für ein gutes Zuhause das sein würde. Jede Menge Liebe wartete auf das glückliche Kind, und das ist viel besser als der ganze Wohlstand, der in diesem Fall noch dazukommt.

Das Problem ist nun, das richtige Kind zu finden, und das ist nicht leicht. Familie J. F. Bretland stellt so schrecklich spezifische Anforderungen. Ich habe genau den richtigen kleinen Jungen für sie; aber mit einem Schrank voller Puppen ist das unmöglich. Die kleine Florence kann es auch nicht sein – ein hartnäckiger Elternteil lebt noch. Ich habe eine reiche Auswahl an Kindern ausländischer Abstammung mit großen braunen Augen – geht überhaupt nicht. Mrs Bretland ist blond, und die Tochter muss ihr ähneln. Ich habe mehrere reizende Knirpse höchst zweifelhafter Herkunft, aber die Bretlands wollen sechs Generationen gottesfürchtiger Kirchgänger als Vorfahren, und an der Spitze des Stammbaums einen Gouverneur aus der Kolonialzeit. Dann habe ich noch ein ganz hübsches kleines Mädchen mit blonden Locken (und Locken werden immer seltener), doch sie ist unehelich geboren. Das scheint in den Augen der Eltern ein unüberwindliches Hindernis, obwohl es doch für das Kind nicht den geringsten Unterschied macht. Jedenfalls darf sie es auch nicht sein. Die Bretlands verlangen streng nach einer Heiratsurkunde.

So bleibt von allen hundertsieben Insassen nur ein passendes Kind übrig. Die Eltern unserer kleinen Sophie kamen bei einem Zugunglück ums Leben, und sie starb nicht mit den Eltern, weil die sie gerade ins Krankenhaus gebracht haben, damit ihr ein Abszess im Rachen herausoperiert würde. Sie ist von rein angloamerikanischer Herkunft, tadellos und in jeder Hinsicht uninteressant – ein schlaffer, temperamentloser kleiner Jammerlappen. Der Doktor hat ihr jede Menge von seinen Lieblingsmitteln – Lebertran und Spinat – verabreicht, aber sie wird davon nicht aufgeweckter.

Aber persönliche Liebe und Zuneigung kann bei Waisenhauskindern Wunder bewirken, und vielleicht erblüht sie schon wenige Monate nach der Umbettung zu einer wunderschönen Pflanze. Also schrieb ich gestern einen überschwänglichen Abriss ihrer Abkunft an J. F. Bretland und bot an, sie selbst nach Germantown zu bringen.

Heute Morgen kam ein Telegramm von J. F. B. Auf gar keinen Fall! Er hat nicht vor, irgendeine Tochter ungesehen zu kaufen. Er wird am nächsten Mittwoch um drei Uhr nachmittags kommen und das Kind persönlich in Augenschein nehmen.

Oje, und wenn sie ihm nun nicht gefällt? Wir sind nun alle darauf bedacht, die Attraktivität des Mädchens zu erhöhen, als sei sie Teilnehmerin einer Hundeschau. Fändest Du es moralisch bedenklich, wenn ich ihre Wangen mit etwas Rouge verschönerte? Sie ist noch zu jung, um sich das anzugewöhnen.

Himmel! Was für ein Brief. Eine Million Seiten ohne Pause geschrieben. Da siehst Du, was mir am Herzen liegt. Ich bin so aufgeregt, was Sophies zukünftiges Leben angeht, als wäre sie meine eigene Tochter.

Respektvolle Grüße an den Vorsitzenden,
Sal. McB.

Lieber Gordon,

das war aber ein hässlicher, abscheulicher, garstiger Streich, mir vier Wochen lang keine aufmunternde Zeile zu schicken, nur weil ich mich einmal in Zeiten ungewöhnlicher Belastung drei Wochen nicht gemeldet habe. Ich hatte mir wirklich schon Sorgen gemacht, Du wärest womöglich in den Potomac gestürzt. Meine Küken würden Dich schrecklich vermissen; sie lieben ihren Onkel Gordon. Vergiss nicht, Du hast versprochen, ihnen einen Esel zu schicken.

Und vergiss auch nicht, dass ich viel beschäftigter bin als Du. Es ist wahrhaftig anstrengender, das John-Grier-Heim zu leiten als das Repräsentantenhaus. Außerdem hast Du viel mehr fähige Leute zur Unterstützung.

Dies ist kein Brief, sondern eine empörte Beschwerde. Ich schreibe Dir morgen – oder übermorgen.

S.

PS: Nachdem ich Deinen Brief noch einmal gelesen habe, bin ich ein wenig besänftigt, aber alle Deine liebreizenden Worte kann ich nicht glauben. »Wer so schön spricht, will schmeicheln nur«, sagt die schottische Redensart.

17. Juli

Liebe Judy,

ich habe eine lange Geschichte zu erzählen.

Du wirst Dich erinnern, heute ist der »nächste Mittwoch«. Um halb drei heute Nachmittag wurde also unsere kleine Sophie gebadet und geschrubbt, in feinstes Leinen gekleidet und einem verlässlichen älteren Waisenmädchen mit dem Auftrag anvertraut, sie um jeden Preis sauber zu halten.

Punktgenau um drei Uhr– ich habe noch nie einen so verstörend geschäftsmäßigen Menschen getroffen wie J. F. Bretland – rollte ein Automobil teurer ausländischer Bauart vor die Eingangsstufen unseres prächtigen Chateaus. Drei Minuten später stand ein Herr mit breiten Schultern, breitem Kinn, gepflegt kurzem Schnurrbart und einer Art, die alle anderen zur Eile anhält, vor meiner Bibliothekstür. Er begrüßte mich barsch als »Miss McKosh«. Ich korrigierte ihn freundlich, worauf er zu »Miss McKim« wechselte. Ich bot ihm meinen entspannendsten Sessel sowie eine kleine Erfrischung nach der Reise an. Er wählte ein Glas Wasser (ich mag abstinente Eltern) und drückte den ungeduldigen Wunsch aus, die Sache hinter sich zu bringen. Ich ließ also die kleine Sophie zu uns herunterbringen.

»Augenblick, Miss McGee!«, unterbrach er mich.

»Ich würde das Kind lieber in seiner vertrauten Umgebung sehen. Ich werde sie in das Spielzimmer oder das Gehege begleiten, oder wo sie ihre Kleinen sonst aufbewahren.«

Ich führte ihn also in die Kinderkrippe, wo dreizehn oder vierzehn Knirpse in karierten Strampelanzügen auf Matratzen herumturnten. Nur Sophie war in prachtvoll feminine Kleider gehüllt und lag in den blau karierten Armen eines sehr gelangweilten Waisenmädchens. Sie wand sich und wollte heruntergelassen werden, Röcke und Unterröcke hatten sich um ihren Hals gewickelt. Ich nahm sie auf den Arm, ordnete ihre Kleider, wischte ihr die Nase ab und forderte sie auf, sich den Herrn anzuschauen.

Die gesamte Zukunft des Kindes hing an fünf Minuten guter Laune, doch statt auch nur einmal zu lächeln, *QUENGELTE* sie!

Mr Bretland schüttelte ihr sehr zurückhaltend die Hand und schnalzte ihr zu, als wäre sie ein Welpe. Sophie nahm nicht die geringste Notiz von ihm, sondern wandte sich ab und vergrub das Gesicht an meinem Hals. Er zuckte die Achseln und meinte, sie könnten sie ja auf Probe nehmen. Seiner Frau würde sie womöglich gefallen; er wollte ja ohnehin keins. Wir wandten uns zum Gehen.

Und wer watschelte uns da geradewegs vor die Füße? Der kleine Sonnenschein Allegra! Direkt vor ihm kam sie ins Stolpern, schwenkte die Arme wie Windmühlenflügel und fiel auf Hände und Knie. Er sprang behände zur Seite, um nicht auf sie zu treten, dann hob er sie hoch und stellte sie wieder hin. Sie schlang ihm die Arme ums Bein und schaute mit gurgelndem Lachen zu ihm auf.

»Daddy! Hochwerfen!«

Abgesehen vom Doktor ist er der erste Mann, den das Kind seit Wochen zu Gesicht bekommen hat, und offenbar ähnelt er ein wenig ihrem fast vergessenen Vater.

J. F. Bretland hob sie hoch und warf sie lässig in die Luft, als täte er das jeden Tag, wobei sie begeistert kreischte. Als er Anstalten machte, sie wieder auf den Boden zu setzen, packte sie ihn an Ohr und Nase und schlug mit beiden Füßen einen Trommelwirbel auf seinen Bauch. Niemand kann Allegra mangelnde Vitalität vorwerfen!

J. F. löste sich aus ihren Liebkosungen mit zerrauftem Haar, aber entschlossenem Kinn. Er stellte sie auf die Füße, behielt aber ihre kleine Faust in der Hand.

»Das ist das richtige Kind für mich«, sagte er. »Ich glaube, ich brauche nicht weiterzusuchen.«

Ich erklärte ihm, dass wir die kleine Allegra nicht von ihren Brüdern trennen könnten; doch je mehr ich ihm widersprach, desto sturer schob sein Kinn sich vor. Wir gingen zurück in die Bibliothek und stritten eine halbe Stunde darüber.

Ihre Abstammung gefiel ihm, ihr Aussehen, ihr

Charakter, *SIE* gefiel ihm. Wenn ihm schon eine Tochter aufgedrängt wurde, dann wollte er wenigstens eine mit ein bisschen Mumm. Auf keinen Fall würde er diesen anderen kleinen Jammerlappen nehmen. So was war doch unnatürlich. Aber wenn ich ihm Allegra überlassen wollte, würde er sie wie sein eigenes Kind aufziehen und dafür sorgen, dass sie für ihr ganzes Leben versorgt wäre. Hatte ich das Recht, ihr das nur aus alberner Sentimentalität zu verweigern? Die Familie war doch schon zerbrochen; das Beste, was ich jetzt noch für sie tun konnte, war sie alle einzeln zu versorgen. »Nehmen Sie doch alle drei«, sagte ich ganz unverfroren.

Aber nein, daran war gar nicht zu denken; seine Frau war kränklich, mehr als ein Kind könnte sie nicht verkraften.

Da steckte ich nun in einem grässlichen Dilemma. Es war so eine Chance für das Kind, und zugleich schien es mir so grausam, sie von ihren beiden liebenden Brüdern zu trennen. Ich wusste, wenn die Bretlands sie offiziell adoptierten, würden sie versuchen, alle Verbindungen zu ihrer Vergangenheit zu kappen, und das Kind war immer noch so klein, dass es seine Brüder wohl ebenso vergessen würde wie seinen Vater.

Dann musste ich an Dich denken, Judy, und wie verbittert Du immer warst, weil das Waisenhaus Dich, als Dich einmal eine Familie adoptieren wollte, nicht gehen ließ. Du hast immer gesagt, Du hättest auch ein Zuhause haben können wie andere Kinder, aber Mrs Lippett habe es Dir gestohlen. Würde ich nun womöglich der kleinen Allegra ihr Zuhause stehlen? Bei den beiden Jungen war es etwas anderes; sie könnten ausgebildet werden und schließlich für sich selbst sorgen. Aber für ein Mädchen würde ein Heim wie dieses einfach alles bedeuten. Seit die kleine Allegra zu uns gekommen ist, hatte ich immer das Gefühl, genau so ein Kind muss auch die kleine Judy gewesen sein. Sie hat Fähigkeiten und Charakter. Irgendwie müssen wir ihr Möglichkeiten zur Entwicklung bieten. Auch sie verdient ihren Anteil am Schönen und Guten in der Welt – soweit die Natur ihr ermöglicht, es zu erkennen. Und könnte ihr ein Waisenhaus das jemals bieten? Ich stand da und grübelte und grübelte, während Mr Bretland ungeduldig auf und ab lief.

»Holen Sie die Jungen herunter, damit ich mit ihnen reden kann«, sagte er schließlich. »Wenn sie nur einen Funken Großzügigkeit besitzen, werden sie ihre Schwester gern ziehen lassen.«

Ich ließ nach ihnen schicken, doch mein Herz wurde schwer wie Blei. Sie vermissten ihren Vater immer noch, und es schien grausam, ihnen auch noch die geliebte kleine Schwester zu entreißen.

Sie kamen Hand in Hand herein, gute, robuste Burschen, und standen ernst vor uns, die großen, fragenden Augen auf den fremden Herrn gerichtet.

»Kommt mal her, Jungs. Ich möchte mit euch reden.« Er nahm sie beide an der Hand. »In dem Haus, in dem ich lebe, haben wir keine kleinen Kinder, darum haben meine Frau und ich beschlossen hierherzukommen, wo so viele Kinder ohne Eltern sind, und eines davon, ein Mädchen, als unser eigenes mit nach Hause zu nehmen. Sie wird in einem wunderschönen Haus leben, jede Menge Spielsachen haben und ihr ganzes Leben lang glücklich sein – viel glücklicher, als sie hier sein könnte. Ich weiß, ihr freut euch sicher sehr darüber, dass ich eure kleine Schwester ausgewählt habe.«

»Und werden wir sie nie wiedersehen?«, fragte Clifford.

»Oh doch, ab und zu.«

Clifford schaute von mir zu Mr Bretland, und zwei dicke Tränen rannen ihm über die Wangen. Er riss seine Hand los, rannte zu mir und warf sich in meine Arme.

»Lassen Sie nicht zu, dass er sie kriegt! Bitte! Bitte! Schicken Sie ihn weg!«

»Nehmen Sie alle drei!«, flehte ich ihn an.

Aber er ist ein hartherziger Mann.

»Ich bin nicht gekommen, um ein ganzes Waisenhaus zu adoptieren«, sagte er knapp.

Inzwischen weinte auch Don auf der anderen Seite. Und wer platzte jetzt mitten in das Durcheinander? Natürlich Dr. MacRae mit der kleinen Allegra im Arm!

Ich stellte die Männer einander vor und erklärte die Lage. Mr Bretland streckte die Arme nach dem Mädchen aus, doch Sandy hielt sie fest.

»Ganz unmöglich«, sagte er barsch. »Miss McBride

kann Ihnen erläutern, dass eine der Regeln dieser Einrichtung lautet, niemals Geschwister zu trennen.«

»Miss McBride hat schon anders entschieden«, sagte J. F. B. steif. »Wir haben die Frage ausführlich diskutiert.«

»Da müssen Sie sich irren«, sagte Sandy in bestem schottischem Groll und wandte sich an mich. »Sie hatten doch sicher nicht vor, eine solche Grausamkeit zu begehen?«

Nun stand ich also vor einer wahrhaft salomonischen Entscheidung, und zwei der starrköpfigsten Männer, die der Herr geschaffen hat, zerrten von beiden Seiten an der armen kleinen Allegra.

Ich schickte die drei Küken zurück in ihr Spielzimmer und warf mich wieder ins Getümmel. Wir stritten laut und hitzig, bis J. F. Bretland schließlich die Frage aufwarf, die auch ich mir in den letzten fünf Monaten öfter gestellt hatte: »Wer hat denn eigentlich das Sagen in diesem Waisenhaus, die Heimleiterin oder der auswärtige Kinderarzt?«

Ich war sehr wütend auf den Doktor, dass er mich vor diesem Mann in so eine Lage gebracht hatte, aber ich konnte mich nicht auf eine öffentliche Auseinandersetzung mit ihm einlassen; also musste ich Mr Bretland endgültig und ungeschminkt sagen, dass Allegra nicht für ihn infrage kam. Wollte er nicht noch einmal über Sophie nachdenken?

Nein, auf keinen Fall wollte er noch einmal über

Sophie nachdenken. Allegra oder keine. Er hoffe, mir sei klar, wie ich durch meine Schwäche die gesamte Zukunft des Kindes ruiniert habe. Mit dieser abschließenden Spitze schritt er zur Tür. »Miss MacRae, Doktor McBride, guten Tag.« Er bekam noch zwei formelle Verbeugungen hin und zog sich zurück.

Kaum ging die Tür hinter ihm zu, fochten Sandy und ich die Sache aus. Er meinte, jeder Mensch, der moderne, menschliche Prinzipien der Kindererziehung für sich beanspruchte, müsste sich schämen, auch nur einen Augenblick daran zu denken, Geschwister so auseinanderzureißen. Ich meinerseits warf ihm vor, sie aus rein selbstsüchtigen Motiven hierbehalten zu wollen, weil er die Kleine nämlich so gernhatte und nicht verlieren wollte.

(Und ich glaube, das ist auch die Wahrheit.) Ach, wir fochten die größte Schlacht unserer bisherigen gemeinsamen Laufbahn aus, und am Ende zog er ebenso steif und formell ab wie J. F. Bretland.

Aufgerieben zwischen den beiden fühlte ich mich so schlaff, als wäre ich durch unsere neue Heißmangel gedreht worden. Und dann kam Betsy nach Hause und beschimpfte mich, weil ich die großartigste Familie abgelehnt hätte, die wir jemals aufgetrieben hätten!

Dies ist also das Ende einer Woche fieberhafter Aktivitäten; und nun bleiben sowohl Sophie als auch Allegra Waisenhauskinder. Herrje! Bitte entbinde Sandy von seinen Pflichten in unserer Einrichtung und schick mir stattdessen einen Deutschen, einen Franzosen, einen Chinesen, alles, was Du willst – bloß keinen Schotten.

Deine müde
Sallie

PS: Ich wage zu behaupten, dass Sandy heute Abend auch damit beschäftigt ist, schriftlich meine Absetzung zu verlangen. Wenn Du so entscheiden willst, werde ich nichts dagegen einwenden. Ich habe genug von Waisenhäusern.

Lieber Gordon,

Du bist ein stumpfer, starrsinniger, stolzer, streitsüchtiger, stichelnder, stieseliger Sturkopf. Wieso soll ich wohl keine schottischen Redensarten verwenden? Ich habe doch selbst ein Mc im Namen.

Natürlich freut sich das John-Grier-Heim, Dich am nächsten Donnerstag zu begrüßen, nicht bloß des Esels wegen, sondern auch wegen Deiner eigenen sonnigen Gegenwart. Ich wollte Dir eigentlich einen ellenlangen Brief schreiben, um frühere Unterlassungen auszugleichen, aber was solls? Wir sehen uns schon bald, und meine müden Augen werden Deinen Anblick besonders genießen.

Reg Dich nicht auf, *Laddie,* wenn ich mal schottisch klinge. Meine Vorfahren kamen aus den Highlands.

McBride

Liebe Judy,

mit dem John-Grier-Heim ist alles in Ordnung – außer einem abgebrochenen Zahn, einem verstauchten Handgelenk und einer Bindehautentzündung. Betsy und ich verhalten uns dem Doktor gegenüber höflich, aber kühl. Ärgerlich ist nur, dass er ebenso kühl ist und wohl meint, dass *ER* es ist, der auf Distanz zu uns geht. Er erledigt alle seine Aufgaben ganz wissenschaftlich und unpersönlich, sehr zivilisiert, aber irgendwie unbeteiligt.

Doch der Doktor belastet uns im Augenblick nicht übermäßig. Wir erwarten den Besuch einer viel spannenderen Persönlichkeit. Das Repräsentantenhaus hat wieder einmal Sitzungspause, Gordon hat zwei Tage frei und plant sie im Brantwood Inn zu verbringen.

Ich freue mich zu hören, dass Du genug vom Strand hast und für den Rest des Sommers einen Aufenthalt in unserer Nähe in Betracht ziehst. Es gibt in der Nähe des John-Grier-Heims mehrere geräumige Anwesen zu haben, und für Jervis dürfte es auch eine nette Abwechslung sein, mal nur an den Wochenenden nach Hause zu kommen. Wenn Ihr Euch nach ein paar Tagen angenehm verbrachter Trennung wiederseht, habt Ihr beide viele neue Gedanken, die Ihr austauschen könnt.

Sallie studiert die neusten Nachrichten, weil Gordon kommt

Weitere philosophische Ausführungen über das Eheleben habe ich nicht hinzuzufügen, denn nun muss ich mich wieder der Monroe-Doktrin und ein, zwei anderen politischen Themen widmen.

Ich freue mich sehr auf den August und drei Monate in Deiner Gesellschaft.

Wie immer die Deine
Sallie

Freitag

Lieber Feind,

es ist sehr nachsichtig von mir, Sie nach der vulkanischen Explosion der letzten Woche zum Abendessen einzuladen. Wie dem auch sei: Bitte kommen Sie. Erinnern Sie sich an unseren Freund und Gönner Mr Hallock, der uns die Erdnüsse und den Goldfisch und andere unverdauliche Nettigkeiten geschickt hat? Er wird heute Abend mit uns speisen, dies ist also Ihre Chance, den Strom seiner Wohltätigkeit in hygienischere Bahnen zu lenken.

Wir essen um sieben.

Ihre
Sallie McBride

Lieber Feind,

Sie hätten zu Zeiten auf der Welt sein sollen, als jeder Mensch seine eigene Höhle in seinem eigenen Berg bewohnte.

S. McBride

Freitag, 18 Uhr 30

Liebe Judy,

Gordon ist hier, und was seine Haltung zu meinem Waisenhaus angeht, ist er ein ganz anderer Mensch. Er hat die uralte Weisheit erkannt, dass der Weg ins Herz einer Mutter über das Lob ihrer Kinder führt, und so hat er meine hundertsieben Kinder ausschließlich gelobt. Sogar über Loretta Higgins hatte er etwas Nettes zu sagen. Er findet es schön, dass sie nicht schielt.

Am Nachmittag ist er mit mir im Dorf einkaufen gegangen und war sehr hilfreich beim Aussuchen der Haarbänder für einige Dutzend kleiner Mädchen. Er bat mich, die für Sadie Kate selbst aussuchen zu dürfen, nach langem Abwägen wählte er orangefarbenen Satin für einen Zopf und smaragdgrünen für den anderen.

Während wir damit beschäftigt waren, bemerkte ich eine Kundin in der Nähe, die vorgab, sich für Haken und Ösen zu interessieren, aber die Ohren weit aufsperrte, um kein Wort unseres albernen Geschwätzes zu verpassen.

Sie war so eigenartig gekleidet – ausladender Strohhut, daran ein gepunkteter Schleier, Federboa und ein Jugendstil-Sonnenschirm –, dass ich niemals darauf gekommen wäre, sie zu kennen, hätte ich ihr nicht irgendwann in die Augen geschaut und das bekannte boshafte Glitzern darin entdeckt. Sie verbeugte sich steif, und ich erwiderte den Gruß nickend. Mrs Maggie McGurk in Ausgehkleidung!

Der Gesichtsausdruck ist freundlicher als in Wirklichkeit. Beim Lächeln ist mir nur der Stift ausgerutscht.

Die arme Mrs McGurk begreift nicht, dass man sich intellektuell für einen Mann interessieren kann. Sie argwöhnt, dass ich jeden Mann, dem ich begegne, heiraten will. Zuerst glaubte sie, ich wollte ihren Doktor rauben; doch nachdem sie mich nun mit Gordon gesehen hat, hält sie mich für ein bigamistisches Ungeheuer, das beide Männer haben will.

Bis bald; ein paar Gäste kommen.

23 Uhr 30

Ich habe gerade ein Abendessen für Gordon gegeben, mit Betsy, Mrs Livermore und Mr Witherspoon als Gästen. Den Doktor hatte ich gnädigerweise auch eingeladen, doch er hat wortkarg abgesagt, weil er nicht in geselliger Stimmung sei. Unser Sandy schiebt die Wahrheit nicht aus Höflichkeit beiseite!

Keine Frage, Gordon ist der vorzeigbarste Mann, der je auf Erden gewandelt ist. Er sieht so gut aus, ist so locker und liebenswürdig und geistreich, seine Manieren sind so tadellos – ach, er würde einen äußerst dekorativen Gatten abgeben! Aber schließlich muss man mit einem Ehemann auch zusammenleben. Man zeigt ihn nicht bloß bei Dinnerpartys und Teeeinladungen vor.

Heute Abend war er ganz außerordentlich nett. Betsy und Mrs Livermore haben sich beide in ihn verliebt – und ich auch ein klein wenig. Er hat uns mit einer sehr gelungenen, geradezu politischen Rede über Javas Wohlergehen unterhalten. Wir haben nämlich große Schwierigkeiten, einen Schlafplatz für den Affen zu finden, und Gordon wies mit unwiderlegbarer Logik nach, dass Java, weil er schließlich Jimmies Geschenk und Percy Jimmies Freund sei, bei Percy schlafen solle. Gordon *KANN* einfach reden, und ein Publikum wirkt auf ihn wie Champagner. Er spricht über das Schicksal eines kleinen Affen mit dem gleichen emotionalen Ernst wie über die Frage, wer der größte Held sei, der jemals sein Blut für unser Land vergossen habe.

Mir stiegen schon Tränen in die Augen, als er Javas Einsamkeit schilderte, wenn der seine Nächte im Heizungskeller durchwacht und sich seine Brüder und Schwestern vorstellt, wie sie im fernen Tropendschungel herumtollen.

Ein Mann, der so reden kann, hat eine große Zukunft vor sich. Ich zweifle nicht daran, dass ich ihn in zwanzig Jahren zum Präsidenten wählen werde.

Wir haben uns herrlich amüsiert und – drei Stunden lang – völlig vergessen, dass hundertsieben Waisen um uns herum schlummerten. Sosehr ich die Kleinen liebe, es ist doch angenehm, ab und zu mal Abstand von ihnen zu gewinnen.

Meine Gäste sind um zehn gegangen, und jetzt muss es Mitternacht sein. (Heute ist der achte Tag für meine Uhr, und sie ist schon wieder stehen geblieben; Jane vergisst sie so regelmäßig aufzuziehen, wie es Freitag wird.) Auf jeden Fall weiß ich, dass es spät ist; und als Frau ist es meine Pflicht, zumindest ein wenig Schönheitsschlaf zu bekommen, erst recht, wenn ein heiratswürdiger Verehrer in der Nähe ist.

Ich schreibe morgen weiter. Gute Nacht.

Samstag

Gordon hat den ganzen Vormittag mit meinem Waisenhaus gespielt und sich vorgenommen, demnächst einige kluge Geschenke zu schicken. Er meint, drei anständig bemalte Totempfähle würden unser Indianerlager außerordentlich verschönern. Außerdem will er uns drei Dutzend rosa Strampelanzüge für die Babys schicken. Die Farbe Rosa ist bei der derzeitigen Heimleiterin sehr beliebt, denn sie kann Blau nicht mehr sehen! Unser großzügiger Freund begeistert sich außerdem für die Vorstellung von ein paar Eseln und Sätteln und vielleicht einem kleinen roten Kutschwagen. Ist es nicht erfreulich, dass Gordons Vater ihn so reichlich versorgt hat und dass er außerdem so ein wohltätig gesinnter Mensch ist? Im Augenblick isst er mit Percy im Hotel zu Mittag und entwickelt dabei zweifellos neue philanthropische Ideen.

Du denkst vielleicht, ich hätte diese Unterbrechung des eintönigen Waisenhauslebens nicht genossen? Du kannst mir, meine liebe Mrs Pendleton, noch so oft sagen, wie gut ich Dein Waisenhaus leite, aber für mich ist diese Sesshaftigkeit kein natürlicher Zustand. Ich brauche des Öfteren Abwechslung. Darum ist Gordon mit seinem überschwänglichen Optimismus und seinem jungenhaften Wesen auch so erfreulich, vor allem als Kontrast gegenüber einer zu großen Portion Doktor.

Ich muss Dir erzählen, wie Gordons Besuch zu Ende ging. Er hatte vorgehabt, um vier Uhr nachmittags abzufahren, doch in einem Anflug von Ungezogenheit bat ich ihn, bis um halb zehn zu bleiben, und gestern Nachmittag haben Singapur und er und ich einen langen Spaziergang über Land unternommen, weit außer Sicht des Waisenhauses, und am frühen Abend sind wir in einem hübschen kleinen Gasthaus an der Hauptstraße eingekehrt, wo wir schmackhaft speisten – Rührei mit Speck und Kohl dazu. Sing stopfte sich so unverschämt voll, dass er seitdem kaum noch zu bewegen ist.

Der Spaziergang hat großen Spaß gemacht, eine willkommene Abwechslung zu meinem monotonen Anstaltsleben. Er hätte mich wochenlang zufrieden gemacht, wenn nicht später etwas höchst Unerfreuliches passiert wäre. Der Nachmittag aber war sonnig, sorglos und süß, und es tut mir leid, dass er so verdorben wurde. Wir sind ganz unromantisch mit einer Straßenbahn zurückgefahren und kurz vor neun am John-Grier-Heim angekommen, reichlich früh genug also, dass er zum Bahnhof laufen und seinen Zug erwischen konnte. Ich bat ihn darum gar nicht mehr herein, sondern wünschte ihm an der Auffahrt höflich eine gute Reise.

Neben dem Tor stand ein Auto im Schatten des Hauses. Ich erkannte es und dachte, der Doktor sei drinnen bei Mr Witherspoon. (Sie verbringen ihre Abende häufig zusammen im Laboratorium.) Nun, im Augenblick des Abschieds packte Gordon der unselige Impuls, mich zu bitten, die Leitung des Waisenhauses niederzulegen und stattdessen einen privaten Haushalt zu führen.

Ist das zu glauben? Da hat er den ganzen Nachmittag Zeit und meilenweit leere Wiesen Platz, um so eine Frage zu besprechen, aber stattdessen stellt er sie auf unserer Türschwelle!

Ich wusste schlicht nicht, was ich sagen sollte. Ich versuchte die Frage leichthin abzutun und ihn rasch zu seinem Zug zu schicken. Doch so wollte er sich nicht abspeisen lassen. Er stemmte sich gegen einen Torpfosten und bestand auf einer Aussprache. Ich wusste, er würde seinen Zug verpassen und dass jedes Fenster des Waisenhauses offen stand. Männer scheren sich nie auch nur einen Deut um mögliche Mithörer. Immer ist es die Frau, die an Sitte und Anstand denken muss.

Weil ich nervös wurde und ihn loswerden wollte, war ich womöglich kurz angebunden und taktlos. Er wurde ebenfalls ärgerlich, und dann fiel sein Blick unglücklicherweise auf das Auto. Auch er kannte es, und weil er eben wütend war, fing er an, sich über den Doktor lustig zu machen. »Das alte Glupschauge« nannte er ihn und »Schottenvogel«, ach, und lauter ungezogene, alberne Dinge.

Und ich versicherte ihm mit überzeugender Ernsthaftigkeit, dass ich mich kein bisschen für den Doktor interessierte und dass ich ihn ebenso albern und unmöglich fand, als derselbe Doktor plötzlich aus seinem Wagen stieg und auf uns zukam.

In dem Augenblick hätte ich mich sehr gern augenblicklich in Luft aufgelöst!

Sandy war offensichtlich sehr verärgert, und das mit gutem Recht, nach all dem, was er mit anhören musste, aber er blieb ganz kühl und gefasst. Gordon hingegen war erhitzt und platzte fast vor eingebildeten Beleidigungen. Ich war fassungslos angesichts dieses vollkommen albernen und unnötigen Schlamassels, das da so plötzlich aus dem Nichts entstanden war. Sandy entschuldigte sich in tadellos höflichen Worten, dass er unabsichtlich Zeuge unseres Gesprächs geworden sei, wandte sich dann an Gordon und lud ihn etwas steif ein, in den Wagen zu steigen und sich zum Bahnhof bringen zu lassen.

Ich flehte ihn an, nicht zu fahren. Ich wollte nicht der Grund für einen dummen Streit zwischen den beiden sein. Doch ohne meine Worte auch nur zu beachten, stiegen sie beide ein und fuhren weg, ließen mich still auf der Türschwelle stehen.

Ich ging hinein und legte mich ins Bett, lag stundenlang wach und rechnete damit, irgendeine Explosion zu hören – ich weiß nicht, was für eine. Jetzt ist es elf Uhr, und der Doktor ist nicht wiederaufgetaucht. Ich weiß beim besten Willen nicht, wie ich ihm begegnen soll, wenn er wiederkommt. Wahrscheinlich werde ich mich im Wandschrank verstecken.

Ist das nicht eine völlig überflüssige und dumme Lage der Dinge? Jetzt habe ich mich wohl mit Gordon zerstritten – dabei weiß ich überhaupt nicht, worüber – und natürlich wird auch meine Beziehung zum Doktor furchtbar heikel und peinlich werden. Ich habe schreckliche Dinge über ihn gesagt – Du weißt ja, welchen Unsinn ich daherreden kann –, die ich alle nicht im Geringsten so meinte.

Ich wünschte, es wäre gestern um diese Zeit. Dann würde ich Gordon um vier Uhr abfahren lassen.

Sallie

Sonntagnachmittag

Lieber Dr. MacRae,

das war eine schreckliche, dumme und alberne Geschichte gestern Abend. Aber inzwischen müssten Sie mich gut genug kennen, um zu wissen, dass ich die törichten Dinge, die ich sage, nicht so meine. Es gibt keinerlei Verbindung zwischen meinem Hirn und meiner Zunge; die plappert einfach ganz von allein. Sicher halten Sie mich für äußerst undankbar, bei all der Hilfe, die Sie mir bei dieser ungewohnten Arbeit geleistet haben, und bei all der Geduld, die Sie (gelegentlich) gezeigt haben.

Mir ist durchaus klar, dass ich dieses Waisenhaus niemals allein hätte leiten können ohne ihr verantwortungsvolles Wirken im Hintergrund. Und auch wenn Sie ab und zu – wie Sie sicher selbst zugeben müssen – recht ungeduldig und jähzornig und schwierig waren, so habe ich Ihnen das doch nie vorgeworfen, und ich meinte all die ungezogenen Dinge, die ich gestern Abend gesagt habe, wirklich überhaupt nicht so. Bitte verzeihen Sie meine Grobheiten. Ich fände es ganz schrecklich, Ihre Freundschaft zu verlieren. Denn wir sind doch Freunde, oder nicht? Ich möchte es gerne glauben.

S. McB.

Liebe Judy,

ich kann Dir überhaupt nicht sagen, ob der Doktor und ich unsere Differenzen ausgeräumt haben oder nicht. Ich habe ihm einen höflichen Entschuldigungsbrief geschickt, den er mit eisigem Schweigen aufgenommen hat. Erst heute Nachmittag ist er wieder in unsere Nähe gekommen und hat nicht mit einem Wimpernschlag auf unser unseliges Aufeinandertreffen angespielt. Wir haben ausschließlich über Ichthyol-Salbe gesprochen, die Ekzeme auf der Kopfhaut von Babys beseitigen kann; dann wandte sich die Unterhaltung, da Sadie Kate dabei war, Katzen zu. Offenbar hat die Malteserkatze des Doktors vier Junge bekommen, und Sadie Kate wird keine Ruhe geben, ehe sie die Kätzchen zu sehen bekommt. Ehe ich michs versah, habe ich eine Verabredung getroffen, mit ihr die vermaledeiten Kätzchen morgen um vier Uhr nachmittags anzuschauen.

Woraufhin der Doktor sich mit einer gleichgültig höflichen Verbeugung verabschiedete. Und das war es offensichtlich.

Dein Brief vom Sonntag ist angekommen, und ich lese mit großer Freude, dass Ihr das Haus genommen habt. Es wird wundervoll sein, Dich so lange als Nachbarin zu haben. Unsere Verbesserungen sollten zügig voranschreiten, wenn Du und der Vorsitzende uns persönlich zur Seite steht. Aber ich finde beinahe, Du solltest früher hierher aufs Land kommen als erst am 7. August. Meinst Du, die Stadtluft ist Deinem Zustand zuträglich? Eine so treu sorgende Gattin ist mir noch nie untergekommen.

Herzliche Grüße an den Vorsitzenden,
S. McB.

22. Juli

Liebe Judy,

bitte hör Dir das an!

Um vier Uhr bin ich mit Sadie Kate zum Haus des Doktors gegangen, um diese Katzen anzuschauen. Aber gerade zwanzig Minuten vorher war Freddie Howland die Treppe heruntergefallen, und der Doktor war bei den Howlands und kümmerte sich um Freddies Schlüsselbein. Er hatte uns die Nachricht hinterlassen, wir sollten uns setzen und warten, er sei bald wieder da.

Mrs McGurk schob uns in die Bibliothek; und um uns nicht allein zu lassen, kam sie selbst mit herein und tat so, als würde sie Messing polieren. Ich weiß nicht, was sie uns zugetraut hat! Vielleicht, dass wir mit dem Pelikan durchbrennen.

Ich setzte mich und las einen Artikel in *The Century* über die Lage in China, und Sadie Kate streifte im Raum umher und untersuchte alles, was sie entdeckte, wie ein neugieriger kleiner Mungo.

Sie begann bei seinem ausgestopften Kranich und wollte wissen, wovon er so groß und wovon sein Kopf so rot war. Aß er immer nur Frösche, und hatte er sich an dem anderen Bein wehgetan? Sie reiht Fragen mit der stetigen Beharrlichkeit einer Wanduhr aneinander.

Ich vergrub mich in meinem Artikel und überließ es Mrs McGurk, sich um Sadie zu kümmern. Nachdem die sich durch den halben Raum gearbeitet hatte, kam sie zum Porträt eines kleinen Mädchens, das in einem ledernen Rahmen auf dem Schreibtisch des Doktors stand – ein Kind von eigenartiger, elfenhafter Schönheit, das seltsamerweise an unsere kleine Allegra erinnerte. Das Foto hätte ein Bild von einer fünf Jahre älteren Allegra sein können. Ich hatte es schon bemerkt, als wir zum Abendessen beim Doktor waren, und fragen wollen, welche seiner kleinen Patientinnen das denn sei. Zum Glück hatte ich es nicht getan.

»Wer ist das?«, fragte Sadie Kate, als sie darauf stieß.

»Das ist die kleine Tochter des Doktors.«

»Und wo ist sie?«

»Na, sie ist weit weg bei ihrer Oma.«

»Wo hat er sie denn her?«

»Seine Frau hat sie ihm geboren.«

Wie elektrisiert tauchte ich aus meiner Zeitschrift auf.

»Seine Frau!«, rief ich.

Schon im nächsten Augenblick war ich wütend, dass ich den Mund aufgemacht hatte, aber das kam so völlig überraschend. Mrs McGurk richtete sich auf und wurde plötzlich richtig gesprächig.

»Hat er Ihnen etwa nie von seiner Frau erzählt? Ist vor sechs Jahren verrückt geworden. War so schlimm, dass man sie nicht mehr gefahrlos im Haus behalten konnte, also musste er sie einliefern. Hat ihn beinahe umgebracht. Hab noch nie eine schönere Frau gesehen als sie. Ich glaube, er hat ein Jahr lang überhaupt nicht gelächelt. Komisch, dass er Ihnen nie davon erzählt hat, wo Sie doch so gut befreundet sind!«

»Das ist natürlich kein Thema, über das er gern redet«, sagte ich trocken und fragte, mit welchem Putzmittel sie das Messing polierte.

Dann gingen Sadie und ich hinaus in die Garage und suchten selbst nach den Kätzchen; und glücklicherweise waren wir schon wieder weg, als der Doktor nach Hause kam.

Aber kannst Du mir verraten, was das zu bedeuten hat? Wusste Jervis nicht, dass er verheiratet ist? Das ist wirklich äußerst eigenartig. Ich finde auch, wie die McGurk andeutet, dass Sandy doch mal nebenbei hätte erwähnen müssen, dass er eine Frau in der Nervenheilanstalt hat.

Aber es muss natürlich auch eine furchtbare Tragödie sein, und ich nehme an, er bringt es einfach nicht über sich, davon zu erzählen. Jetzt verstehe ich auch, warum er so besessen ist von der Vererbungsfrage – ich nehme an, er hat Angst um das kleine Mädchen. Wenn ich an all die Scherze denke, die ich zu dem Thema gemacht habe, bin ich völlig fassungslos – wie sehr ihn das verletzt haben muss! Ich bin wütend auf mich und wütend auf ihn.

Ich habe das Gefühl, ich möchte den Mann nie wiedersehen. Guter Gott! Hast Du schon mal so ein Schlamassel erlebt wie dieses, in das wir gerade hineinrutschen?

Deine Sallie

PS: Tom McCoomb hat Mamie Prout in die Kiste mit Mörtelkalk geschubst, den die Maurer verwenden. Sie ist wie halb verbrüht. Ich habe nach dem Doktor geschickt.

24. Juli

Liebe, verehrte Dame,

ich habe einen schockierenden Skandal über die Leiterin des John-Grier-Heims zu vermelden. Bitte lassen Sie es nicht zu den Zeitungen durchdringen. Ich kann mir die pikanten Details der Nachforschungen, die zu ihrer Entlassung wegen »Grausamkeit« führen, bildlich vorstellen.

Ich saß heute Morgen im Sonnenschein am offenen Fenster und las ein schönes Buch über Fröbels Theorie der Kinderpflege: nie die Fassung verlieren, immer freundlich mit den Kleinen reden. Auch wenn sie böse erscheinen, sind sie es doch in Wirklichkeit nicht. Entweder geht es ihnen nicht gut oder sie haben nichts Interessantes zu tun. Nie bestrafen; einfach nur die Aufmerksamkeit auf andere Dinge lenken. Ich hatte also eine sehr liebevolle, erhebende Einstellung gegenüber all dem jungen Leben um mich herum, als meine Aufmerksamkeit von einer Gruppe Jungen unter meinem Fenster geweckt wurde.

»Ach, John, tu ihr nicht weh!«

»Lass sie laufen!«

»Bring sie rasch um!«

Und über ihr Gespräch hinweg hörte ich die Schmerzensschreie einer gequälten Kreatur. Ich ließ

Fröbel fallen, rannte nach unten und stürmte durch die Seitentür auf sie zu. Als sie mich kommen sahen, spritzten sie in alle Richtungen auseinander und gaben den Blick auf Johnnie Cobden frei, der eine Maus folterte. Ich werde Dir die grausamen Einzelheiten ersparen. Ich rief einen der Jungen herbei, das Tier rasch zu ertränken. John packte ich am Kragen und zerrte ihn tretend und sich windend zur Küchentür hinein. Er ist ein großer, kräftiger Junge von dreizehn Jahren und kämpfte wie ein kleiner Tiger, klammerte sich an den Pfosten und Türrahmen fest, die wir passierten. Normalerweise hätte ich kaum die Oberhand behalten, aber mein irisches Sechzehntel ergriff Besitz von mir, und ich kämpfte wie besessen. Wir stürmten in die Küche, und ich sah mich hastig nach einem Werkzeug der Strafe um. Das erste, was mir in die Augen fiel, war der Pfannenwender. Ich schnappte ihn mir und verprügelte das Kind mit aller Kraft, bis der kämpferische Tierquäler von vor vier Minuten kauernd und wimmernd um Gnade flehte.

Und wer platzte mitten in diesen Ausbruch? Dr. MacRae! Seine Miene drückte Fassungslosigkeit aus. Er kam zu mir, nahm mir den Pfannenwender aus der Hand und half dem Jungen auf. Johnnie stellte sich hinter ihn und klammerte sich fest! Ich war so wütend, dass ich gar nicht richtig sprechen konnte. Ich konnte gerade noch das Weinen unterdrücken.

»Kommen Sie, wir bringen ihn hinauf ins Büro«,

sagte der Doktor nur. Wir marschierten aus der Küche, wobei Johnnie sich so weit wie möglich von mir fernhielt und auffällig humpelte. Wir ließen ihn im Vorzimmer sitzen, gingen in meine Bibliothek und schlossen die Tür hinter uns.

»Was um alles in der Welt hat das Kind denn getan?«, fragte er.

Und zur Antwort legte ich einfach nur den Kopf auf den Tisch und fing an zu weinen! Ich war seelisch und körperlich völlig erschöpft. All meine Kraft war aufgebraucht worden, als ich den Pfannenwender einsetzte.

Ich erzählte schluchzend alle blutigen Einzelheiten, und er riet mir, nicht mehr daran zu denken; die Maus sei jetzt tot. Dann gab er mir ein Glas Wasser zu trinken und sagte, ich solle weiter weinen, bis ich müde sei; das würde mir guttun. Ich weiß nicht, ob er mir nicht sogar den Kopf getätschelt hat! Er war jedenfalls sehr professionell – ich habe schon ein Dutzend Mal gesehen, wie er hysterischen Waisen die gleiche Behandlung angedeihen ließ. Dabei war dies das erste Mal seit einer Woche, dass wir mehr Worte gewechselt hatten als ein formelles »Guten Morgen«!

Sobald ich wieder aufrecht sitzen und lachen konnte, auch wenn ich mir zwischendurch noch die Augen mit einem Bündel zerknüllter Taschentücher abtupfte, besprachen wir den Fall Johnnie. Der Junge hat schwierige Erbanlagen und könnte ein wenig beeinträchtigt sein, sagt Sandy. Mit dieser Tatsache müssen wir wie mit jeder anderen Erkrankung umgehen. Auch ganz normale Jungen sind oft grausam. Das moralische Empfinden eines Kindes ist mit dreizehn noch nicht voll entwickelt.

Dann schlug er vor, dass ich meine Augen mit warmem Wasser spüle und mich wieder würdevoll präsentiere. Was ich tat. Dann holten wir Johnnie herein. Er stand – auf eigenen Wunsch – die ganze Unterhaltung über. Der Doktor sprach mit ihm, und wie – so vernünftig, freundlich und menschlich! John führte zu seiner Verteidigung an, dass die Maus ein Ungeziefer sei und getötet werden müsse. Der Doktor entgegnete, das Wohl der Menschheit erfordere in der Tat das Töten vieler Tiere – nur zu seinem Nutzen, nicht aus Rache –, doch dieses Opfer müsse mit so wenig Schmerz wie möglich für das Tier vollzogen werden. Er erklärte, wie das Nervensystem der Maus funktioniert und dass die arme kleine Kreatur sich nicht verteidigen könne. Es sei feige, sie mutwillig zu verletzen und zu quälen. Er forderte John auf, genug Fantasie aufzubringen, die Welt aus der Sicht eines anderen zu sehen, auch wenn dieser andere nur eine Maus war. Dann ging er zum Bücherregal und zog meine Burns-Ausgabe heraus, erklärte dem Jungen, was für ein großer Dichter Robert Burns gewesen sei und dass alle Schotten ihn liebten und die Erinnerung an ihn hochhielten.

»Und dies hat er über eine Maus geschrieben«, sagte

Sandy und schlug das Gedicht über das »kleine, flinke, furchtsame Tierchen« auf, welches er dem Jungen dann vortrug und erläuterte, wie es nur ein Schotte kann.

Johnnie zog reumütig von dannen, und Sandy wandte seine medizinische Aufmerksamkeit wieder mir zu. Er meinte, ich sei erschöpft und brauchte Luftveränderung. Wieso ich nicht eine Woche in die Adirondacks führe? Er würde mit Betsy und Mr Witherspoon ein Komitee bilden, um das Waisenhaus zu leiten.

Und weißt Du, was, genau danach sehnte ich mich so! Ich muss einmal auf andere Gedanken kommen und Kieferndùft riechen. Meine Familie hat letzte Woche das Ferienhaus dort bezogen und findet mich schrecklich ungezogen, weil ich nicht zu ihnen ins Camp komme. Sie verstehen nicht, dass man eine Stellung wie meine, wenn man sie einmal angenommen hat, nicht einfach beiseiteschieben kann, wenn einem danach ist. Aber ein paar Tage kann ich es sehr wohl. Mein Waisenhaus ist wie eine Wanduhr, es läuft wie aufgezogen bis zum nächsten Monat um vier Uhr nachmittags, wenn der Zug mich hierher zurückbringt. Und dann habe ich mich wieder eingelebt, ehe Du kommst, und keine komischen Flausen mehr im Kopf.

Der gute John ist inzwischen an Leib und Seele geläutert und froh. Ich möchte vermuten, dass Sandys moralische Ansprache umso bessere Wirkung erzielen konnte, weil ihr mein Pfannenwender vorausging!

Eins jedenfalls weiß ich genau – Suzanne Estelle bekommt es mit der Angst, sobald ich die Küche betrete. Heute Mittag habe ich ganz beiläufig den Pfannenwender zur Hand genommen, als ich ein paar Worte über die versalzene Suppe von gestern verlor, und sie rannte sofort weg und versteckte sich hinter der Tür zum Holzschuppen.

Morgen früh um neun mache ich mich auf die Reise, nachdem ich meine Ankunft mit fünf Telegrammen vorbereitet habe. Du kannst Dir gar nicht vorstellen, wie sehr ich mich darauf freue, wieder ein sorgloses, fröhliches junges Mädchen zu sein – mit dem Kanu über den See zu paddeln, im Wald herumzustreifen oder im Clubhaus zu tanzen. Ich war die ganze Nacht wie im Fieber bei der Aussicht darauf. Mir war überhaupt nicht klar, wie todmüde ich in dieser ganzen Waisenhausumgebung geworden bin.

»Es liegt auf der Hand, was Sie brauchen«, sagte Sandy mir. »Sie müssen raus aus allem hier und ein bisschen über die Stränge schlagen.«

Diese Diagnose war geradezu hellseherisch. Nichts auf der Welt würde ich gerade lieber tun, als über die Stränge zu schlagen. Ich werde mit frischer Energie zurückkehren, bereit, Dich und einen arbeitsamen Sommer willkommen zu heißen.

Wie immer Deine
Sallie

PS: Jimmie und Gordon werden auch beide im Camp sein. Wie sehr ich mir wünsche, Du könntest dazukommen! So ein Ehemann kann wirklich sehr lästig sein.

Camp McBride,
29. Juli

Liebe Judy,

ich wollte Dir nur mitteilen, dass die Berge hier höher sind als sonst, die Wälder grüner, der See blauer.

Anscheinend kommen die Leute dieses Jahr später raus. Das Camp der Harrimans ist auf unserer Seeseite das einzige, das bisher bezogen ist. Das Clubhaus ist nur sehr spärlich mit tanzfähigen Männern ausgestattet, aber wir haben einen willfährigen jungen Politiker als Hausgast, der gern tanzt, darum belastet mich die allgemeine Knappheit kaum.

Staatsangelegenheiten sind ebenso wie Waisenbetreuung in den Hintergrund gerückt, während wir durch die Seerosenfelder dieses herrlichen Sees paddeln. Nur widerwillig denke ich an den kommenden Montag, wenn ich um 7 Uhr 56 den Bergen hier den Rücken kehre. Das Schlimme an Ferien ist, dass unser Glück vom ersten Augenblick an durch das näher kommende Ende getrübt wird.

Ich höre eine Stimme von der Veranda, die fragt, ob Sallie drinnen oder draußen zu finden sei.

Addio!
S.

3. August

Liebe Judy,

zurück im John-Grier-Heim, wo ich wieder die Last der zukünftigen Generation schultere. Wen traf ich wohl als Ersten, als ich durchs Tor trat? John Cobden, den Jungen mit dem Pfannenwender, der ein Abzeichen am Ärmel trug. Ich hielt ihn an, drehte den Arm zu mir und las die goldenen Buchstaben »S.P.C.A.«! Der Doktor hat in meiner Abwesenheit im Waisenhaus eine Ortsgruppe des Tierschutzbundes gegründet und Johnnie zum Vorsitzenden gemacht.

Ich habe gehört, dass er gestern die Arbeiter angehalten hat, die das Fundament für unser neues Bauernhaus legen, und sie streng ausschimpfte, weil sie den Pferden am Anstieg die Peitsche gegeben haben! Niemand findet das alles zum Lachen – außer mir.

Es gibt jede Menge Neuigkeiten, aber da Du ja schon in vier Tagen hier sein wirst, wieso soll ich sie alle aufschreiben? Nur einen Leckerbissen hebe ich mir bis zum Schluss auf. Also halt die Luft an. Auf Seite vier wird der Nervenkitzel aufgelöst. Aber jetzt müsstest Du Sadie Kate quieken hören! Jane schneidet ihr die Haare.

Statt es in zwei straffen Zöpfen zu tragen,

wird unser kleiner irischer Wildfang in Zukunft so aussehen:

»Diese Rattenschwänze sind mir auf die Nerven gegangen«, sagt Jane.

Du siehst, wie viel eleganter und vorteilhafter die neue Frisur ist. Ich glaube, so wird sie bestimmt jemand adoptieren wollen. Aber Sadie Kate ist ein unabhängiger, geradezu männlicher Geist; die Natur hat sie hervorragend ausgestattet, für sich selbst zu sorgen. Ich muss die adoptierwilligen Eltern für die Hilflosen aufheben.

Und unsere neue Garderobe solltest Du sehen! Ich kann es kaum erwarten, bis diese Sammlung von Rosenknospen vor Deinen Augen aufgeht. Und wie die blau karierten Augen sich freudig weiteten, als die neuen Kleider verteilt wurden – drei für jedes Mädchen, alle in verschiedenen Farben, mit dem Namen der Besitzerin unauslöschlich in den Kragen genäht. Mrs Lippetts bequemes System, bei dem sich jedes Kind jede Woche ein beliebiges Kleid aus dem Wäschehaufen zog, war so eine Beleidigung des weiblichen Empfindens.

Sadie Kate quiekt inzwischen wie ein Ferkel. Ich muss nachschauen, ob Jane ihr nicht versehentlich ein Ohr abgeschnitten hat.

Hat sie nicht. Sadies hervorragende Ohren sind noch intakt. Sie quiekt einfach aus Prinzip; so wie man es im Zahnarztstuhl tut, weil man glaubt, dass es im nächsten Augenblick wehtun wird.

Jetzt fällt mir wirklich nichts mehr zu erzählen ein als meine Neuigkeit; hier ist sie also – und ich hoffe, sie wird Dir gefallen.

Ich bin verlobt.

Alles Liebe Euch beiden
S. McB.

John-Grier-Heim,
15. November

Liebe Judy,

Betsy und ich kommen gerade von einer *SPRITZTOUR* in unserem neuen Automobil wieder. Das macht das Waisenhausleben gleich viel angenehmer. Der Wagen bog ganz von allein in die Long Ridge Road und hielt vor dem Eingangstor von Shadywell. Doch die Kette hing vor dem Tor, die Fensterläden waren verrammelt, das ganze Anwesen wirkte geschlossen und düster und verregnet. Die Atmosphäre erinnerte an den Untergang des Hauses Usher und kein bisschen an die fröhliche Villa, die mich nachmittags immer so gastfreundlich begrüßte.

Ich finde es furchtbar, dass unser schöner Sommer vorbei ist. Es kommt mir vor, als würde ein Abschnitt meines Lebens hinter mir zugesperrt, und eine ungewisse Zukunft rücke mit großer Geschwindigkeit näher. Ich würde die Hochzeit tatsächlich am liebsten noch mal sechs Monate hinausschieben, aber ich fürchte, der arme Gordon würde zu viel Theater machen. Glaub nicht, dass ich schwanke, bestimmt nicht. Ich bräuchte bloß irgendwie noch mehr Zeit, darüber nachzudenken, und der März kommt jeden Tag näher. Ich weiß ganz sicher, dass ich mich vernünftig entschieden habe. Jeder Mensch, ob Mann oder Frau, tut gut daran, gut und anständig und fröhlich verheiratet zu sein. Aber meine Güte! Ich kann Umwälzungen nicht ausstehen, und das wird eine so ungeheure Umwälzung! Manchmal, wenn des Tages Arbeit getan ist, bin ich so müde, dass ich nicht die Kraft spüre, sie in Angriff zu nehmen.

Und da Ihr jetzt auch noch Shadywell gekauft habt und jeden Sommer hier sein werdet, kann ich es noch viel weniger vertragen fortzumüssen. Wenn ich im nächsten Jahr weit weg von hier bin, werde ich mich vor Heimweh verzehren und an die geschäftigen, glücklichen Zeiten im John-Grier-Heim denken, während Du und Betsy und Percy und unser grummelnder Schotte fröhlich ohne mich weiterarbeitet. Was kann für eine Mutter jemals den Verlust von hundertsieben Kindern ausgleichen?

Ich nehme an, dass Judy jun. die Fahrt in die Stadt mit der für sie typischen Ausgeglichenheit überstanden hat? Ich schicke ihr ein kleines Geschenk, das zum Teil von mir und vor allem von Jane angefertigt wurde. Zwei Reihen allerdings, muss ich Dir mitteilen, hat der Doktor gestrickt. Die Tiefen von Sandys Wesen lassen sich nur ganz allmählich ausloten. Nachdem ich den Mann nun seit zehn Monaten kenne, stelle ich fest, dass er stricken kann, was er offenbar in seiner Kindheit von einem alten Schäfer im schottischen Hochland gelernt hat.

Vor drei Tagen hat er hereingeschaut und ist zum Tee geblieben, fast so freundschaftlich wie früher. Doch seither hat er sich wieder zu dem Mann aus Granit verhärtet, den wir den ganzen Sommer über erlebt haben. Ich habe es aufgegeben, aus ihm schlau zu werden. Immerhin halte ich ihm inzwischen zugute, dass jeder Mann niedergeschlagen wäre, wenn seine Frau in der Nervenheilanstalt säße. Ich wünschte, er würde nur ein einziges Mal darüber sprechen. Es ist doch schrecklich, wenn immer so ein Schatten im Hinterkopf herumgeistert und niemals ans Licht kommt.

Ich weiß, dieser Brief enthält kein Wort von der Sorte Neuigkeiten, die Du hören willst. Das liegt an dem grässlichen Dämmerlicht eines feuchten Novembertages, und außerdem bin ich grässlich unfroh. Ich habe schreckliche Angst, dass ich zu einem launischen Menschen werde, und Gott weiß, Gordon hat mehr als genug Launen für eine Familie! Ich weiß nicht, wo das enden soll, wenn ich nicht meine vernünftige Sturheit und Fröhlichkeit bewahre.

Hast Du wirklich beschlossen, mit Jervis in den Süden zu reisen? Ich kann ja (bis zu einem Grad) nachvollziehen, dass Du nicht von Deinem Mann getrennt sein möchtest; aber mir scheint es doch ein bisschen riskant, seine so kleine Tochter mit in die Tropen zu nehmen.

Die Kinder spielen im unteren Flur Blindekuh. Ich glaube, ich spiele eine Runde mit und versuche in etwas verträglichere Stimmung zu kommen, ehe ich wieder zur Feder greife.

À BIENTÔT!
Sallie

PS: Die Novembernächte werden ziemlich kalt, und wir bereiten uns gerade darauf vor, die Hüttenlager nach drinnen zu verlegen. Unsere Indianer sind im Augenblick sehr verzärtelte junge Wilde, denn sie haben eine doppelte Deckenzuteilung und Wärmflaschen bekommen. Ich werde trauern, wenn die Hütten nicht mehr sind; sie haben uns viel Gutes getan. Die Jungen werden zäh wie kanadische Pelzjäger sein, wenn sie wieder ins Haus ziehen.

20. November

Liebe Judy,

Deine mütterliche Sorge ist rührend, aber so habe ich das nicht gemeint.

Natürlich ist es kein bisschen gefährlich, die kleine Judy mit in die gemäßigt tropischen Breiten zu nehmen, die von der karibischen See umspült werden. Es wird ihr bestens gehen, solange Du sie nicht direkt auf den Äquator setzt. Und Euer Bungalow – von Palmen beschattet und Meeresbrisen umweht, mit einem Eisschrank hinterm Haus und einem englischen Arzt auf der andere Seite der Bucht – scheint wie dafür gemacht, Babys aufzuziehen.

Mein Einspruch beruhte allein auf der egoistischen Erkenntnis, dass das John-Grier-Heim und ich in diesem Winter sehr einsam sein werden.

Ich finde es natürlich hinreißend, dass Dein Mann so malerische Geschäftsinteressen verfolgt, wie tropische Eisenbahnlinien zu finanzieren, Asphaltseen auszubeuten, Gummiplantagen und Mahagoniwälder anzulegen.

Ich wünschte, Gordon stände ebenfalls der Sinn nach einem Leben in so pittoresken Ländern; dann würden mich die zukünftigen romantischen Aussichten mehr begeistern. Washington wirkt doch sehr gewöhnlich neben Honduras und Nicaragua und den karibischen Inseln.

Ich werde kommen und Euch zum Abschied winken.

Addio!
Sallie

24. November

Lieber Gordon,

Judy ist wieder in New York und wird nächste Woche nach Jamaika aufbrechen, wo sie ihr Hauptquartier aufschlägt, während Jervis die umliegenden Wasser durchkreuzt, um seine neuen Unternehmungen in Gang zu bringen. Könntest Du Dich nicht um den Handelsverkehr in der Südsee kümmern? Ich glaube, ich würde mein Waisenhaus leichteren Herzens verlassen, wenn Du mir als Alternative etwas Romantisches und Abenteuerliches zu bieten hättest. Und überleg doch mal, wie gut Du in diesen weißen Leinenanzügen aussehen würdest! Ich glaube, ich könnte einen Mann wirklich sehr dauerhaft lieben, wenn er immer weiß gekleidet wäre.

Du kannst Dir nicht vorstellen, wie sehr ich Judy vermisse. Ihre Abwesenheit reißt ein furchtbares Loch in meine Nachmittage. Könntest Du nicht bald mal für ein Wochenende heraufkommen? Ich glaube, Dein Anblick wäre höchst aufmunternd, und in letzter Zeit bin ich schrecklich niedergeschlagen. Weißt Du, mein lieber Gordon, ich mag Dich viel lieber, wenn ich Dich direkt hier vor Augen habe, als wenn ich nur aus der Ferne an Dich denke. Ich vermute, Du hast eine hypnotische Wirkung. Und manchmal lässt Dein Zauber ziemlich nach, wenn Du lange fort gewesen bist. Aber wenn ich Dich dann sehe, kommt alles wieder. Jetzt bist Du schon sehr, sehr lange weg; also komm schnell und verzaubere mich wieder!

S.

2. Dezember

Liebe Judy,

weißt Du noch, an der Universität, als Du und ich unsere Wunschzukunft planten und wir uns immer Richtung Süden wandten? Und jetzt ist es wirklich wahr geworden, Du kreuzt in den Gewässern tropischer Inseln umher. Ist Dir schon jemals etwas so Aufregendes passiert – abgesehen vielleicht von ein oder zwei Dingen, die mit Jervis zu tun haben –, wie frühmorgens an Deck des Schiffes zu treten und festzustellen, dass Du im Hafen von Kingston vor Anker liegst, wo das Wasser so blau, die Palmen so grün und der Strand so weiß ist?

Ich weiß noch genau, wie ich zum ersten Mal in jenem Hafen aufgewacht bin. Ich fühlte mich wie die Heldin einer großen Oper, umgeben von unnatürlich schön gemalten Kulissen. Auf meinen vier Reisen nach Europa hat nichts mich so begeistert wie die seltsamen Ansichten und Gerüche und Geschmackserlebnisse dieser drei warmen Wochen vor sieben Jahren. Und seither sehne ich mich danach, wieder hinzufahren. Wenn ich richtig daran denke, bekomme ich unsere so wenig aufregenden Gerichte kaum herunter; ich möchte Currys essen und Tamales und Mangos. Ist das nicht komisch? Man sollte meinen, dass ich einen Schuss kreolisches oder spanisches Blut in den Adern habe, dabei bin ich eindeutig eine kühle Mischung aus England, Irland und Schottland. Vielleicht ruft darum der Süden so nach mir. Die Palme träumt vom Fichtenbaum, die Fichte von der Palme.

Nachdem ich Dich verabschiedet hatte, wandte ich mich wieder nach New York, und schreckliches Fernweh nagte an mir. Ich wollte auch zu einer Reise aufbrechen, in einem neuen blauen Hut und einem blauen Kostüm mit einem Veilchenstrauß in der Hand. Fünf Minuten lang hätte ich frohgemut auf den lieben alten Gordon verzichtet, wenn ich dafür die große weite Welt bekommen hätte, um darüber hin zu wandern. Du denkst wahrscheinlich, dass beides gar nicht so unvereinbar ist – Gordon und die weite Welt –, aber offenbar kann ich Deinen Standpunkt hinsichtlich Ehemännern nicht teilen. Ich sehe die Ehe wohl eher so wie die meisten Männer: eine gute, vernünftige Alltagseinrichtung, die aber die Freiheit ziemlich einschränkt. Wenn man ewig verheiratet ist, verliert das Leben doch jeden Hauch von Abenteuer. Es warten keine romantischen Überraschungen hinter jeder Ecke und überraschen einen.

Die schändliche Wahrheit ist, dass ein Mann offenbar nicht genug für mich ist. Ich mag die Vielfalt der Gefühle, die einem nur eine Vielzahl von Männern bieten kann. Ich glaube, ich habe in meiner Jugend zu viel geflirtet, und jetzt kann ich mich nur schlecht festlegen.

Außerdem schweift meine Feder heute reichlich ab.

Um den Faden wiederaufzunehmen: Ich habe Dir zum Abschied gewinkt und mich dann auf der Fähre zurück nach New York schrecklich leer gefühlt. Nach unseren intimen und schwatzhaften drei Monaten miteinander scheint es mir eine anstrengende Aufgabe, meine Probleme in Worten auf Papier zu schildern, die dann bis zum Ende des Kontinents reisen müssen. Meine Fähre fuhr unter dem Bug Eures Dampfers hindurch, und ich konnte Dich und Jervis deutlich an der Reling lehnen sehen. Ich winkte wie wild, aber Ihr habt nicht mit der Wimper gezuckt. Euer Blick war in grüblerischem Heimweh auf die Spitze des Woolworth Building gerichtet.

Zurück in New York ging ich in ein Kaufhaus, um noch ein paar Kleinigkeiten einzukaufen. Als ich durch die Drehtür eintrat, drehte sich auf der anderen Seite gerade jemand Bekanntes nach draußen – nämlich Helen Brooks! Wir hatten schreckliche Mühe, uns dann tatsächlich zu begegnen, weil ich wieder hinauswollte und sie wieder hinein; ich glaubte schon, wir würden uns ewig umeinanderdrehen. Aber irgendwann kamen wir zueinander und schüttelten uns die Hände und half sie mir bereitwillig, fünfzehn Paar Strümpfe auszusuchen, und fünfzig Mützen und Pullover und einhundert lange Hemdhosen, und dann plauderten wir den ganzen Weg bis hinauf zur 52nd Street, wo wir im Women's University Club zu Mittag aßen.

Helen habe ich immer gemocht. Sie ist nicht auffällig, aber solide und verlässlich. Du hast bestimmt auch nicht vergessen, wie sie damals im Abschlussjahr das Festkomitee übernommen und in Form gebracht hat, nachdem Mildred es so vermasselt hatte? Wie würde sie sich wohl hier als meine Nachfolgerin machen? Der Gedanke an eine Nachfolgerin erfüllt mich mit Neid und Eifersucht, aber ich muss mich wohl daran gewöhnen.

»Wann hast du Judy Abbott zum letzten Mal gesehen?«, war Helens erste Frage.

»Vor einer Viertelstunde«, sagte ich. »Sie hat gerade die Segel gesetzt und reist in spanische Gewässer, mit einem Ehemann, einer Tochter, einem Kindermädchen, einem Butler und einem Hund im Gepäck.«

»Hat sie einen netten Mann?«

»Es gibt keinen besseren.«

»Und sie mag ihn immer noch?«

»Ich habe noch nie eine glücklichere Ehe gesehen.«

Ich hatte den Eindruck, dass Helen ein wenig trübsinnig schaute, und plötzlich fiel mir der ganze Tratsch ein, den Marty Keene uns im Sommer erzählt hat; also änderte ich rasch den Kurs und sprach von Waisen, ein völlig unverfängliches Thema.

Später aber erzählte sie mir die ganze Geschichte von allein, so distanziert und unpersönlich, als spräche sie über die Figuren eines Romans. Sie lebt allein in New York, hat kaum Kontakte, schien niedergeschlagen und froh, jemanden zum Reden zu haben. Die arme Helen hat ihr Leben offenbar gründlich verpfuscht. Ich kenne niemanden, der in so kurzer Zeit so viel erlebt hat. Seit dem Examen hat sie geheiratet, ein Kind bekommen und wieder verloren, sich von ihrem Mann scheiden lassen, sich mit ihrer Familie zerstritten und ist in die Stadt gezogen, um ihren eigenen Lebensunterhalt zu verdienen. Sie liest Manuskripte für einen Verlag.

Vom alltäglichen Standpunkt aus scheint es keinen Grund für ihre Scheidung gegeben zu haben; die Ehe funktionierte einfach nicht. Sie waren keine Freunde. Wäre er eine Frau gewesen, hätte sie keine halbe Stunde Unterhaltung auf ihn verschwendet. Wäre sie ein Mann gewesen, hätte er gesagt: »Schön, dich zu sehen. Wie gehts?«, und wäre weitergegangen. Und doch sind sie *VERHEIRATET*. Ist es nicht furchtbar, wie blind die Sache mit dem Sex die Leute machen kann?

Sie wurde erzogen zu glauben, dass Hausfrau der einzig legitime Beruf für eine Frau ist. Als sie ihr Examen abgelegt hatte, wollte sie natürlich sofort in diesen Beruf einsteigen, und Henry erschien auf der Bildfläche. Ihre Familie nahm ihn unter die Lupe und fand ihn in jeder Hinsicht perfekt – gute Familie, gute moralische Haltung, gute finanzielle Ausstattung, gutes Aussehen. Helen liebte ihn. Sie feierten eine große Hochzeit, sie bekam jede Menge neue Kleider und umstickte Handtücher. Alles sah verheißungsvoll aus.

Doch als sie sich dann näher kennenlernten, stellten sie fest, dass sie nicht die gleichen Bücher, Witze, Menschen, Unterhaltungen mochten. Er war redselig und gesellig und ausgelassen, sie nicht. Zuerst langweilten sie einander, dann gingen sie sich auf die Nerven. Ihre Ordnungsliebe machte ihn ungeduldig, und seine Unordnung machte sie rasend. Sie verbrachte den ganzen Tag damit, Schränke und Schubladen aufzuräumen, und in fünf Minuten hatte er wieder das totale Chaos angerichtet. Er ließ seine Kleider herumliegen, und sie sollte sie aufsammeln, seine Handtücher knüllte er zu einem feuchten Haufen auf dem Badezimmerfußboden zusammen, und nie wischte er die Badewanne sauber. Sie wurde ihrerseits schrecklich unempfänglich und reizbar, was sie selbst merkte – es kam so weit, dass sie bewusst nicht mehr über seine Witze lachte.

Ich vermute, die meisten altmodischen, traditionellen Menschen fänden es schlimm, eine Ehe aus so oberflächlichen Gründen zerbrechen zu lassen. Mir schien es zuerst auch so; aber als sie ein Detail nach dem anderen auftischte, jedes für sich trivial, aber zusammen ein Riesenberg, musste ich Helen zustimmen, dass es tatsächlich viel schlimmer gewesen wäre, so weiterzumachen. Es war eigentlich gar keine Ehe, sondern ein Missgriff.

Als sie also eines Morgens beim Frühstück auf die Frage kamen, was sie im Sommer unternehmen sollten, sagte sie ganz sachlich, sie überlege, in den Westen zu reisen, in einen der Bundesstaaten, wo man ohne schändliche Begründung die Scheidung einreichen konnte; und zum ersten Mal seit Monaten stimmte er ihr zu.

Du kannst Dir die Empörung in ihrer viktorianisch gesinnten Familie vorstellen. In den sieben Generationen ihres Aufenthaltes in den Vereinigten Staaten haben sie ein solches Ereignis noch nicht in die Familienbibel eintragen müssen. Das kommt nun davon, dass sie ihr das Studium erlaubt haben, wo sie so grässliche moderne Dinge wie George Bernard Shaw und Ellen Key zu lesen bekam.

»Wenn er sich doch nur betrunken und mich an den Haaren durch die Wohnung geschleift hätte«, klagte Helen, »dann wäre die Scheidung legitim gewesen; aber weil wir keine Gegenstände nacheinander geworfen haben, sah niemand einen Grund dafür.«

Das Traurige an der Sache ist, dass sowohl sie als auch Henry bestens geeignet waren, jemand anderen glücklich zu machen. Sie passten nur eben überhaupt nicht zueinander; und wenn zwei Menschen nicht zueinander passen, können alle Zeremonien der Welt sie nicht miteinander vermählen.

Samstagmorgen

Eigentlich sollte dieser Brief schon vor zwei Tagen abgeschickt werden; und jetzt habe ich Romane geschrieben, und er ist immer noch nicht in der Post.

Wir haben so eine trügerische Nacht hinter uns – frostig kalt, wenn man ins Bett geht, warm und leblos, wenn man im Dunkeln aufwacht, erstickt unter einem Berg Decken. Als ich meine zusätzlichen Decken abgeworfen und meine Kissen aufgeschüttelt hatte, fielen mir die vierzehn eingemummelten Babys im Frischluftschlafraum ein. Ihre sogenannte Nachtschwester schläft die ganze Nacht wie ein Stein. (Sie ist die Nächste auf der Liste der zu Entlassenden.) Also hievte ich mich noch einmal aus dem Bett, drehte eine kleine Runde und nahm Decken weg, und als ich das getan hatte, war ich hellwach. Es kommt nicht oft vor, dass ich eine Nacht durchwache, aber wenn es passiert, löse ich die Probleme der Welt. Ist es nicht eigenartig, wie viel schärfer man denken kann, wenn man im Dunkeln wach liegt?

Zuerst dachte ich über Helen Brooks nach und plante ihr ganzes Leben neu. Ich weiß gar nicht, wieso ihre elende Geschichte mich so gepackt hat; es ist eigentlich ein entmutigendes Thema für eine verlobte junge Frau. Ständig frage ich mich: Und wenn Gordon und ich beim näheren Kennenlernen unsere Meinung ändern sollten und uns nicht mehr mögen? Die Furcht ergreift mein Herz und presst alles Blut heraus. Aber ich heirate ihn doch nur aus diesem einzigen Grund: Zuneigung. Ich bin nicht sonderlich ehrgeizig. Weder seine Stellung noch sein Geld haben mich je besonders gereizt. Und ganz bestimmt tue ich es nicht, um meine Berufung zu finden, denn um ihn zu heiraten, gebe ich ja im Gegenteil die Arbeit auf, die ich liebe. Ich liebe diese Arbeit wirklich. Die ganze Zeit plane und baue ich die Zukunft dieser Kleinen und habe das Gefühl, damit auch das Land aufzubauen. Was immer aus mir werden wird im späteren Leben, ich bin überzeugt, wegen dieser großartigen Erfahrung habe ich viel mehr Fähigkeiten und Kenntnisse. Und es *IST* eine großartige Erfahrung, denn im Waisenhaus ist man so nah an den Menschen und am Menschlichen. Jeden Tag lerne ich so viel Neues, dass ich am Samstagabend regelmäßig auf die Sallie vom letzten Samstag zurückblicke und mich wundere, wie unwissend sie doch war.

Weißt Du, ich entwickle eine seltsame Angewohnheit: Ich kann Veränderungen nicht mehr leiden. Ich freue mich nicht über die Aussicht, dass mein Leben durchgerüttelt wird. Früher mochte ich die Aufregung von Vulkanen, aber inzwischen ist meine liebste Landschaft eine Hochebene. Ich bin ganz zufrieden, wo ich jetzt bin. Mein Schreibtisch und mein Schrank und meine Büroschubladen sind so organisiert, wie es mir passt; und ich fürchte die Umwälzungen so sehr, die mir nächstes Jahr bevorstehen! Bitte glaub nicht, dass ich Gordon nicht so gernhabe, wie es ein Mann verdient hat. Es ist nicht so, dass ich ihn weniger mag; es ist nur so, dass ich die Waisen immer lieber mag.

Vor ein paar Minuten habe ich unseren medizinischen Fachmann getroffen, als er aus dem Kleinkinderflügel kam – Allegra ist der einzige Mensch in diesem Haus, der noch in den Genuss seiner kargen gesellschaftlichen Aktivitäten kommt. Er blieb stehen und tauschte ein paar höfliche Worte über den plötzlichen Wetterumschwung mit mir und gab der Hoffnung Ausdruck, ich möge Mrs Pendleton von ihm grüßen, wenn ich ihr schriebe.

Dies ist wirklich ein elender Brief, den ich auf die lange Reise schicke – kaum ein Wort darin von den Neuigkeiten, die Du hören möchtest. Aber unser karges kleines Waisenhaus droben in den Bergen muss Dir ja auch ungeheuer weit weg vorkommen unter den Palmen und Orangenhainen, den Eidechsen und Taranteln, die Du genießen kannst.

Amüsiere Dich und vergiss nicht das John-Grier-Heim
und
Sallie

11. Dezember

Liebe Judy,

Dein Brief aus Jamaika ist angekommen, und ich freue mich zu hören, dass Judy jun. gern reist. Beschreib mir jede Einzelheit Eures Hauses, schick ein paar Fotos, damit ich Dich darin sehen kann. Was muss das für eine Freude sein, ein eigenes Boot zu haben, das durch diese angenehmen Wogen tuckert! Hast Du schon alle achtzehn weißen Kleider getragen? Und bist Du jetzt nicht froh, dass Du auf meinen Rat hin bis Kingston gewartet hast, um Dir einen Panamahut zu kaufen?

Hier läuft alles wie üblich, es gibt nicht viel Aufregendes zu registrieren. Du erinnerst Dich doch an die kleine Maybelle Fuller, oder? Die Tochter der Revuetänzerin, die unser Doktor nicht leiden kann? Die haben wir untergebracht. Ich habe versucht, der Frau stattdessen Hattie Heaphy anzudienen – das stille kleine Mädchen, das den Abendmahlsbecher gestohlen hat –, aber nein! Maybelles Wimpern haben gewonnen. Denn wie sagte auch die arme Marie B.: Das Wichtigste ist, hübsch zu sein. Alles andere im Leben hängt davon ab.

Als ich letzte Woche nach meinem New-York-Ausflug nach Hause kam, hielt ich vor den Kindern eine kurze Rede. Ich erzählte ihnen, ich hätte gerade Tante Judy verabschiedet, die mit einem großen Schiff davongefahren sei, und ich muss leider gestehen, dass ihr Interesse – jedenfalls das der Jungen – sofort von Tante Judy zum Schiff umschwenkte. Wie viele Tonnen Kohle verbrannte es pro Tag? War es so lang, dass es vom Kutschenhaus bis zum Indianerlager reichen würde? Waren Kanonen an Bord, und sollten Piraten es angreifen, könnte es sich verteidigen? Im Falle einer Meuterei, könnte der Kapitän da jeden beliebigen Meuterer niederschießen und würde nicht dafür gehängt, wenn er wieder an Land ging?

Schmachvollerweise musste ich Sandy bitten, meine Rede zu beenden. Mir wird klar, dass auch der am besten ausgestattete und ausgebildete weibliche Geist nicht mit der eigenartigen Sorte Fragen umgehen kann, die das Hirn von 13-jährigen Jungen ausbrütet.

Das Ergebnis ihres maritimen Interesses war ein Einfall des Doktors: Er lud sieben der älteren und aufgeweckten Knaben ein, den Tag mit ihm in New York zu verbringen und einen Ozeandampfer mit eigenen Augen zu sehen. Gestern Morgen sind sie um fünf aufgestanden, haben den Zug um halb acht genommen und das tollste Abenteuer ihrer jungen Jahre erlebt. Sie durften einen der großen Liniendampfer besichtigen (Sandy kennt den schottischen Maschinisten), wurden vom untersten Frachtraum bis hinauf ins Krähennest geführt und haben dann an Bord zu Mittag gegessen. Nach dem Essen sind sie ins Aquarium gegangen und bis zur Spitze des Singer Building emporgestiegen, schließlich sind sie mit der U-Bahn zum Naturkundemuseum gefahren, um sich eine Stunde lang die Vögel Nordamerikas in ihrer natürlichen Umgebung anzuschauen. Nur unter großen Mühen konnte Sandy sie rechtzeitig aus dem Museum schleifen, sodass sie noch ihren Zug um Viertel nach sechs bekamen. Abendessen gab es im Speisewagen. Sie erkundigten sich aufs Allergenauste, was alles kostete, und als sie erfuhren, dass der Preis gleich bliebe, egal, wie viel sie aßen, da holten sie tief Luft und machten sich still und konzentriert an die Arbeit, damit ihr edler Gönner nicht übervorteilt werde. An dieser Reisegruppe hat die Eisenbahn sicher nichts verdient, und die Fahrgäste an den umliegenden Tischen hörten alle auf zu essen und starrten erstaunt. Einer der Reisenden fragte unseren Doktor, ob er mit Internatsschülern unterwegs sei; da kannst Du sehen, wie sehr sich ihre Tischmanieren verbessert haben. Ich will nicht prahlen, aber zu Mrs Lippetts Zeiten wäre niemand bei sieben Waisen unterwegs auf so eine Idee gekommen. »Sind die auf dem Weg in die Besserungsanstalt?«, hätte die naheliegende Frage gelautet, nachdem man sie beim Essen beobachtet hatte.

Meine kleine Bande kam um zehn Uhr hereingestürzt, alle plapperten durcheinander, komplizierte Zahlenreihen über Verbund-Kolbenmotoren und wasserdichte Schottwände, über Teufelsrochen und Wolkenkratzer und Paradiesvögel. Ich dachte, ich würde sie niemals ins Bett kriegen. Aber was hatten sie für einen prächtigen Tag! Ich wünschte, ich könnte öfter solche Ausbrüche aus dem Alltag organisieren. Sie bieten ihnen einen neuen Blick auf das Leben und die Welt, machen sie zu normaleren Kindern. War das nicht richtig nett von Sandy? Aber Du hättest mal sein Verhalten sehen sollen, als ich ihm zu danken versuchte. Er unterbrach mich abwinkend mitten im Satz und fragte Miss Snaith knurrend, ob sie nicht ein bisschen sparsamer mit der Karbolsäure sein könne. Es rieche ja wie im Krankenhaus.

Ich muss Dir außerdem berichten, dass Punch wieder bei uns ist und vollkommen reformierte Manieren zeigt. Ich suche jetzt eine Familie, die ihn adoptieren will.

Ich hatte gehofft, die beiden intelligenten Jungfern würden ihn womöglich für immer behalten, aber sie wollen reisen und haben das Gefühl, dass er ihre Freiheit zu sehr einschränkt. Ich lege eine Zeichnung von Eurem Dampfer bei, die er gerade fertiggestellt hat. Die Richtung, in die das Schiff fährt, ist ein wenig zweifelhaft: Es sieht so aus, als führe es rückwärts nach Brooklyn hinein. Weil ich keinen blauen Stift mehr habe, muss unsere Flagge die italienischen Farben annehmen.

Die drei Gestalten auf der Brücke sind Du und Jervis und das Baby. Ich stelle mit Unbehagen fest, dass Du Deine Tochter am Schlafittchen festhältst, als wäre sie ein Kätzchen. So behandeln wir Babys im John-Grier-Heim nicht. Beachte bitte auch, dass der Künstler Jervis im Beinbereich gebührend ausgestattet hat. Als ich ihn fragte, wo denn der Kapitän geblieben sei, antwortete er, der sei drinnen, Kohlen aufs Feuer werfen. Punch war zu Recht zutiefst beeindruckt, als er erfuhr, dass Euer Dampfer dreihundert Waggonladungen Kohle am Tag verheizt, und nahm natürlich an, dass alle Hände an den Schürlöchern gebraucht würden.

WAU! WAU!

Das war ein Einwurf von Sing. Ich habe ihm erzählt, dass ich Dir schreibe, und er hat sofort reagiert.

Wir schicken Dir beide liebe Grüße.

Deine
Sallie

John-Grier-Heim,
Samstag

Lieber Feind,

Sie waren so schrecklich barsch gestern Abend, als ich Ihnen danken wollte, weil Sie meinen Jungen so einen wundervollen Tag beschert haben, dass ich nicht mal halbwegs ausdrücken konnte, wie sehr ich das zu schätzen weiß.

Was ist nur los mit Ihnen, Sandy? Sie waren doch mal ein einigermaßen netter Mann – jedenfalls ab und zu –, aber in den letzten drei oder vier Monaten waren Sie nur zu anderen Menschen nett, niemals zu mir. Es gab von Anfang an eine lange Reihe von Missverständnissen und törichten Meinungsverschiedenheiten zwischen uns, aber nach jedem Konflikt hatten wir doch eine solidere Verständnisgrundlage, so schien mir, bis ich irgendwann das Gefühl hatte, unsere Freundschaft ruhe auf einem ziemlich festen Fundament, das jeder denkbaren Erschütterung standhalten könnte.

Und dann kam jener unselige Abend im letzten Juni, als Sie meine närrischen Ungezogenheiten hören mussten, die ich aber ganz und gar nicht so gemeint habe; und von da an sind Sie immer weiter auf Distanz gegangen. Ich hatte wirklich ein sehr schlechtes Gewissen wegen der Sache und wollte mich so gern entschuldigen, aber Ihr Verhalten war nicht angetan, mich Ihnen anzuvertrauen. Es ist nicht so, dass ich eine Entschuldigung oder Erklärung anbieten könnte; das kann ich nicht. Sie wissen, wie albern und unklug ich gelegentlich sein kann, aber eines müssen Sie doch auch wissen: Obwohl ich an der Oberfläche flapsig und leichtsinnig und seicht wirke, so bin ich doch innerlich recht solide; die Albernheit müssen Sie verzeihen. Die Pendletons wissen das schon sehr lange, sonst hätten sie mich gar nicht hierhergesandt. Ich habe mich sehr bemüht, ehrliche Arbeit abzuliefern, teils, weil ich ihre Einschätzung rechtfertigen wollte, teils, weil ich den armen Kleinen tatsächlich ihren Teil Glück zukommen lassen wollte, aber vor allem, so glaube ich wirklich, weil ich Ihnen zeigen wollte, dass Ihr erster, abschätziger Eindruck von mir der Grundlage entbehrte. Können Sie nicht die unseligen fünfzehn Minuten am Torhaus im Juni aus dem Gedächtnis löschen und sich stattdessen der fünfzehn Stunden erinnern, in denen ich über die Familie Kallikak gelesen habe?

Ich würde gern wieder das Gefühl haben, dass wir Freunde sind.

Sallie McBride

John-Grier-Heim,
Sonntag

Lieber Dr. MacRae,

ich habe Ihre Karte mit der elf Worte umfassenden Antwort auf meinen Brief erhalten. Ich wollte Sie mit meinen Aufmerksamkeiten nicht belästigen. Was Sie denken und wie Sie sich benehmen, ist für mich ohne die geringste Bedeutung. Seien Sie ruhig so unhöflich, wie Sie wollen.

S. McB.

14. Dezember

Liebe Judy,

bitte klebe recht viele Briefmarken auf Deine Umschläge, innen und außen. Ich habe dreißig Sammler in der Familie. Seit Ihr auf Reisen seid, versammelt sich täglich zur Postlieferzeit eine interessierte Gruppe am Tor, um jeden Brief auswärtiger Provenienz zu schnappen, und bis die Briefe bei mir ankommen, sind sie wegen der Hartnäckigkeit der verschiedenen Schnapper fast in Fetzen gerissen. Sag Jervis, er soll uns noch mehr von den lila Kiefern aus Honduras schicken; außerdem mehr grüne Papageien aus Guatemala. Davon könnte ich einen ganzen Liter gebrauchen!

Ist es nicht wundervoll, dass diese einst so apathischen kleinen Gestalten jetzt so begeisterungsfähig sind? Meine Kinder werden schon fast wie richtige Kinder. Schlafsaal B hat gestern Abend ganz von allein eine Kissenschlacht angefangen; und auch wenn es unseren knappen Bettwäschevorrat stark beansprucht hat, habe ich strahlend danebengestanden und sogar selbst ein Kissen geworfen.

Letzten Samstag haben zwei sehr erfreuliche Freunde von Percy den ganzen Nachmittag mit meinen Jungs gespielt. Sie haben drei Jagdgewehre mitgebracht, jeder Mann übernahm die Führung eines Indianerlagers, und sie hielten einen Wettbewerb im Flaschenschießen ab, wobei das Siegerlager einen Preis bekam. Den Preis hatten sie selbst mitgebracht – einen scheußlichen, auf Leder gemalten Indianerkopf. Furchtbarer Geschmack; aber die Männer fanden ihn hübsch, also bewunderte ich ihn, so begeistert ich konnte.

Als sie fertig waren, wärmte ich sie mit Keksen und heißer Schokolade, und ich glaube, den Männern hatte es genauso gefallen wie den Jungen; ohne Frage hatte es ihnen mehr Spaß gemacht als mir. Ich muss zugeben, dass ich die ganze Zeit, während die Büchsen knallten, in weiblicher Besorgnis fürchtete, jemand könne jemand anderen treffen. Aber ich weiß auch, dass die vierundzwanzig Indianer nicht ewig an meinen Rockschößen hängen können, und ich könnte auf der ganzen Welt keine drei netteren Männer finden, die sich für sie interessieren.

Aber überleg mal: Wie viele begeisterte Schießübungen gehen direkt vor der Nase des Waisenhauses nutzlos an uns vorüber! Ich vermute, da gibt es einige in der Nachbarschaft, und ich werde sie aufspüren.

Was ich mir aber am meisten wünsche, sind acht nette, hübsche, vernünftige junge Frauen, die an einem Abend in der Woche hier heraufkommen, sich vor den Kamin setzen und Geschichten erzählen, während die Kleinen Popcorn machen. Ich würde so gern ein paar individuelle Streicheleinheiten für meine Babys organisieren. Weißt Du, Judy, ich denke nämlich oft an Deine Kindheit und versuche, all die Lücken zu füllen.

Die Versammlung des Stiftungsrates letzte Woche lief wunderbar. Die neuen Frauen in dem Gremium sind sehr hilfreich, und von den Männern kamen nur die netten. Ich darf freudig verkünden, dass der Ehrenwerte Herr Cyrus Wykoff seine verheiratete Tochter in Scranton besucht. Ich wünschte, sie würde ihren Vater einladen, dauerhaft bei ihr zu wohnen.

Mittwoch

Mit dem Doktor habe ich mich geradezu kindisch überworfen, und das ohne wirklichen Grund. Er verhält sich weiter gleichmütig und gefühllos, ohne sich auch nur im Geringsten für irgendwen oder irgendwas zu interessieren. Ich habe in den letzten Monaten mehr Unverschämtheiten schlucken müssen als in meinem ganzen Leben zuvor und entwickle schockierende Rachegelüste. In meiner Freizeit male ich mir Situationen aus, in denen er grauenhaft verletzt wird und meine Hilfe braucht, worauf ich mit äußerster Herzlosigkeit die Achseln zucke und mich abwende. Ich werde zu einem gänzlich anderen Menschen als die reizende, heitere junge Frau, die Du früher gekannt hast.

Abends

Ist Dir klar, dass ich eine Autorität auf dem Gebiet der Betreuung minderjähriger Kinder bin? Morgen besichtige ich mit anderen Autoritäten das Waisenhaus der Hebräischen Schutz- und Schirmgesellschaft in Pleasantville. (Ja, das heißt wirklich so!) Es ist eine wirklich schwierige und umständliche Anfahrt, Aufstehen bei Tagesanbruch, zwei Züge und eine Autofahrt. Aber wenn ich eine Autorität sein will, muss ich mich auch danach verhalten. Ich bin ganz begierig darauf, andere Einrichtungen zu besuchen und so viele Ideen wie möglich für unsere Änderungen im nächsten Jahr zu sammeln. Und dieses Waisenhaus in Pleasantville ist architektonisch vorbildlich.

Nach gründlichem Nachdenken muss ich jetzt anerkennen, dass es klug war, die weitreichenden Baumaßnahmen auf den nächsten Sommer zu verschieben. Natürlich war ich enttäuscht, weil das bedeutete, dass ich nicht der Mittelpunkt des Umsturzes bin, und das wäre ich so gern! Aber Du wirst doch meine Ratschläge annehmen, nicht wahr, auch wenn ich nicht mehr offizielle Leiterin des Heims bin? Die beiden Bauten, die wir schon in Angriff genommen haben, haben schon viel bewirkt. Unsere Wäscherei wird immer besser; endlich ist der dampfige Geruch verschwunden, der sonst so typisch für solche Anstalten ist. Und das Bauernhaus wird nächste Woche einzugsbereit sein. Es fehlen nur noch ein Anstrich und ein paar Türklinken.

Aber leider, leider ist da auch wieder eine hoffnungsvolle Seifenblase geplatzt! Trotz ihrer gemütlichen Figur und des sonnigen Lächelns kann Mrs Turnfelt die ungeordnete Gegenwart von Kindern nicht ausstehen. Die machen sie nervös. Und Turnfelt selbst ist zwar fleißig, methodisch und ein hervorragender Gärtner, aber seine intellektuellen Fähigkeiten sind nicht, was ich mir erhofft habe. Als er eintraf, gestattete ich ihm freien Zugang zu meiner Bibliothek. Er begann mit dem Bücherbrett ganz unten über dem Boden, in dem siebenunddreißig erbauliche Bände unserer guten Christenschreiberin Pansy stehen. Nachdem er damit vier Monate zugebracht hatte, schlug ich etwas Abwechslung vor und schickte ihn mit »Huckleberry Finn« nach Hause. Doch nach ein paar Tagen brachte er das Buch kopfschüttelnd zurück. Er sagt, nachdem er Pansy gelesen hat, scheint ihm alles andere fade. Ich fürchte, ich muss mir einen aufgeweckteren Bauern suchen. Aber immerhin: Verglichen mit Sterry ist Turnfelt ein Gelehrter!

Wo wir von Sterry reden: Der hat uns vor einigen Tagen besucht, in sehr reumütiger Verfassung. Offenbar hat der »reiche Städter«, dessen Besitz er verwaltet hat, keinen Bedarf mehr an seinen Diensten; daher hat Sterry sich herabgelassen, zu uns zurückzukehren und den Kindern sogar Gärten zu erlauben, wenn sie welche wünschen. Ich lehnte sein Angebot freundlich, aber bestimmt ab.

Freitag

Gestern Abend bin ich mit Neid im Herzen aus Pleasantville zurückgekehrt. Bitte, Herr Vorsitzender, ich möchte grau verputzte Häuschen, in deren Fassade Figuren von Luca della Robbia eingebrannt sind. Sie haben dort fast siebenhundert Kinder, alle schon ziemlich groß. Das bringt natürlich ganz andere Probleme mit sich als meine hundertsieben Kinder von der Wiege aufwärts. Doch von ihrer Heimleitung habe ich mir einige schicke Ideen abgeschaut. Ich teile meine Küken in große und kleine Schwestern und Brüder auf, wobei alle großen Geschwister jeweils auf ein kleines aufpassen, ihm helfen, es lieben und für es kämpfen sollen. Die große Schwester Sadie Kate ist zum Beispiel dafür verantwortlich, dass ihre kleine Schwester Gladiola die Haare immer ordentlich gekämmt und die Strümpfe hochgezogen hat, dass sie ihre Lektionen lernt, ein bisschen liebkost wird und genug Süßigkeiten abbekommt – sehr angenehm für Gladiola, aber besonders hilfreich in der Entwicklung für Sadie Kate.

Außerdem will ich unter unseren Kindern eine begrenzte Form der Selbstverwaltung einführen, wie wir sie an der Universität hatten. Das wird ihnen helfen, wenn sie in die Welt hinaus und sich dort selbst verwalten müssen. Ich finde es äußerst unbarmherzig, diese Kinder mit sechzehn in die Welt zu entlassen. Fünf meiner Kinder sind jetzt so weit, aber ich bringe es nicht übers Herz. Ich erinnere mich immer wieder an mich selbst, wie albern und verantwortungslos ich mit sechzehn war, und was wohl aus mir geworden wäre, wenn man mich mit sechzehn zur Arbeit geschickt hätte!

Jetzt muss ich mich von Dir verabschieden, um einen interessanten Brief an meinen Politiker in Washington zu verfassen, denn das ist harte Arbeit. Was habe ich schon zu sagen, was einen Politiker interessieren könnte? Ich kann doch nur von Kindern plappern, und ihm würde es nichts ausmachen, wenn alle kleinen Kinder vom Erdboden getilgt würden. Oh ja, so ist es! Nein, ich fürchte, das ist üble Nachrede. Kinder – jedenfalls männliche – wachsen ja irgendwann zu Wählern heran.

Adieu
Sallie

Liebste Judy,

wenn Du einen heiteren Brief von mir erwartest, lies dies nicht.

Das Leben des Menschen ist eine winterliche Straße. Nebel, Schnee, Regen, Graupeln, Nieseln, Kälte – was für ein Wetter! Und Du sitzt im schönen Jamaika mit Sonnenschein und Orangenblüten!

Wir haben Keuchhusten, und Du kannst uns schon keuchen und husten hören, wenn Du in drei Kilometer Entfernung aus dem Zug steigst. Wir wissen nicht, woher wir ihn haben – er ist einfach eine der Freuden des Anstaltslebens. Die Köchin ist weg – bei Nacht und Nebel verschwunden – oder »im Mondschein verflogen«, wie die Schotten sagen. Ich weiß nicht, wie sie ihren Schrankkoffer wegbewegt hat, aber der ist nicht mehr da. Das Küchenfeuer ist mit ihr ausgegangen. Alle Wasserleitungen sind eingefroren. Die Klempner sind da, und der ganze Küchenboden ist aufgerissen. Eines unserer Pferde hat den Spat. Und zur Krönung des Ganzen ist unser fröhlicher, patenter Percy tief, tief, tief in düsterste Verzweiflung versunken. Drei Tage lang waren wir nicht ganz sicher, ob wir ihn vom Selbstmord abhalten könnten. Das Mädchen in Detroit – ich wusste ja, sie ist ein herzloses kleines Luder – hat sich, ohne auch nur wenigstens der Form halber seinen Verlobungsring zurückzuschicken, mit einem Mann sowie ein paar Automobilen und einer Jacht verheiratet. Das ist das Beste, was Percy nur passieren konnte, aber es wird sehr lange dauern, bis er das begreift.

Unsere vierundzwanzig Indianer haben wir wieder bei uns im Haus. Ich fand es schade, sie wieder hereinholen zu müssen, aber die Hütten waren kaum als Winterquartier geplant. Ich habe sie jedoch alle ganz bequem unterbringen können – dank der geräumigen Veranden, die um unsere neue Feuertreppe gebaut wurden. Das war eine so gute Idee von Jervis, sie verglasen zu lassen, damit die Kinder dort schlafen können. Und die Glasveranda oben ist eine wunderbare Erweiterung unseres Krippenraums. Man sieht direkt, wie die Kleinen durch die zusätzliche Frischluft und Sonne aufblühen!

Nachdem die Indianer in die Zivilisation zurückgekehrt sind, wäre Percys Arbeit eigentlich beendet, und er sollte wieder ins Hotel ziehen. Aber er wollte nicht. Er hat sich so an Waisen gewöhnt, sagt er, und würde sie vermissen, wenn sie nicht mehr um ihn wären. Ich glaube, in Wahrheit fühlt er sich so elend wegen seiner geplatzten Verlobung, dass er nicht allein sein will. Er braucht eine Beschäftigung für jede Minute, die er nicht in der Bank arbeitet. Und wir sind natürlich heilfroh, ihn hier zu haben! Er kann wunderbar mit den Jungen umgehen, und sie brauchen männlichen Einfluss.

Aber wo sollten wir ihn unterbringen? Wie Du ja im Sommer selbst gesehen hast, fehlt es unserem geräumigen Chateau an Gästezimmern im Überfluss. Schließlich hat er sich im Labor des Doktors eingerichtet, und die Medikamente mussten dafür in einen Wandschrank am Ende des Ganges ausweichen. Das haben der Doktor und er untereinander ausgemacht, und wenn sie beide die Unannehmlichkeiten auf sich nehmen wollen, werde ich mich nicht beschweren.

Um Himmels willen! Gerade habe ich auf den Kalender geschaut, und heute ist schon der Achtzehnte, nur noch eine Woche bis Weihnachten. Wie sollen wir alles, was wir geplant haben, bis dahin fertig kriegen? Die Küken machen sich gegenseitig Geschenke, und in mein Ohr sind ungefähr tausend Geheimnisse geflüstert worden.

Gestern Nacht Schnee. Die Jungen haben den Vormittag im Wald verbracht, immergrüne Zweige gesammelt und sie auf Schlitten nach Hause gebracht; zwanzig Mädchen sitzen den ganzen Nachmittag in der Wäscherei und winden Kränze für die Fenster. Ich weiß nicht, wie wir in dieser Woche unsere Wäsche erledigen sollen.

Den Christbaum wollten wir eigentlich geheim halten, aber volle fünfzig Kinder sind schon zum Fenster des Kutschenhauses hochgehoben worden, um einen Blick darauf zu werfen, und ich fürchte, die Nachricht hat sich bis zu den anderen fünfzig herumgesprochen.

Weil Du darauf bestanden hast, haben wir den Mythos vom Weihnachtsmann gewissenhaft verbreitet, doch er trifft nur auf wenig Glauben. »Wieso ist er denn bisher noch nie gekommen?«, lautete Sadie Kates skeptische Frage. Diesmal aber wird der Weihnachtsmann zweifellos kommen. Ich habe den Doktor aus purer Höflichkeit gefragt, ob er die Hauptrolle unterm Weihnachtsbaum spielen wollte; und weil ich von vornherein sicher war, dass er ablehnen würde, hatte ich bereits Percy als Zweitbesetzung engagiert. Aber bei einem Schotten weiß man nie. Sandy sagte mit unerhörter Liebenswürdigkeit zu, und ich musste Percy im Stillen wieder absagen!

Dienstag

Ist es nicht eigenartig, wie manche unbedeutenden Menschen einfach alles aussprechen, was ihnen gerade durch den Kopf geht? Sie scheinen überhaupt keinen Vorrat an oberflächlicher Konversation zu haben und können keine Krise beiseiteschieben, um stattdessen über das Wetter zu reden.

Ich erwähne das wegen eines Besuches, den ich heute erhielt. Eine Frau wollte das Kind ihrer Schwester abliefern – die Schwester liegt mit Tuberkulose im Sanatorium; wir sollen das Kind aufnehmen, bis die Mutter geheilt ist, obwohl ich nach dem, was ich gehört habe, nicht mit einer Heilung rechne. Jedenfalls ist alles arrangiert, die Frau musste nur noch das kleine Mädchen übergeben und hätte sich wieder zurückziehen können. Doch weil sie noch zwei Stunden Zeit bis zum nächsten Zug hatte, deutete sie den Wunsch an, sich im Heim umzusehen, also zeigte ich ihr die Kindergartenräume und das Bettchen, in dem Lily liegen wird, unseren gelben Speisesaal mit dem Kaninchenfries, damit sie der armen Mutter so viele aufheiternde Details wie nur möglich berichten konnte. Danach wirkte sie etwas erschöpft, weshalb ich sie höflich in mein Wohnzimmer bat und zu einer Tasse Tee einlud. Doktor MacRae war gerade anwesend und hungrig (was selten ist; er lässt sich nur noch etwa zwei Mal im Monat zu einem Tee mit der Leitung des Waisenhauses herab), und er gesellte sich zu uns.

Die Frau schien das Gefühl zu haben, sie müsse die Unterhaltung bestreiten, und erzählte uns daher, ihr Mann habe sich in das junge Mädchen verliebt, das Eintrittskarten für ein Lichtspieltheater verkaufte (ein angemaltes, hellblondes Ding, das wie eine Kuh Kaugummi kaute, so beschrieb sie die Verführerin), er gebe sein ganzes Geld für dieses Mädchen aus und käme nur noch betrunken nach Hause. Und dann zerschlug er ganz schrecklich das Mobiliar. Eine Staffelei mit dem Porträt ihrer Mutter darauf, das sie schon seit vor ihrer Hochzeit hatte, hatte er bloß umgeworfen, weil er sie so gern zerbersten hören wollte. Schließlich war sie des Lebens müde geworden und hatte eine Flasche »Sumpfwurz« getrunken, ein Quacksalber-Elixier, von dem ihr jemand gesagt hatte, wenn man eine ganze Flasche trinke, bringe es einen um. Es brachte sie aber nicht um, ihr wurde nur übel. Als er wieder nach Hause kam, drohte er ihr, wenn sie so etwas noch mal anstelle, würde er sie erwürgen, also müsse er wohl noch etwas für sie empfinden, glaubte sie. Und all das erzählte sie ganz beiläufig, während sie ihren Tee umrührte.

Ich überlegte, was ich ihr entgegnen könnte, doch in dieser Zwangslage war ich ratlos. Sandy jedoch reagierte auf die Herausforderung wie ein echter Gentleman. Er sprach ganz wunderbar und vernünftig mit ihr und sandte sie geradezu aufgeheitert ihrer Wege. Wenn unser Sandy sich anstrengt, kann er außerordentlich nett sein, vor allem zu Leuten, die gar nichts mit ihm zu tun haben. Ich nehme an, das ist eine Frage der beruflichen Etikette – es gehört zu den Pflichten des Arztes, sowohl die Seele als auch den Körper zu heilen. Die meisten Seelen scheinen das auf dieser Welt zu brauchen. Meine Besucherin hat dafür gesorgt, dass auch ich es nötig habe. Seit sie hier war, frage ich mich, was ich tun würde, wenn ich einen Mann geheiratet hätte, der mich für ein Kaugummimädchen sitzen lässt, gelegentlich nach Hause kommt und die Möbel zerschlägt. Wenn man sich die Theaterstücke dieser Saison anschaut, könnte so etwas jeder Frau passieren, gerade in den besten Kreisen.

Du solltest froh und dankbar sein, dass Du Jervis hast. Bei einem Mann wie ihm kann man sich ungemein sicher fühlen. Je länger ich lebe, desto sicherer bin ich, dass Charakter das Einzige ist, was zählt. Aber wie soll man den um Himmels willen beurteilen? Männer können so gut reden.

Adieu, und ich wünsche Jervis und den beiden Judys frohe Weihnachten.

S. McB.

PS: Es wäre sehr aufmerksam und erfreulich, wenn Du meine Briefe ein wenig zügiger beantworten könntest.

John-Grier-Heim,
29. Dezember

Liebe Judy,

Sadie Kate hat die ganze Woche an ihrem Weihnachtsbrief an Dich gesessen, und mir bleibt nichts hinzuzufügen.

Ach, wir hatten es wunderschön!

Neben den vielen Geschenken und Spielen und ausgefallenen Speisen sind wir im Heuwagen ausgefahren und Schlittschuh gelaufen und haben Bonbons gekocht. Ich weiß nicht, ob diese verwöhnten Waisen sich jemals wieder an ein Leben als normale Kinder gewöhnen können.

Vielen Dank für meine sechs Geschenke. Sie gefallen mir alle, vor allem das Bild von Judy jun.; der Zahn ist eine angenehme Bereicherung ihres Lächelns.

Du wirst sicher gern hören, dass ich Hattie Heaphy in einer Pfarrersfamilie untergebracht habe, und zwar in einer ganz lieben. Sie haben nicht mit der Wimper gezuckt, als ich ihnen von dem Abendmahlsbecher erzählt habe. Sie haben sich Hattie selbst zu Weihnachten geschenkt, und sie ist so glücklich abgereist, die Hand ihres neuen Vaters umklammernd!

Mehr schreibe ich jetzt nicht, denn fünfzig Kinder schreiben Dir Dankesbriefe, und die arme Tante Judy wird unter ihrer Post begraben werden, wenn diese Woche der Dampfer einläuft.

Alles Liebe für die Pendletons
S. McB.

PS: Singapur sendet viele Grüße an Togo, und es tut ihm leid, dass er ihn ins Ohr gebissen hat.

John-Grier-Heim,
30. Dezember

OJE, *Gordon*, ich habe ein höchst verstörendes Buch gelesen!

Neulich habe ich versucht, ein wenig Französisch zu reden, und weil es mir nicht sonderlich gut gelang, beschloss ich, dass ich daran arbeiten müsste, wenn ich es nicht ganz verlieren wollte. Unser schottischer Doktor hat meine wissenschaftliche Ausbildung glücklicherweise aufgegeben, weshalb ich Zeit genug für Lektüre hatte. Durch einen unglücklichen Zufall verfiel ich auf »Numa Roumestan« von Alphonse Daudet. Das ist ein wirklich schrecklich beunruhigendes Buch für eine junge Frau, die mit einem Politiker verlobt ist. Lies es, mein lieber Gordon, und versuche Deinen Charakter so weit wie möglich von dem Numas zu fernzuhalten. Es ist die Geschichte eines beunruhigend faszinierenden Politikers (genau wie Du), der von allen bewundert wird, die ihn kennen (genau wie Du); der höchst überzeugend spricht und großartige Reden hält (genau wie Du). Er wird von allen verehrt, und alle sagen zu seiner Frau: »Was müssen Sie für ein glückliches Leben führen, da Sie diesen wunderbaren Mann so intim kennen!«

Doch wenn er zu ihr nach Hause kam, war er gar nicht so wunderbar – nur wenn er ein Publikum hatte und Applaus bekam. Er trank mit jedem noch so flüchtigen Bekannten, und dann war er fröhlich und redselig und gesellig; mürrisch, düster und niedergeschlagen kehrte er dann zurück. »Joie de rue, douleur de maison« lautet der Grundgedanke des Buches.

Ich habe es gestern bis um Mitternacht gelesen, und ganz ehrlich: Ich konnte nicht mehr schlafen, weil es mich so erschreckt hat. Ich weiß, Du wirst böse werden, aber wirklich, mein lieber Gordon, es steckt einfach ein bisschen zu viel Wahrheit darin, als dass ich es nur unterhaltsam finden könnte. Ich wollte eigentlich den unseligen Vorfall vom 20. August nie wieder erwähnen – wir haben damals alles Nötige gesagt –, aber Du weißt selbst ganz genau, dass man ein wenig auf Dich achtgeben muss. Und das gefällt mir nicht. Ich möchte dem Mann, den ich heirate, und seiner Standfestigkeit voll und ganz vertrauen können. Ich könnte es nicht ertragen, ängstlich zu erwarten, dass er wieder nach Hause kommt.

Lies »Numa« selbst, dann siehst Du den Blickwinkel der Frau. Ich bin kein bisschen geduldig oder kleinlaut oder langmütig, und ich fürchte mich ein bisschen vor dem, wozu ich fähig bin, wenn ich Anlass dazu habe. Ich muss mit ganzem Herzen bei der Sache sein, wenn etwas funktionieren soll, und ich möchte so sehr, dass unsere Ehe funktioniert!

Bitte verzeih mir, dass ich das alles schreibe. Das soll nicht heißen, dass ich wirklich glaube, Du wärst die

»Freude der Straße und der Kummer des Heims«. Es ist nur so, dass ich letzte Nacht nicht geschlafen habe und mich irgendwie leer hinter den Augen fühle.

Möge das kommende Jahr uns beiden guten Rat, Glück und Zufriedenheit bringen!

Immer Deine
S.

1. Januar

Liebe Judy,

etwas wirklich sehr Eigenartiges ist passiert, und ich weiß beim besten Willen nicht, ob es wirklich passiert ist oder ob ich es geträumt habe. Ich werde es Dir von Anfang an erzählen, und ich glaube, es wäre ganz gut, wenn Du diesen Brief verbrennst; er ist nicht unbedingt für Jervis' Augen bestimmt.

Du erinnerst Dich, dass ich Dir von Thomas Kehoe erzählt habe, den wir letzten Juni bei einer Familie untergebracht haben? Seine Eltern waren beide Alkoholiker, und anscheinend ist er schon als Baby eher mit Bier als mit Milch ernährt worden. Mit neun Jahren ist er ins John-Grier-Heim gekommen und nach seinem Eintrag in den Akten hat er es hier zwei Mal geschafft, sich zu betrinken, einmal mit Bier, das er irgendwelchen Arbeitern gestohlen hatte, und einmal (das aber gründlich) mit Branntwein aus der Küche. Du siehst, mit welch unguten Gefühlen wir ihn in eine Familie gaben. Aber wir hatten die Familie gewarnt (hart arbeitende, abstinente Bauersleute) und das Beste gehofft.

Gestern nun telegrafierte die Familie, sie könnten ihn nicht länger bei sich behalten. Ob ich ihn wohl vom Sechs-Uhr-Zug abholen könnte? Turnfelt fuhr zum Sechs-Uhr-Zug: kein Junge. Ich schickte ein Nachttelegramm, dass er nicht angekommen sei, und fragte nach den Einzelheiten.

Ich blieb länger auf als sonst und räumte meinen Schreibtisch auf – und irgendwie auch meinen Kopf, um dem neuen Jahr entgegenzutreten. Gegen zwölf fiel mir plötzlich auf, wie spät es und wie müde ich war. Ich wollte gerade ins Bett gehen, als ich von einem Klopfen an der Haustür aufgeschreckt wurde. Ich streckte den Kopf aus dem Fenster und fragte, wer da sei.

»Tommy Kehoe«, sagte eine sehr zittrige Stimme.

Ich ging nach unten und öffnete, und der Bursche, gerade sechzehn Jahre alt, stolperte volltrunken herein. Gott sei Dank war Percy Witherspoon im Haus und nicht mehr oben im Lager.

Ich weckte ihn, und gemeinsam brachten wir Thomas in unser Gästezimmer, den einzigen einigermaßen abgeschiedenen Raum in unserem Haus. Ich telefonierte nach dem Doktor, der leider auch schon einen langen Tag gehabt hatte. Er kam sofort, und zusammen durchwachten wir eine ziemlich schreckliche Nacht. Später stellte sich heraus, dass der Junge eine Flasche Liniment im Gepäck hatte, die er dem Bauern aus dem Apothekenschrank gestohlen hatte. Das Elixier zum Einreiben bestand zur Hälfte aus Alkohol, zur Hälfte aus Hamameliswasser; und das hatte Thomas auf der Reise getrunken!

Er war in so schlechter Verfassung, dass ich sicher war, er würde nicht durchkommen – und ich hoffte es auch. Wäre ich Arzt, ich würde solche Fälle zum Wohle der Gesellschaft sanft zum Ende geleiten; aber Du hättest mal Sandy bei der Arbeit sehen sollen! Sein Lebensrettungsinstinkt war geweckt, und er kämpfte mit aller Energie, die er noch besaß.

Ich kochte schwarzen Kaffee und half, so gut ich konnte, doch die praktische Behandlung war ziemlich unschön, und ich ließ die beiden Männer mit ihm allein und zog mich in mein Zimmer zurück. Doch ich ging nicht zu Bett; ich fürchtete, sie würden mich noch einmal brauchen. Gegen vier Uhr morgens kam Sandy in meine Bibliothek und meldete, der Junge schlafe jetzt, Percy habe sich eine Liege ins Zimmer gestellt und werde den Rest der Nacht bei ihm verbringen. Der arme Sandy sah aschfahl und ausgezehrt aus, als habe er mit dem Leben abgeschlossen. Als ich ihn ansah, musste ich daran denken, wie verzweifelt er sich abmühte, andere zu retten, sich selbst aber nicht, und an sein elendes Zuhause ohne jeden Funken Freude, und an die schreckliche Tragödie im Hintergrund seines Lebens. Der ganze Groll, den ich aufgespart hatte, schien zu verfliegen, und eine Welle des Mitgefühls schwappte über mich. Ich streckte die Hand nach ihm aus; er die seine ebenfalls. Und plötzlich – ich weiß nicht – geschah etwas Elektrisierendes. Einen Augenblick später lagen wir einander in den Armen. Er löste meine Hände wieder und setzte mich in den großen Sessel.

»Mein Gott! Sallie, glaubst du, ich wäre aus Stein?«,

sagte er und ging hinaus. Ich schlief im Sessel ein, und als ich aufwachte, schien mir die Sonne ins Gesicht, und Jane stand verblüfft vor mir.

Heute Vormittag um elf kam er wieder, schaute mir kalt in die Augen, ohne auch nur mit der Wimper zu zucken, und wies mich an, Thomas alle zwei Stunden heiße Milch zu verabreichen. Außerdem müsse man die Flecken in Maggie Peters' Rachen im Auge behalten.

Nun stehen wir also wieder auf gewohntem Fuß, und ich weiß beim besten Willen nicht, ob ich diese eine Minute gestern Nacht geträumt habe!

Aber das wäre doch eine heikle Situation, oder, wenn Sandy und ich feststellen würden, dass wir uns ineinander verliebten, wo er doch eine vollwertige Ehefrau in der Nervenheilanstalt hat und ich einen empörten Verlobten in Washington? Ich glaube, für mich wäre es das Klügste, sofort zu kündigen und wieder ins Haus meiner Eltern zu ziehen, wo ich zur Ruhe kommen und ein paar Monate lang »S McB« auf Tischtücher sticken kann, wie alle anderen anständigen, verlobten Mädchen.

Ich wiederhole noch einmal sehr nachdrücklich, dass dieser Brief nicht für Jervis' Augen bestimmt ist. Reiß ihn in kleine Schnipsel und streue sie in die Karibik.

S.

3. Januar

Lieber Gordon,

Du hast ganz recht, verärgert zu sein. Ich weiß, ich kann keine angemessenen Liebesbriefe schreiben. Ich muss nur einen Blick auf die Korrespondenz von Elizabeth Barrett und Robert Browning werfen, um zu erkennen, dass es meinem Stil an der nötigen Wärme fehlt. Aber Du weißt schon – und das seit Langem –, dass ich kein besonders gefühliger Mensch bin. Ich könnte wohl solche Sätze schreiben wie: »In jedem wachen Augenblick fliegen meine Gedanken zu Dir« oder »Mein lieber Mann, ich lebe nur, wenn Du in meiner Nähe bist«. Aber das wäre nicht die reine Wahrheit. Du erfüllst nicht all meine Gedanken; das tun hundertsieben Waisen. Und ich bin eigentlich auch ganz schön lebendig, wenn Du nicht da bist. Ich muss natürlich und ehrlich bleiben. Du willst bestimmt nicht, dass ich Verzweiflung vortäusche. Aber ich sehe Dich sehr, sehr gern – das weißt Du genau – und ich bin enttäuscht, wenn Du nicht kommen kannst. Ich weiß all Deine charmanten Eigenschaften voll und ganz zu schätzen, aber mein lieber Mann, ich *KANN* auf Papier nicht sentimental sein. Ich muss immer an das Zimmermädchen im Hotel denken, das die Briefe liest, die Du beiläufig auf dem Schreibtisch liegen lässt. Und Du brauchst jetzt auch nicht zu behaupten, dass Du sie immer über dem Herzen trägst, denn ich weiß sehr wohl, das tust Du nicht.

Vergib mir, wenn mein letzter Brief Deine Gefühle verletzt hat. Seit ich in dieses Waisenhaus gekommen bin, reagiere ich äußerst empfindlich auf das Thema Alkohol. Würdest Du auch, wenn Du gesehen hättest, was ich gesehen habe. Mehrere meiner Küken sind Nachkommen alkoholkranker Eltern, und sie werden im Leben nie eine faire Chance haben. Wenn man sich an einem Ort wie diesem umschaut, muss man einfach immer an das Schlimmste denken.

Ich fürchte, Du hast recht, dass Frauen Männern oft sehr demonstrativ vergeben und dann ohne Ende davon reden. Aber, Gordon, ich weiß wirklich und beim besten Willen nicht, was das Wort »vergeben« bedeutet. Es kann kein »vergessen« enthalten, denn das ist ein physiologischer Vorgang und nicht das Ergebnis eines Willensaktes. Wir haben alle eine Reihe von Erinnerungen, die wir zu gerne loswerden würden, aber irgendwie sind es gerade diese, die am hartnäckigsten bleiben. Wenn »vergeben« das Versprechen bedeutet, nie wieder von einer Sache zu reden, dann kann ich das ohne Frage schaffen. Aber es ist nicht immer klug, eine unangenehme Erinnerung wegzuschließen. Sie wächst und wächst und breitet sich überall aus wie Gift.

Ach je! Das wollte ich alles gar nicht schreiben. Ich versuche ja, die fröhliche, sorglose (und ein wenig leichtsinnige) Sallie zu sein, die Du am liebsten magst;

aber ich bin im letzten Jahr so viel *WIRKLICHKEIT* begegnet, und ich fürchte, ich bin zu einem ganz anderen Menschen geworden als das Mädchen, in das Du Dich verliebt hast. Ich bin nicht mehr das heitere junge Ding, das das Leben wie ein Spiel betrachtet. Ich kenne es jetzt ziemlich gut, und das bedeutet, ich kann nicht immer lachen.

Ich weiß, dies ist schon wieder ein schrecklich unfroher Brief – so schlimm wie der letzte, wenn nicht schlimmer –, aber wenn Du wüsstest, was ich gerade durchgemacht habe! Ein Junge – sechzehn Jahre – mit ganz schlimmen Erbanlagen hat sich mit einer widerwärtigen Mischung aus Alkohol und Hamamelis fast vergiftet. Drei Tage lang haben wir um ihn gekämpft, und jetzt können wir nur sicher sein, dass er sich ausreichend erholen wird, es wieder zu tun! »Die Welt ist gut, doch die darin sind, nicht.«

Bitte entschuldige, dass ich schon wieder ein schottisches Sprichwort zitiere – ist mir so herausgerutscht. Bitte entschuldige alles.

Sallie

11. Januar

Liebe Judy,

ich hoffe, meine beiden Überseetelegramme haben Dich nicht zu sehr erschreckt. Ich hätte ja gerne gleich alles im Brief berichtet, damit Du auch die Einzelheiten erfahren kannst, aber ich hatte solche Angst, dass Du auf anderen Wegen davon hörst. Die ganze Sache ist schlimm genug, aber niemand ist ums Leben gekommen, und es gab nur eine schwerere Verletzung. Natürlich schaudern wir alle beim Gedanken daran, wie viel schlimmer es hätte kommen können, wo über hundert Kinder in dieser Feuerfalle schliefen. Die neue Feuertreppe war absolut nutzlos. Der Wind wehte in ihre Richtung, und die Flammen haben sie einfach eingehüllt. Wir haben alle über die Mitteltreppe gerettet – aber ich fange vorne an und erzähle Dir die ganze Geschichte.

Es hatte den ganzen Freitag geregnet, dank einer gnädigen Vorsehung, und die Dächer waren gründlich durchnässt. Gegen Abend begann es zu frieren, und der Regen wurde zu Graupel. Als ich um zehn Uhr ins Bett ging, heulte ein schrecklicher Sturm aus Nordwesten, und alles, was am Haus lose war, klapperte und knallte. Gegen zwei Uhr morgens wachte ich plötzlich auf, weil mir ein helles Licht in die Augen schien. Ich sprang aus dem Bett und rannte zum Fenster. Das Kutschenhaus war ein Flammenmeer, und ein Funkenschauer wehte über unseren Ostflügel. Ich rannte ins Bad und beugte mich aus dem Fenster. Ich sah, dass das Dach über dem Krippenflügel schon an fünf oder sechs Stellen Feuer gefangen hatte.

Also, meine Liebe, mein Herz hörte eine volle Minute auf zu schlagen. Ich dachte an die siebzehn Babys oben unterm Dach und konnte nicht mal mehr schlucken. Schließlich bekam ich meine zitternden Knie wieder unter Kontrolle, rannte in den Flur und schnappte mir im Vorbeilaufen meinen Automantel.

Ich trommelte an die Türen von Betsy, Miss Matthews und Miss Snaith, als Mr Witherspoon, ebenfalls vom Feuerschein geweckt, gerade drei Stufen auf einmal nehmend die Treppe heraufgestürmt kam und dabei einen Mantel überwarf.

»Bringt alle Kinder hinunter in den Speisesaal, zuerst die Babys«, keuchte ich. »Ich schlage Alarm.«

Er raste hinauf in den zweiten Stock, während ich zum Telefon rannte – und ich dachte, ich würde niemals zur Vermittlung durchkommen! Die Telefonistin muss fest geschlafen haben.

»Das John-Grier-Heim brennt! Lösen Sie den Feueralarm aus und wecken Sie das Dorf. Und geben Sie mir 505«, sagte ich.

In einer Sekunde hatte ich den Doktor am Hörer. Was war ich froh, seine kühle, unaufgeregte Stimme zu hören!

»Das Waisenhaus brennt!«, rief ich. »Kommen Sie schnell und bringen Sie alle Männer mit, die Sie kriegen können!«

»Ich bin in fünfzehn Minuten da. Füllen Sie die Badewannen mit Wasser und legen Sie Decken hinein.« Dann legte er auf.

Ich eilte wieder in den Eingangsflur. Betsy läutete die Feuerglocke und Percy hatte bereits seine Indianerstämme aus den Schlafsälen B und C geweckt.

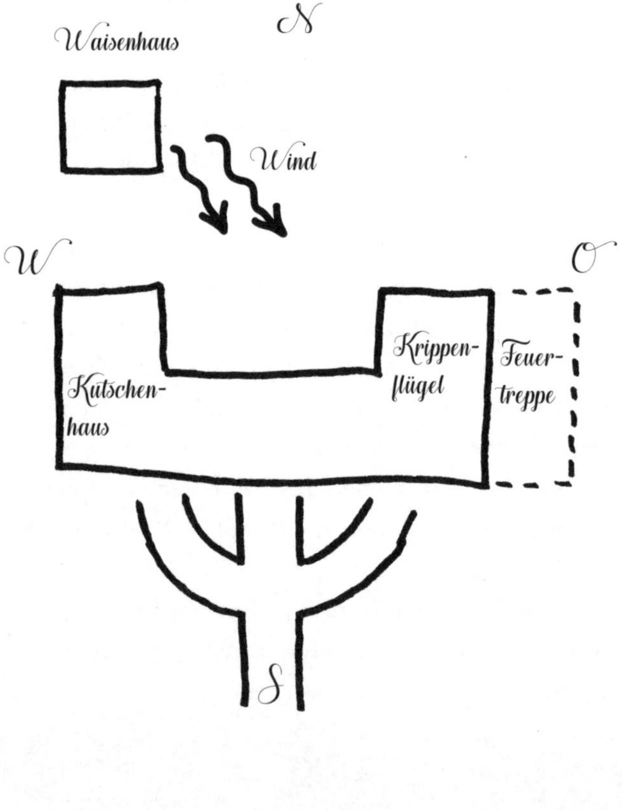

Unser erster Gedanke galt nicht dem Löschen des Feuers, sondern wir wollten die Kinder an einen sicheren Ort bringen. Wir begannen im Saal G, gingen von Bettchen zu Bettchen, packten ein Baby mit Decke und trugen es zur Tür, reichten es hinaus zu den Indianern, die es dann die Treppe hinunterschleppten. Saal G und F waren schon beide voller Rauch und auch die älteren Kinder fast bewusstlos, sodass wir sie gar nicht wach genug bekamen, um selbst zu laufen.

In den folgenden Stunden dankte ich mehrmals dem Schicksal – und Percy Witherspoon – für die lärmenden Feuerübungen, die wir jede Woche ertragen mussten. Die vierundzwanzig ältesten Jungen verloren unter seiner Anleitung nicht eine Sekunde lang den Kopf. Sie teilten sich in vier Stämme auf und gingen wie kleine Soldaten auf ihre Posten.

Zwei Stämme halfen, die Schlafsäle zu evakuieren und die erschreckten Kinder geordnet hinauszuführen. Ein Stamm bediente den Schlauch aus dem Wasserturm, bis die Feuerwehrleute eintrafen, und der Rest war mit der Bergung von Hab und Gut beschäftigt. Sie breiteten Bettlaken auf dem Boden aus, schütteten den Inhalt von Schreibtischen und Aktenschränken hinein und trugen sie die Treppen hinunter. Sämtliche Wechselkleidung wurde gerettet, außer den Sachen, die die Kinder am Tag zuvor getragen hatten, und auch der meiste Besitz der Belegschaft. Aber Bettwäsche und Matratzen – alles aus den Schlafsälen G und F ging verloren. Die Räume waren so voller Rauch, dass man sie nicht mehr gefahrlos betreten konnte, nachdem wir das letzte Kind herausgeholt hatten.

Als der Doktor eintraf – mit Luellen, seinem Fahrer, und zwei Nachbarn, die er eingesammelt hatte –, führten wir gerade den letzten Schlafsaal hinunter in die Küche, die Ecke des Hauses, die dem Feuer am fernsten war. Die armen Kleinen waren größtenteils barfuß und in Decken gehüllt. Wir hatten ihnen gesagt, sie sollten ihre Sachen mitbringen, aber in ihrer Angst hatten sie nur ans Rauskommen gedacht.

Inzwischen waren auch die Flure so voller Rauch, dass wir kaum noch atmen konnten. Es sah so aus, als würde das ganze Gebäude in Flammen aufgehen, obwohl der Wind von meinem Westflügel weg wehte.

Fast gleichzeitig kam auch ein Auto voller Bediensteter von Knowltop herüber, und sie alle fingen sofort an, das Feuer zu bekämpfen. Die richtige Feuerwehr traf erst zehn Minuten später ein. Weißt Du, die haben bloß ein Pferdefuhrwerk, und wir liegen fünf Kilometer außerhalb, und die Straße ist ziemlich schlecht. Es war eine furchtbare Nacht, kalt und graupelig, und der Wind wehte so heftig, dass man kaum gerade stehen konnte. Die Männer kletterten aufs Dach und liefen in Socken auf den Schindeln umher, damit sie nicht so leicht abrutschten. Sie schlugen die Funken mit nassen Decken aus, hackten Balken weg, spritzten Wasser aus dem Tank in die Flammen und waren richtige Helden.

Der Doktor kümmerte sich inzwischen um die Kinder. Unser erster Gedanke war, sie an einen sicheren Ort wegzubringen, denn wenn das ganze Gebäude abbrannte, konnten wir sie nicht bei diesem schrecklichen Wind ins Freie bringen, nur mit Nachthemden und Decken angetan. Inzwischen waren noch mehr Männer mit Automobilen angekommen, und wir requirierten die Fahrzeuge.

Zu unserem großen Glück war Knowltop übers Wochenende offen, zum siebenundsechzigsten Geburtstag des alten Herrn wurde ein Fest gegeben. Er kam als einer der Ersten zu Hilfe und stellte uns sein gesamtes Anwesen zur Verfügung. Da es die allernächste Zuflucht war, nahmen wir das Angebot sofort an. Wir verstauten unsere zwanzig jüngsten Knirpse in Autos und fuhren sie zum Herrenhaus hinunter. Die Gäste, die sich schon aufgeregt ankleideten, um beim Löschen zu helfen, nahmen die Kleinen entgegen und legten sie in ihre eigenen Betten. Damit war das Haus mehr oder weniger voll, aber Mr Reimer (so heißt Mr Knowltop wirklich mit Nachnamen) hat gerade eine große, neue, verputzte Scheune mit angrenzender Garage gebaut, alles schön beheizt und bereit für uns.

Nachdem die Kleinsten im Haus abgelegt waren, machten sich die hilfreichen Hausgäste an die Arbeit und richteten die Scheune für die älteren Kinder her. Sie breiteten Heu auf dem Boden aus, legten Decken und Kutschenmäntel darüber und reihten dreißig Kinder nebeneinander auf wie kleine Kälber. Miss Matthews und ein Kindermädchen waren mitgefahren, servierten allen heiße Milch, und in einer halben Stunde schliefen alle Kinder so friedlich wie sonst in ihren Betten.

Wir am Waisenhaus erlebten inzwischen andere Aufregungen. Die erste Frage des Doktors nach seiner Ankunft war:

»Haben Sie die Kinder gezählt? Wissen Sie, ob alle hier sind?«

»Wir haben überprüft, dass jeder Schlafsaal leer war, bevor wir ihn verlassen haben«, antwortete ich.

Es war nämlich nicht möglich, sie in dem Wirrwarr zu zählen. Ungefähr zwanzig der älteren Jungen waren noch in den Schlafsälen und retteten unter Percys Anleitung Kleidung und Möbel, die älteren Mädchen sortierten körbeweise Schuhe und versuchten sie den Kleineren anzuziehen, die ihnen unter den Füßen herumrannten und elendig heulten.

Nachdem wir etwa sieben Autoladungen Kinder abtransportiert hatten, rief der Doktor plötzlich:

»Wo ist Allegra?«

Entsetztes Schweigen war die Antwort. Niemand hatte sie gesehen. Und dann stand Miss Snaith auf und *KREISCHTE*. Betsy packte sie an der Schulter und schüttelte sie, bis sie verständlich sprach.

Offenbar hatte sie befürchtet, dass Allegra Husten bekäme, und um sie aus der Kälte zu holen, hatte sie ihr Bettchen aus dem Frischluftschlafraum in den Abstellraum geschoben – und es dann wieder vergessen.

Nun, meine Liebe, Du weißt ja, wo der Abstellraum ist! Wir starrten einander mit kalkweißen Gesichtern an. Inzwischen war der gesamte Ostflügel ausgebrannt, die Treppe zum zweiten Stock stand in Flammen. Es schien ausgeschlossen, dass das Kind noch lebte. Der Doktor war der Erste, der sich rührte. Er griff nach einer nassen Decke, die auf einem triefenden Haufen im Flur lag, und sprang auf die Treppe zu. Wir schrien, er solle zurückkommen. Es sah aus wie Selbstmord; doch er lief weiter und verschwand im Qualm. Ich hastete nach draußen und schrie nach den Feuerwehrleuten auf dem Dach. Das Fenster der Abstellkammer war zu klein, als dass ein Mann hindurchgepasst hätte, und sie hatten es bisher nicht geöffnet, damit kein Zug entstand.

Ich kann nicht beschreiben, was in den nächsten quälenden zehn Minuten geschah. Die Treppe zum zweiten Stock stürzte mit lautem Krachen und einem Flammenstoß ein, ungefähr fünf Sekunden nachdem der Doktor sie hinter sich gelassen hatte. Wir hatten ihn schon verloren gegeben, als plötzlich ein Schrei von der Menge auf dem Rasen aufstieg und er einen Augenblick lang an einem der Dachfenster auftauchte und die Feuerwehrleute anwies, eine Leiter daran zu stellen. Dann verschwand er wieder, und uns schien es, als würden sie die Leiter niemals an Ort und Stelle kriegen; schließlich schafften sie es doch, und zwei Männer stiegen hinauf. Das Öffnen des Fensters hatte einen Zug entstehen lassen, und die Menge des Rauchs, der oben herausschoss, überwältigte sie beinahe. Nach einer Ewigkeit tauchte der Doktor wieder auf, ein weißes Bündel im Arm. Er reichte es den Männern hinaus, dann taumelte er zurück und verschwand aus dem Blickfeld!

Ich weiß nicht, was in den folgenden Minuten passierte; ich wandte mich ab und schloss die Augen. Irgendwie bekamen sie ihn heraus und halb die Leiter hinunter, doch dann ließen sie ihn aus den Händen gleiten. Er war nämlich bewusstlos von dem vielen Rauch, den er eingeatmet hatte, und die Leiter war eisglatt und schwankte schrecklich. Als ich wieder hinsah, lag er zusammengekrümmt am Boden, alle rannten auf ihn zu, jemand schrie, man solle ihm Luft zuführen. Zuerst dachte man, er sei tot. Aber Dr. Metcalf aus dem Dorf untersuchte ihn und sagte, sein Bein sei gebrochen, dazu zwei Rippen, aber sonst sei er wohl unversehrt. Er war noch bewusstlos, als man ihn auf zwei Babymatratzen bettete, die aus dem Fenster geworfen worden waren, in den Wagen hob, der die Leitern hergeschafft hatte, und nach Hause brachte.

Der Rest von uns, der zurückgeblieben war, arbeitete einfach weiter, als sei nichts geschehen. Das Eigenartige an so einem Unglück ist: Es ist an allen Ecken und Enden so viel zu tun, dass man keinen Augenblick Zeit zum Nachdenken hat, und man kann seine Entscheidungen erst hinterher überprüfen. Der Doktor hatte, ohne eine Sekunde zu zögern, sein Leben riskiert, um Allegra zu retten. Das war die mutigste Tat, die ich je gesehen habe, und doch hat die ganze Geschichte nur fünfzehn Minuten dieser furchtbaren Nacht eingenommen. Zu der Zeit war es bloß ein Zwischenfall.

Und er hat Allegra gerettet. Sie tauchte mit zerwühltem Haar und freudig überraschter Miene aus der Decke auf, weil sie dachte, man wollte mit ihr Weg-da spielen. Sie lächelte! Die Rettung des Kindes war kaum weniger als ein Wunder. Das Feuer war nur einen Meter neben der Wand ihrer Kammer ausgebrochen, doch wegen der Windrichtung hatte es sich in die andere Richtung ausgebreitet. Wenn Miss Snaith ein bisschen mehr von frischer Luft halten würde und das Fenster offen gelassen hätte, dann hätte das Feuer sich zurückgefressen. Doch zum Glück hält Miss Snaith nichts von frischer Luft, und nichts dergleichen ist passiert. Wäre Allegra verbrannt, hätte ich mir niemals verziehen, dass ich sie nicht mit den Bretlands hatte gehen lassen, und ich weiß, Sandy auch nicht.

Trotz all der Verluste kann ich nur glücklich sein, wenn ich an die beiden furchtbaren Tragödien denke, die abgewendet wurden. Sieben Minuten lang, solange der Doktor im flammenden zweiten Stock eingeschlossen war, quälte mich die Überzeugung, dass sie beide tot waren, und ich wache nachts noch auf und zittere vor Schreck bei dem Gedanken.

Aber ich will versuchen, Dir den Rest zu erzählen. Die Feuerwehrmänner und die Freiwilligen – vor allem der Chauffeur und die Stallburschen von Knowltop –

schufteten die ganze Nacht wie im Fieber. Unsere neuste farbige Köchin, auch eine Heldin, ging zur Wäscherei, heizte den Waschkessel an und kochte den ganzen Kessel voll Kaffee. Das war ihre eigene Idee. Die Zivilisten servierten ihn den Feuerwehrleuten, wenn die für ein paar Minuten Erholung abgelöst wurden, und das half sehr.

Die übrig gebliebenen Kinder verteilten wir auf ein paar gastfreundliche Häuser, abgesehen von den ältesten Jungen, die auch die ganze Nacht durcharbeiteten. Es war so erhebend zu sehen, wie die ganze Gemeinde uns zu Hilfe eilte. Menschen, von denen man dachte, dass sie gar nicht von der Existenz des Waisenhauses wissen, kamen mitten in der Nacht und stellten uns ihr ganzes Haus zur Verfügung. Sie nahmen Kinder auf, ließen ihnen heiße Bäder ein und kochten ihnen heiße Suppen, steckten sie ins Bett. Soweit ich das beurteilen kann, geht es keinem meiner hundertsieben Küken schlechter, weil es barfuß auf nasskalten Böden herumhüpfen musste, nicht einmal den Keuchhustenpatienten.

Es war schon heller Tag, als das Feuer so weit unter Kontrolle war, dass wir feststellen konnten, was wir tatsächlich gerettet hatten. Ich kann berichten, dass mein Flügel völlig unversehrt ist, wenn auch ein wenig verräuchert, und der Hauptkorridor ebenfalls bis hin zur Mitteltreppe; von da an ist alles verkohlt und durchweicht. Der Ostflügel ist bloß noch eine schwarze Hülle ohne Dach. Dein verhasster Saal F, liebe Judy, ist für immer zerstört. Ich wünschte, Du könntest ihn ebenso gründlich aus Deinem Gedächtnis tilgen, wie er vom Erdboden verschwunden ist. Physisch wie im Geiste ist das alte John-Grier-Heim erledigt.

Ich muss Dir noch etwas Lustiges erzählen. Ich habe noch nie im Leben so viele lustige Dinge passieren sehen wie in dieser Nacht. Alle Anwesenden waren äußerst nachlässig gekleidet, die meisten Männer in Schlafanzügen mit Mänteln darüber, alle ohne Kragen am Hemd; doch spät tauchte dann noch der Ehrenwerte Herr Cyrus Wykoff auf, angetan wie für eine Teegesellschaft. Er trug eine Halstuchnadel aus Perlmutt und weiße Gamaschen! Aber eigentlich war er äußerst hilfsbereit. Auch er stellte uns sein ganzes Haus zur Verfügung, und ich vertraute ihm Miss Snaith an, die vollkommen hysterisch war; ihr Nervenkostüm beanspruchte ihn so sehr, dass er uns die ganze Nacht nicht im Weg stand.

Mehr Details kann ich nicht schreiben; noch nie im Leben war ich so gehetzt. Ich muss Dir nur noch versichern, dass nicht der geringste Anlass für Euch besteht, Eure Reise abzukürzen. Fünf Treuhänder waren am frühen Samstagmorgen sofort zur Stelle, und alle arbeiten fieberhaft, um alle Angelegenheiten in eine Art von Ordnung zu bringen. Unser Waisenhaus ist im Augenblick über die gesamte Gemeinde verteilt, aber sei nicht beunruhigt: Wir wissen, wo alle Kinder sind. Keines ist ernsthaft verlegt oder verloren worden. Ich wusste wirklich nicht, dass Wildfremde so freundlich sein können. Das Ansehen der Menschheit ist bei mir gestiegen.

Den Doktor habe ich noch nicht gesehen. Man hat nach einem Chirurgen aus New York telegrafiert, der sein Bein gerichtet hat. Es war ein ziemlich schlimmer Bruch, die Heilung wird Zeit brauchen. Sie glauben, dass er keine inneren Verletzungen hat, aber schlimme Prellungen. Sobald wir ihn besuchen dürfen, schreibe ich Dir nähere Einzelheiten. Ich muss jetzt wirklich aufhören, wenn der Brief noch den morgigen Dampfer kriegen soll.

Adieu. Mach Dir keine Sorgen. Unter den Rauchwolken sind schon zahlreiche Silberstreifen am Horizont zu sehen, von denen ich Dir morgen schreibe.

Sallie

Guter Gott! Da kommt ein Auto, in dem J. F. Bretland sitzt!

John-Grier-Heim,
14. Januar

Liebe Judy,

hör Dir das an! J. F. Bretland hat in einer New Yorker Zeitung von unserem Brand gelesen (ich muss sagen, dass die Großstadtpresse sehr detailliert berichtet hat) und ist sofort von Angst erfüllt hierher aufgebrochen. Als er über unsere verkohlte Schwelle stolperte, lautete seine erste Frage: »Ist Allegra in Sicherheit?«

»Ja«, antwortete ich.

»Gott sei Dank!«, rief er und ließ sich auf einen Stuhl fallen. »Das ist doch kein Ort für Kinder«, sagte er streng, und »ich bin gekommen, um sie nach Hause zu holen. Ich nehme die Jungen auch«, fügte er hastig hinzu, noch ehe ich ein Wort sagen konnte. »Meine Frau und ich haben alles durchgesprochen und beschlossen, wenn wir schon mit der Kinderbetreuung anfangen, dann können wir ebenso gut drei nehmen wie eine.«

Ich führte ihn hinauf in meine Bibliothek, wo unsere kleine Familie seit dem Brand einquartiert ist, und als ich zehn Minuten später zu einer Besprechung mit den Treuhändern nach unten gerufen wurde, ließ ich J. F. Bretland mit seiner neuen Tochter auf den Knien, einem Sohn an jedem Arm zurück – der stolzeste Vater in den Vereinigten Staaten.

Du siehst also, eines hat die Feuersbrunst zumindest bewirkt: Diese drei Kinder haben einen Platz fürs Leben gewonnen. Das wiegt den übrigen Verlust fast schon auf.

Aber ich habe Dir, glaube ich, noch gar nicht erzählt, wie das Feuer ausgebrochen ist. Ich habe Dir so viele Dinge noch nicht erzählt, dass mein Arm schon bei dem Gedanken schmerzt, dass ich sie alle aufschreiben muss. Sterry, haben wir inzwischen herausgefunden, hat das Wochenende als heimlicher Gast bei uns verbracht. Nach einem trinkfreudigen Abend in »Jack's Place« ist er zu unserem Kutschenhaus zurückgekehrt, durch ein Fenster eingestiegen, hat sich eine Kerze angezündet, es sich bequem gemacht und ist eingeschlafen. Er muss wohl vergessen haben, die Kerze auszupusten; jedenfalls brach das Feuer aus, und Sterry kam gerade so mit dem Leben davon. Er liegt jetzt im Krankenhaus in der Stadt, mit heilsamen Ölen gesalbt, und bereut schmerzlich seinen Anteil an unserem Unglück.

Erfreut habe ich vernommen, dass wir ausreichend versichert waren, sodass der finanzielle Verlust letztlich gar nicht so groß sein wird. Und sonstige Verluste gibt es gar keine! Ehrlich gesagt nur Gewinne – abgesehen natürlich von unserem armen, zerschlagenen Doktor. Alle waren ganz wunderbar; ich hätte nie gedacht, dass es unter den Menschen so viel Barmherzigkeit und Güte gibt. Habe ich jemals etwas gegen Treuhänder gesagt? Ich nehme alles zurück. Vier von ihnen sind am

Morgen nach dem Brand sofort von New York hierhergeeilt, und alle Nachbarn von hier waren sowieso großartig. Sogar der Ehrenwerte Herr Cy war so damit beschäftigt, die fünf bei ihm einquartierten Waisen moralisch wiederaufzubauen, dass er überhaupt keinen Ärger machen konnte.

Das Feuer brannte am Samstag in den frühen Morgenstunden, und am Sonntag baten die Geistlichen aller Kirchen um Freiwillige, die ein oder zwei Kinder für drei Wochen bei sich aufnehmen könnten, bis das Waisenhaus wieder arbeitsfähig gemacht worden sei.

Die Reaktion war erhebend. Alle Kinder waren innerhalb einer halben Stunde untergebracht. Und überleg nur, was das für die Zukunft bedeutet: Alle diese Familien haben von nun an ein persönliches Interesse am Waisenhaus. Und was es auch für die Kinder bedeutet: Sie erfahren, wie eine richtige Familie lebt, und für Dutzende von ihnen ist es das erste Mal, dass sie die Schwelle eines Privathauses überschreiten.

Nun zu den weiteren Plänen, wie wir über den Winter kommen wollen. Der Country Club hat ein Clubhaus für Caddies, das im Winter nicht benötigt wird und das sie uns freundlicherweise zur Verfügung stellen. Es liegt an unserer rückwärtigen Grundstücksgrenze, und wir statten es für vierzehn Kinder aus, die Miss Matthews betreuen wird. Unser Speisesaal und die Küche sind noch intakt, sie werden also zu den Mahlzeiten und zum Unterricht hierherkommen, und der abendliche Spaziergang von nicht mal einem Kilometer wird ihnen guttun. Wir nennen es den »Pavillon auf dem Grün«.

Dann hat sich die nette, mütterliche Mrs Wilson, die Nachbarin des Doktors – das ist die Frau, die so gut auf unsere Loretta eingewirkt hat –, bereit erklärt, fünf weitere Waisen für vier Dollar die Woche pro Nase aufzunehmen. Ich lasse einige der vielversprechenden älteren Mädchen bei ihr, die Talent im Haushalt gezeigt haben und gern in normalem Maßstab Kochen lernen würden. Mrs Wilson und ihr Mann sind so ein wundervolles Paar, sparsam und fleißig und schlicht und liebevoll, ich glaube, es wird den Mädchen guttun, sie zu beobachten. Eine Art Ausbildung zur Ehefrau!

Über die Leute von Knowltop östlich von uns habe ich Dir aber geschrieben, nicht wahr? Die in der Brandnacht gleich siebenundvierzig unserer Kinder aufgenommen haben? Und wie die ganze Geburtstagsgesellschaft sich als Notkindermädchen betätigt hat? Sechsunddreißig haben wir ihnen gleich am nächsten Tag wieder abgenommen, aber elf sind immer noch dort. Habe ich Mr Knowltop jemals einen mürrischen alten Griesgram genannt? Das nehme ich zurück. Ich entschuldige mich bei ihm. Er ist sanft wie ein Lamm. In unserer Stunde der Not, was hat der gute Mann da getan? Er hat ein leeres Pächterhaus auf seinem Grund für unsere Kleinen eingerichtet, hat eine Kinderkrankenschwester aus England für sie eingestellt und versorgt sie mit der Vorzugsmilch aus seiner eigenen Mustermeierei. Er sagt, dass er schon seit Jahren überlegt, was er mit der guten Milch anfangen soll. Er kann es sich nicht leisten, sie zu verkaufen, weil er bei jedem Liter vier Cent Verlust machen würde!

Die zwölf älteren Mädchen aus Schlafsaal A bringe ich im neuen Bauernhaus unter. Die armen Turnfelts, die es erst vor zwei Tagen bezogen haben, werden ins Dorf abgeschoben – aber zur Betreuung der Kinder sind sie nicht zu gebrauchen, und ich brauche den Raum. Drei oder vier dieser Mädchen sind als störrisch und widerspenstig aus Pflegefamilien zurückgeschickt worden, und sie brauchen aufmerksame Betreuung. Was habe ich also getan? Ich habe Helen Brooks telegrafiert, sie soll ihren Verlegern kündigen und sich stattdessen um meine Mädchen kümmern. Du weißt, sie wird großartig mit ihnen zurechtkommen. Sie hat vorläufig zugesagt. Die arme Helen hat genug von unauflöslichen Verbindungen; sie möchte, dass alles im Leben auf Probe ist!

Für die älteren Jungen hat sich etwas besonders Schönes ergeben: Wir haben eine Dankesgabe von J. F. Bretland erhalten. Er ist zum Doktor gegangen, um sich für die Rettung Allegras zu bedanken. Sie haben sich lange über die Bedürfnisse des Waisenhauses unterhalten, und danach ist J. F. B. zu mir gekommen und hat mir einen Scheck über 3000 $ überreicht, damit ich das Indianerlager stabil und winterfest ausbauen kann.

Er und Percy und der Architekt aus dem Dorf haben Pläne gezeichnet, und wir hoffen, dass die Stämme schon in zwei Wochen ins Winterquartier ziehen können.

Was macht es schon, dass meinen hundertsieben Kindern das Dach über dem Kopf abgebrannt ist, wenn wir in einer so gutherzigen Welt leben?

Freitag

Du fragst Dich sicher, wieso ich keine Informationen über den Zustand des Doktors liefere. Aus erster Hand kann ich Dir keine geben, weil er mich nicht empfangen will. Er hat allerdings inzwischen alle außer mir empfangen – Betsy, Allegra, Mrs Livermore, Mr Bretland, Percy, verschiedene Treuhänder. Alle berichten, dass er so gute Fortschritte macht, wie man von einem Patienten mit zwei gebrochenen Rippen und einem Wadenbeinbruch erwarten kann. »Fibula-Fraktur« lautet der medizinische Fachbegriff, glaube ich. Er mag es nicht, wenn man Aufhebens um ihn macht, und er will nicht würdevoll als Held posieren. Ich selbst bin als Leiterin dieser Anstalt mehrmals bei ihm vorstellig geworden, um mich offiziell zu bedanken, doch ich wurde jedes Mal an der Tür mit den Worten abgewiesen, er schlafe gerade und wünsche nicht gestört zu werden. Die ersten beiden Male habe ich Mrs McGurk noch geglaubt;

danach – nun, ich kenne ja unseren Doktor! Als darum die Zeit kam, da unsere kleine Maid sich von ihrem Lebensretter verabschieden sollte, habe ich Betsy mit ihr hingeschickt.

Ich habe keine Ahnung, was mit dem Mann los ist. Letzte Woche war er ganz freundlich, aber wenn ich jetzt seine Meinung hören will, muss ich Percy hinschicken, um sie einzuholen. Es kann keinen Zweifel geben, unser Sandy ist Schotte!

Später

Es wird wohl ein Vermögen in Briefmarken kosten, diesen Brief nach Jamaika zu befördern, aber ich möchte, dass Du alle Neuigkeiten erfährst, und seit unserer Gründung im Jahr 1876 sind nicht so viele aufregende Dinge passiert wie jetzt. Das Feuer hat uns so aufgeschreckt, dass wir jahrelang davon wach und lebendig bleiben werden. Ich finde, jede Institution sollte alle fünfundzwanzig Jahre niedergebrannt werden, um alte Ausstattung und überholte Ideen loszuwerden. Inzwischen bin ich übermäßig froh, dass wir Jervis' Geld nicht im letzten Sommer ausgegeben haben; es wäre so ungeheuer tragisch gewesen, wenn das abgebrannt wäre. Um John Griers Geld finde ich es nicht so schade, zumal er es mit einem Arzneimittel verdient hat, das, wie ich höre, Opium enthielt.

Was nun den Rest des Hauses angeht, den das Feuer übrig gelassen hat, so ist er schon verrammelt und mit Teerpappe abgedichtet, und wir leben ganz zufrieden in unserem Teil des Gebäudes. Er bietet genügend Platz für die Beschäftigten und den Speisesaal und die Küche, und dauerhafte Pläne haben Zeit bis später.

Merkst Du, was uns passiert ist? Der Herr hat meine Gebete erhört, und das John-Grier-Heim ist ein Kinderdorf geworden!

Und ich bin der meistbeschäftigte Mensch nördlich des Äquators.

S. McBride

John-Grier-Heim,
16. Januar

Lieber Gordon,

bitte, bitte, fasse Dich und mach nicht alles noch schlimmer, als es jetzt schon ist. Es steht natürlich völlig außer Frage für mich, das Waisenhaus augenblicklich aufzugeben. Dir muss doch klar sein, dass ich meine Küken gerade jetzt nicht im Stich lassen kann, wo sie mich so sehr brauchen. Und genauso wenig werde ich die verfluchte Wohltätigkeit sein lassen. (Da kannst Du mal sehen, wie Deine Ausdrucksweise in meiner Handschrift aussieht!)

Du hast keinen Grund zur Sorge. Ich überarbeite mich nicht. Es macht mir Spaß; ich war noch nie im Leben so beschäftigt und so zufrieden. In den Zeitungen wurde das Feuer viel reißerischer geschildert, als es wirklich war. Das Bild von mir, wie ich mit einem Baby unter jedem Arm vom Dach springe, war stark übertrieben. Ein oder zwei Kinder haben Rachenschmerzen vom Rauch, und unser armer Doktor trägt einen Gips. Aber wir sind alle am Leben, dem Himmel sei Dank! Und das ohne bleibende Schäden oder Narben.

Einzelheiten kann ich jetzt nicht schreiben; ich habe einfach keine Sekunde Zeit. Und komm bitte nicht her – bitte! Später, wenn alles sich ein bisschen beruhigt hat, müssen wir beide uns unterhalten, über uns beide, aber ich brauche erst noch ein bisschen Zeit zum Nachdenken.

S.

21. Januar

Liebe Judy,

Helen Brooks kontrolliert diese vierzehn widerspenstigen Mädchen geradezu meisterhaft. Das ist die schwierigste Aufgabe, die ich zu vergeben hatte, und sie gefällt ihr. Ich glaube, sie wird eine wertvolle Ergänzung unserer Mitarbeiterschaft werden.

Und ich habe ganz vergessen, Dir von Punch zu berichten. Als es brannte, wollten die beiden netten Frauen, bei denen er den ganzen Sommer war, gerade in einen Zug nach Kalifornien steigen – und da haben sie ihn einfach mit den Koffern unter den Arm geklemmt und mitgenommen. Punch verbringt also den Winter in Pasadena, und ich nehme beinahe an, er bleibt für immer bei ihnen. Ist es ein Wunder, dass ich angesichts all dieser Entwicklungen in so überschwänglicher Stimmung bin?

Später

Der arme, trauernde Percy hat gerade den Abend mit mir verbracht, weil ich angeblich seine Sorgen und Nöte verstehe. Wieso soll ich aller Welt Sorgen und Nöte verstehen? Es ist schrecklich ermüdend, Mitleid aus einem leeren Herzen zu gießen. Im Augenblick ist der arme Junge recht niedergeschlagen, aber ich nehme doch an, dass er – mit Betsys Hilfe – durchkommen wird. Er steht kurz davor, sich in Betsy zu verlieben, aber er weiß es noch nicht. Er ist jetzt in der Phase, wo er seinen Schmerz genießt. Er fühlt sich als tragischer Held, als Mann, der zutiefst leidet. Aber wenn Betsy in der Nähe, ist fällt mir auf, bietet er fröhlich Hilfe bei jeder Arbeit an, die gerade anliegt.

Gordon hat heute telegrafiert, dass er morgen kommt. Ich fürchte dieses Gespräch, denn ich weiß, wir werden uns streiten. Er hat am Tag nach dem Brand geschrieben und mich angefleht, das »Waisenhaus sausen zu lassen« und sofort zu heiraten, und jetzt kommt er, um sich auszusprechen. Ich kann ihm einfach nicht klarmachen, dass man eine Stellung, von der das Glück von etwa hundert Kindern abhängt, nicht einfach so charmant und unbekümmert »sausen lassen« kann. Ich habe mir alle Mühe gegeben, ihn fernzuhalten, aber er ist so stur wie alle Vertreter seines Geschlechts. Ach je, ich weiß nicht, was aus uns werden soll! Ich wünschte, ich könnte für einen Moment ins nächste Jahr blicken.

Der Doktor liegt immer noch im Gipsbett, aber ich höre, es geht ihm gut, auf seine mürrische Weise. Er darf jeden Tag ein bisschen aufrecht sitzen und eine sorgfältig ausgewählte Schar von Besuchern empfangen. Mrs McGurk sortiert sie an der Eingangstür und weist die ab, die ihr missfallen.

Adieu. Ich würde noch mehr schreiben, aber ich bin so müde, dass die Augen mir zugehen (wie Sadie Kate sich ausdrückt). Ich muss ins Bett und ein wenig Schlaf kriegen, um für die hundertsieben Sorgen von morgen gewappnet zu sein.

Alles Liebe den Pendletons
S. McB.

22. Januar

Liebe Judy,

dieser Brief hat nichts mit dem John-Grier-Heim zu tun. Er ist einfach von Sallie McBride.

Weißt Du noch, als wir im letzten Semester Huxleys Briefe gelesen haben? Das Buch enthielt einen Satz, der mir für immer im Gedächtnis geblieben ist: »In jedem Leben gibt es ein Kap Hoorn, das man entweder übersteht oder an dem man zerschellt.« Das ist so schrecklich wahr; und das Schlimme ist, dass man sein Kap Hoorn nicht immer erkennt, wenn man es vor sich sieht. Manchmal ist die Sicht recht trübe, und ehe man es richtig merkt, ist man schon zerschellt.

In letzter Zeit habe ich bemerkt, dass ich das Kap Hoorn meines eigenen Lebens erreicht habe. Ich bin meine Verlobung mit Gordon ernsthaft und ehrlich eingegangen, aber allmählich habe ich immer mehr am Ausgang gezweifelt. Das Mädchen, das er liebt, ist nicht das *ICH*, das ich sein will. Sondern das *ICH*, dem ich das ganze letzte Jahr zu entwachsen versucht habe. Ich weiß gar nicht, ob es diese junge Frau jemals wirklich gegeben hat. Oder ob Gordon sie sich nur eingebildet hat. Jedenfalls existiert sie jetzt nicht mehr, und der einzig faire Ausweg für ihn wie für mich war es, die Sache zu beenden.

Wir beide haben keine gemeinsamen Interessen

mehr; wir sind keine Freunde. Er versteht das nicht; er glaubt, ich denke mir das aus, und ich müsste nur ein Interesse für sein Leben entwickeln, dann würde sich alles glücklich fügen. Natürlich interessiere ich mich für ihn, wenn er bei mir ist. Ich rede über die Dinge, über die er reden will, und er weiß gar nicht, dass ein Teil von mir – der größte Teil – ihm überhaupt nicht wirklich begegnet. Ich spiele etwas vor, wenn ich mit ihm zusammen bin. Ich bin nicht ich selbst, und wenn wir in täglichem Austausch zusammenleben würden, müsste ich mein ganzes Leben so tun, als ob. Er möchte, dass ich sein Gesicht betrachte und lächle, wenn er lächelt, die Stirn runzle, wenn er es tut. Er begreift nicht, dass ich genauso ein Individuum bin wie er.

Ich habe gesellschaftliche Vorzüge: Ich kleide mich geschmackvoll, ich bin auffällig, ich wäre die ideale Gastgeberin in einem Politikerhaushalt – und darum mag er mich.

Jedenfalls sah ich es plötzlich mit grauenhafter Klarheit: Wenn ich so weitermachte, wäre ich in ein paar Jahren dort, wo Helen Brooks jetzt ist. Sie ist für mich im Augenblick ein viel besseres Beispiel für das Eheleben als Du, meine liebe Judy. Ich finde, so ein Schauspiel, wie Du und Jervis es bietet, ist eine echte Gefahr für die Gesellschaft. Ihr wirkt so friedlich und glücklich und umgänglich, dass die arglose Betrachterin sofort losrennen und sich den erstbesten Mann schnappen will, dem sie begegnet – und das ist immer der falsche.

Jedenfalls haben Gordon und ich uns endgültig und unwiderruflich zerstritten. Ich hätte es lieber ohne Streit beendet, aber angesichts seines Temperaments – und auch meines, muss ich zugeben – musste es wohl mit einer großen, qualmenden Explosion auseinandergehen. Er kam gestern Nachmittag, nachdem ich ihm geschrieben hatte, er solle nicht kommen, und wir gingen auf dem Knowltop spazieren. Dreieinhalb Stunden schritten wir auf dem windigen Hügel hin und her und diskutierten uns bis in die tiefsten Winkel unseres Wesens hinein. Nun kann niemand mehr sagen, an dem Bruch seien gegenseitige Missverständnisse schuld!

Es endete damit, dass Gordon ging und nie wiederkehren wird. Und als ich da stand und ihn hinter der Hügelkuppe verschwinden sah, als mir klar wurde, dass ich frei und allein und meine eigene Herrin war, Judy, da überkam mich eine solche freudige Erleichterung, ein solches Gefühl der Freiheit! Ich kann es Dir gar nicht erklären; ich glaube, ein glücklich verheirateter Mensch könnte nie begreifen, wie wunderbar, herrlich *ALLEIN* ich mich fühlte. Ich wollte die Arme ausbreiten und die ganze wartende Welt umarmen, die mir auf einmal gehörte. Ach, was für eine Erleichterung, es endlich geklärt zu haben! In der Brandnacht schaute ich der Wahrheit ins Gesicht, als ich das alte John-Grier-Heim vergehen sah und begriff, dass ein neues an seiner Stelle gebaut werden würde und dass ich nicht mehr da sein würde, um das zu tun. Furchtbare Eifersucht krampfte mir das

Herz zusammen. Das konnte ich nicht aufgeben, und in den quälenden Momenten, als ich glaubte, wir hätten den Doktor verloren, verstand ich, was sein Leben bedeutete und wie viel mehr als Gordons es bedeutete. Und da wusste ich, ich konnte ihn nicht verlassen. Ich musste weitermachen und all die Pläne ausführen, die wir gemeinsam geschmiedet hatten.

Ich habe das Gefühl, ich schicke Dir nur ein großes Durcheinander von Worten, weil in meinem Inneren so ein Durcheinander an drängenden Gefühlen herrscht. Ich möchte reden, reden, reden, bis ich mir selbst und Dir verständlich werde. Jedenfalls stand ich da allein in der Winterdämmerung, nahm einen tiefen Zug der klaren, kalten Luft, und fühlte mich herrlich, wunderbar, elektrisierend frei.

Und dann rannte und hüpfte ich den Hügel hinab und über die Weiden auf unseren eisernen Zaun zu und sang laut vor mich hin. Ach, das war ein skandalöser Auftritt, wo ich mich doch eigentlich mit gebrochenem Flügel hätte nach Hause schleppen müssen. Nicht einen Gedanken verschwendete ich an den armen Gordon, der sein gebrochenes, verletztes, betrogenes Herz zum Bahnhof trug.

Im Haus wurde ich vom fröhlichen Lärmen der Kinder begrüßt, die zum Abendessen stapften. Und auf einmal waren es *MEINE*, dabei schienen sie in letzter Zeit, als mein Schicksal immer näher rückte, zu kleinen Fremden geworden zu sein. Ich schnappte mir die drei nächsten und nahm sie ganz fest in den Arm. So plötzlich habe ich so viel neues Leben und Überschwang wiedergefunden, dass es mir vorkommt, als wäre ich aus dem Gefängnis entlassen worden und endlich wieder frei. Ich fühle mich – ach, ich höre schon auf – ich will nur, dass Du die Wahrheit erfährst. Zeige Jervis diesen Brief nicht, berichte ihm nur in angemessen gedämpftem und trauerndem Ton, was drinsteht.

Jetzt ist es Mitternacht, und ich werde versuchen zu schlafen. Es ist wundervoll, jemanden nicht zu heiraten, den man nicht heiraten will. Ich bin froh über alle Bedürfnisse dieser Kinder, ich bin froh über Helen Brooks, und auch über den Brand, und über alles, was mich klarer hat sehen lassen. In meiner Familie hat es noch nie eine Scheidung gegeben, das hätte ihnen überhaupt nicht gefallen.

Ich weiß, ich bin schrecklich selbstsüchtig; ich müsste an den armen Gordon und sein gebrochenes Herz denken. Aber das wäre nur eine Pose, wenn ich bekümmert und traurig täte. Er wird eine andere finden, deren Haar ebenso auffällig ist wie meines, die genauso eine fähige Gastgeberin sein wird wie ich und die sich nicht für diese verdammten neumodischen Ideen von Dienst an der Gesellschaft und Frauenmission interessiert, und die übrigen Albernheiten, nach denen die heutige Frauengeneration so süchtig ist. (Ich paraphrasiere und mildere die Äußerungen eines jungen Mannes mit gebrochenem Herzen.)

Adieu, Ihr lieben Leute. Wie sehr ich mir wünsche, ich könnte mit Euch am Strand stehen und über das blaue, blaue Meer schauen! Ich grüße die spanischen Besitzungen.

Addio!
Sallie

27. Januar

Lieber Dr. MacRae,

ich frage mich, ob dieser Brief Sie wohl wach antrifft? Vielleicht wissen Sie gar nicht, dass ich vier Mal bei Ihnen war, um meinen Dank und Trost zu bringen, in bester Krankenschwester-Manier? Ich finde es rührend, dass Mrs McGurk vollauf damit beschäftigt ist, Blumen und Süßspeisen und Hühnerbrühe entgegenzunehmen, Geschenke der bewundernden Damen der Gemeinde für den ungnädigen Helden im Gipsbett. Ich weiß, dass Sie eine wollene Mütze viel bequemer am Kopf finden als einen Heiligenschein, aber ich hätte doch gedacht, dass Sie mich in anderem Licht sehen als die fraglichen hysterischen Damen. Sie und ich, wir waren einmal Freunde (mit Unterbrechungen), und auch wenn das eine oder andere Detail unserer früheren Kommunikation vielleicht getilgt werden sollte, sehe ich dennoch nicht, warum das unser ganzes Verhältnis erschüttern sollte. Können wir nicht vernünftig sein und es tilgen?

Der Brand hat so viel unerwartete Güte und Barmherzigkeit hervorgebracht, dass ich wünschte, er könnte sie auch in Ihnen wecken. Wissen Sie, Sandy, ich kenne Sie gut. Sie mögen der Welt gegenüber barsch und knapp und ungnädig und rational und unmenschlich und *SCHOTTISCH* auftreten, aber mich können Sie nicht täuschen. Mein frisch ausgebildeter psychologischer Blick ruht seit zehn Monaten auf Ihnen, und ich habe den Binet-Simon-Test angewandt. Sie sind in Wirklichkeit freundlich und mitfühlend und weise und versöhnlich und groß, also seien Sie bitte zu Hause, wenn ich das nächste Mal zu Besuch komme, und dann werden wir einen chirurgischen Eingriff an der Zeit vornehmen und fünf Monate amputieren.

Erinnern Sie sich an den Sonntagnachmittag, als wir durchgebrannt sind, und wie schön wir es da hatten? Heute ist der Tag danach.

Sallie McBride

PS: Sollte ich mich herablassen, Ihnen noch einen Besuch abzustatten, lassen Sie sich bitte herab, mich zu empfangen, denn ich versichere Ihnen, ich werde es nicht öfter als ein Mal versuchen! Außerdem versichere ich Ihnen, dass ich keine Tränen auf Ihre Tagesdecke fallen lassen werde oder Ihre Hand zu küssen versuche, wie eine Bewunderin es getan hat, wenn ich richtig informiert bin.

John-Grier-Heim,
Donnerstag

Lieber Feind,

Sie sehen, in diesem Augenblick bin ich Ihnen sehr freundlich gesinnt. Wenn ich Sie »MacRae« nenne, mag ich Sie nicht, wenn ich Sie »Feind« nenne, mag ich Sie.

Sadie Kate hat Ihre Nachricht überbracht (nachträglich). Das ist eine ganz achtbare Leistung für einen Linkshänder; auf den ersten Blick dachte ich, sie wäre von Punch.

Sie dürfen mich morgen um vier Uhr erwarten, und denken Sie daran, wach zu sein! Ich freue mich, dass auch Sie meinen, dass wir Freunde sind. Ich habe wirklich das Gefühl, etwas sehr Wertvolles wiedergefunden zu haben, das ich achtlos verlegt hatte.

S. McB.

PS: Java hat sich in der Brandnacht erkältet und hat jetzt auch noch Zahnschmerzen. Er sitzt da und hält sich die Wange wie ein armes kleines Kind.

Donnerstag, 29. Januar

Liebe Judy,

das müssen zehn furchtbar undurchdringliche Seiten gewesen sein, die ich Dir letzte Woche geschickt habe. Hast Du meine Anweisung beherzigt und den Brief verbrannt? Ich möchte ihn nicht gern mit meiner gesammelten Korrespondenz veröffentlicht sehen. Ich weiß, meine Haltung ist schändlich, schockierend, skandalös, aber man kann nichts für seine Gefühle. Normalerweise gilt es als angenehm, verlobt zu sein, aber das ist gar nichts gegen das wundervolle, ungebundene, freudige, freie Gefühl, entlobt zu sein! In den letzten Monaten fühlte ich mich sehr instabil, aber jetzt bin ich endlich zur Ruhe gekommen. Niemand hat sich jemals so sehr auf ein Dasein als alte Jungfer gefreut wie ich.

Inzwischen glaube ich, dass unser Feuer schicksalhaft war. Er war vom Himmel geschickt, um den Weg frei zu machen für ein neues John-Grier-Heim. Mit den Plänen für die Häuschen sind wir schon weit gekommen. Ich bin für grauen Putz, Betsy neigt zu Backstein, Percy favorisiert Fachwerk. Ich weiß nicht, was unser armer Doktor vorzöge; sein Geschmack scheint in Richtung Olivgrün mit Mansardendach zu gehen.

Da unsere Kinder jetzt in zehn verschiedenen Küchen üben können, werden sie da nicht kochen lernen?

Ich suche schon nach zehn liebevollen Hausmüttern, die sie betreuen sollen. Ich glaube, ich werde gleich elf suchen, eine dazu für Sandy. Er braucht genauso dringend Bemutterung wie all meine Küken.

Es muss doch ziemlich niederschmetternd sein, jeden Abend in die Betreuung von Mrs McGurk heimzukehren.

Wie wenig ich diese Frau leiden kann! Mit selbstzufriedener Bestimmtheit hat sie mir an vier verschiedenen Tagen mitgeteilt, der Doktor schlafe und wolle nicht gestört werden. Ich habe ihn noch nicht zu Gesicht bekommen und bin mit meiner Höflichkeit fast am Ende. Ich werde jedoch mein abschließendes Urteil bis morgen Nachmittag um vier aufschieben, wenn ich ihm einen kurzen, halbstündigen, unaufgeregten Besuch abstatten werde. Er hat die Verabredung selbst getroffen, und wenn sie mir wieder erzählen will, dass er schläft, werde ich sie sanft schubsen, sodass sie umfällt (sie ist sehr dick und wackelig), dann werde ich meinen Fuß fest auf ihren Bauch setzen und meinen Weg nach drinnen und oben ganz ruhig fortsetzen. Luellen, früher Chauffeur, Zimmermädchen und Gärtner, ist nun auch noch Krankenschwester. Ich möchte zu gern sehen, wie er in weißer Haube und Schürze aussieht.

Gerade ist die Post gekommen, der erste Brief von Mrs Bretland, die mir berichtet, wie glücklich sie über die Kinder sind. Sie hat das erste Foto beigelegt – sie sitzen alle in einem Pferdefuhrwerk, Clifford hält stolz die Zügel, am Kopf des Pferdchens steht ein Stallbursche. Wie klingt das für drei ehemalige Insassen des John-Grier-Heims?

Alles sehr erbaulich, wenn ich an ihre Zukunft denke, aber auch ein wenig traurig, wenn ich mich an ihren armen Vater erinnere, der sich zu Tode gearbeitet hat für die drei Kleinen, die ihn nun vergessen werden. Die Bretlands werden sich alle Mühe geben, das zu erreichen. Sie wachen eifersüchtig über alle äußeren Einflüsse und wollen die Kinder ganz zu den ihren machen. Letztlich denke ich doch, dass der natürliche Weg am besten ist – dass jede Familie ihre eigenen Kinder hervorbringt und behält.

Freitag

Heute habe ich den Doktor gesehen. Er sieht jammervoll aus und besteht vor allem aus Verbänden. Irgendwie haben wir es geschafft, all unsere Missverständnisse auszuräumen. Ist es nicht schrecklich, wie zwei Menschen, beide leidlich sprachbegabt, es schaffen können, einander nichts von ihren inneren Bewegungen zu verraten?

Ich habe seine seelische Haltung zu Anfang überhaupt nicht verstanden, und er versteht meine immer noch nicht. Diese grimmige Zurückhaltung, die wir Nordmenschen so angestrengt bewahren wollen! Ich weiß nicht, ob die aufgeregte südländische Methode des gelegentlichen Dampfablassens nicht die bessere ist.

Aber, Judy, nun etwas ganz Furchtbares: Erinnerst Du Dich, wie er im letzten Jahr diese Nervenheilanstalt besucht hat und zehn Tage dort geblieben ist, und was ich für einen albernen Aufstand deswegen gemacht habe? Ach je, was ich aber auch für unmögliche Dinge tue! Er ist zur Beerdigung seiner Frau gefahren. Sie ist dort in der Anstalt gestorben. Mrs McGurk wusste es die ganze Zeit und hätte es mir auch zusammen mit den anderen Neuigkeiten mitteilen können, aber sie hat es gelassen.

Er aber hat mir alles über sie erzählt, ganz herzergreifend. Jahr um Jahr hat der Mann schrecklich gelitten, und ich kann mir vorstellen, dass ihr Tod eine segensreiche Erleichterung ist. Er hat gestanden, dass er schon zum Zeitpunkt ihrer Hochzeit wusste, dass er sie nicht heiraten sollte, denn er wusste von ihrer nervlichen Labilität; aber er dachte, als Arzt könnte er sie überwinden, und sie war so schön! Er gab seine Praxis in der Stadt auf und ging ihretwegen aufs Land. Doch nach der Geburt des Mädchens brach sie ganz und gar zusammen, und er musste sie »einliefern lassen«, wie Mrs McGurk es ausdrückte. Das Kind ist jetzt sechs, sieht ganz süß und herzig aus, aber seinen Worten nach ziemlich abnorm. Er lässt das Mädchen rund um die Uhr von einer Kinderkrankenschwester betreuen. Wie viel Tragik auf unserem armen, geduldigen, gutmütigen

Doktor liegt, denn er ist wirklich geduldig, auch wenn er der ungeduldigste Mensch ist, der je gelebt hat!

Sag Jervis Danke für den Brief. Er ist ein lieber Mensch, und ich bin froh, dass er seinen verdienten Lohn bekommt. Was werden wir für einen Spaß haben, wenn Ihr nach Shadywell zurückkommt und wir unsere Pläne für das neue John-Grier-Heim besprechen! Ich habe das Gefühl, im letzten Jahr habe ich vor allem gelernt, und jetzt bin ich erst bereit, richtig loszulegen. Wir werden das schönste Waisenhaus daraus machen, das die Welt gesehen hat. Ich bin so absurd glücklich bei dieser Aussicht, dass ich morgens munter aus dem Bett springe und alle meine Aufgaben innerlich singend erledige.

Das John-Grier-Heim schickt seinen Segen an die beiden besten Freunde, die ich jemals hatte!

Addio,
Sallie

John-Grier-Heim,
Samstag um halb sieben Uhr morgens!

Mein liebster Feind:

»Sehr bald wird etwas Schönes geschehen.«

Warst Du nicht überrascht, als Du heute Morgen aufgewacht bist und Dir einfiel, was wahr ist? Ich schon! Mir ist zwei Minuten lang nicht eingefallen, warum ich so glücklich bin.

Noch ist es nicht hell, aber ich bin hellwach und aufgeregt und muss Dir schreiben. Ich werde diesen Brief der ersten vertrauenswürdigen Waisen mitgeben, die mir über den Weg läuft, und dann wird er auf dem Frühstückstablett neben Deinem Haferbrei liegen.

Und ich selbst werde SEHR PÜNKTLICH um vier Uhr heute Nachmittag folgen. Glaubst Du, Mrs Mc-

Gurk wird den Skandal ertragen können, wenn ich zwei Stunden bleibe und keine Waise als Aufpasserin habe?

Ich habe Dir guten Glaubens versprochen, dass ich Deine Hand nicht küssen und keine Tränen auf Deine Bettdecke vergießen wolle, aber ich fürchte, ich habe beides getan – oder Schlimmeres! Ich habe wirklich nicht geahnt, wie viel Du mir bedeutest, ehe ich über die Schwelle trat und Dich an die Kissen gelehnt sah, überall bandagiert, die Haare abgesengt. Du siehst vielleicht aus! Wenn ich Dich jetzt schon liebe, wo ein volles Drittel von Dir nur Gips und Mullbinde ist, dann kannst Du Dir ja vorstellen, wie ich Dich lieben werde, wenn Du ganz Du bist.

Aber mein lieber, lieber Robin, was bist Du doch für ein alberner Mann! Wie konnte ich in all den Wochen und Monaten ahnen oder mir träumen lassen, dass Du etwas für mich empfindest, wo Du Dich so unerträglich *SCHOTTISCH* aufgeführt hast? Bei den meisten Männern würde man ein solches Benehmen nicht als Zeichen der Zuneigung deuten. Ich wünschte, Du hättest mir nur einen kleinen Funken einer Ahnung der Wahrheit gezeigt, dann hättest Du uns beiden womöglich viel Herzschmerz erspart.

Aber wir wollen nicht zurückschauen; wir müssen vorausschauen und dankbar sein. Die beiden schönsten und glücklichsten Dinge, die das Leben zu bieten hat, liegen vor uns: eine Ehe unter *FREUNDEN* und Arbeit, die wir lieben.

Als ich Dich gestern verlassen hatte, bin ich fast benommen zum Waisenhaus zurückgegangen. Ich wollte allein sein und *NACHDENKEN*, aber stattdessen musste ich Betsy und Percy und Mrs Livermore zum Abendessen empfangen (sie waren schon eingeladen) und dann nach unten gehen und mit den Kindern reden. Freitagabend, geselliger Abend. Sie hatten viele neue Schallplatten für das Grammofon, Geschenke von Mrs Livermore, und ich musste höflich dabeisitzen und sie mir anhören. Und mein Lieber – das wirst Du witzig finden –, das letzte Lied, das sie spielten, war »John Anderson, my jo John«, das schöne Lied von Burns, und auf einmal merkte ich, dass ich weinte! Ich musste das nächstliegende Waisenmädchen packen und fest in den Arm nehmen, mein Gesicht an ihrer Schulter vergraben, damit sie es nicht alle sahen.

»John Anderson, mein John, wir sind auf den
Berg gewandert,
Und manchen munteren Tag, mein John,
verbrachten wir miteinander;
Jetzt müssen wir wieder hinab, John, doch
gehen wir Hand in Hand,
Und schlafen zusammen am Fuß des Bergs,
John Anderson, mein Freund.«

Ich frage mich: Wenn wir beide alt und krumm und zittrig sind, können wir beide dann ohne Reue zurückschauen auf manchen munteren Tag, den wir miteinander verbrachten? Es ist schön, sich darauf zu freuen, nicht wahr – ein Leben voller Arbeit und Freude und kleiner täglicher Abenteuer, Seite an Seite mit einem Menschen, den man liebt? Jetzt habe ich gar keine Angst mehr vor der Zukunft. Ich habe nichts dagegen, mit Dir alt zu werden, Sandy. »Die Zeit ist nur ein Strom, in dem ich fische.«

Ich habe diese Waisen so lieb gewonnen, weil sie mich so sehr brauchen, und das ist auch der Grund – oder jedenfalls ein Grund –, warum ich Dich lieb gewonnen habe. Du bist eine Mitleid erregende Gestalt, mein Lieber, und da Du es Dir selbst nicht angenehm machen willst, muss es Dir angenehm gemacht *WERDEN*.

Wir werden uns ein Haus auf den Hügel gleich hinterm Waisenhaus bauen – wie fändest Du eine gelbe italienische Villa, oder vielleicht gar rosa? Jedenfalls nicht grün. Und auch ohne Mansardendach. Und wir werden ein großes, freundliches Wohnzimmer haben, mit Kaminen und Fenstern und Aussicht, und keine McGURK. Die Arme! Wird sie nicht einen Anfall kriegen und Dir ein grässliches Abendessen kochen, wenn sie die Neuigkeiten erfährt? Aber wir werden es ihr noch sehr, sehr lange nicht erzählen – und auch sonst niemandem. Das ist ein zu großer Skandal so kurz nach meiner aufgelösten Verlobung.

Ich habe gestern Abend an Judy geschrieben, und mit ganz untypischer Selbstbeherrschung habe ich nicht den kleinsten Hinweis fallen lassen. Ich werde noch selbst ganz schottisch!

Vielleicht habe ich nicht ganz die Wahrheit gesagt, als ich behauptete, ich hätte nicht geahnt, was ich für Dich empfinde. Ich glaube, es ist mir in der Nacht aufgegangen, als das John-Grier-Heim brannte. Als Du unter das lodernde Dach gestiegen warst, und in der folgenden halben Stunde, als wir nicht wussten, ob Du überleben würdest – ich kann Dir nicht sagen, was für Todesqualen ich da erlitt. Ich hatte das Gefühl, wenn ich Dich verlöre, würde ich mein ganzes Leben lang nicht darüber hinwegkommen; den besten Freund, den ich je hatte, so gehen lassen zu müssen, mit diesem schrecklichen Abgrund des Missverständnisses zwischen uns – also – ich konnte es nicht erwarten, Dich endlich wieder sehen und alles aussprechen zu dürfen, was ich in den letzten fünf Monaten in meinem Inneren verschlossen hatte. Und dann – Du weißt ja selbst, dass Du strikte Anweisung gegeben hast, mich nicht einzulassen; das tat furchtbar weh. Wie konnte ich ahnen, dass Du mich viel lieber sehen wolltest als alle anderen und dass es bloß diese schlimme schottische Moral war, die Dich zurückhielt? Du bist ein sehr guter Schauspieler, Sandy. Aber, mein Lieber, sollte es in unserem zukünftigen Leben jemals wieder auch nur das kleinste Missverständnis geben, dann wollen wir uns versprechen, es nicht in uns zu vergraben, sondern darüber zu *SPRECHEN*.

Nachdem gestern Abend alle gegangen waren – erfreulicherweise recht früh, da die Küken ja nicht mehr im Haus leben –, bin ich nach oben gegangen und habe meinen Brief an Judy fertig geschrieben, und dann habe ich das Telefon angestarrt und gegen die Versuchung angekämpft. Ich wollte die 505 anrufen und Dir eine gute Nacht wünschen. Aber ich habe mich nicht getraut. Ich bin immer noch einigermaßen verschüchtert! Aber wenn ich schon nicht mit Dir reden konnte, war das Zweitbeste, Burns aus dem Regal zu nehmen und eine Stunde lang zu lesen. Beim Einschlafen gingen mir also diese ganzen schottischen Liebeslieder im Kopf herum, und jetzt bei Tagesanbruch schreibe ich sie an Dich.

Auf bald, Robin, lad, ich lieb Dich sehr.
Sallie

Nachbemerkung

Die Vererbungslehre bzw. die Eugenik (Erbgesundheit) war Anfang des 20. Jahrhunderts weit verbreitet und wurde gesellschaftlich breit diskutiert. Die Geschichte der Kallikak-Familie und ähnliche Werke wurden von einem großen Publikum gelesen und positiv rezipiert, so auch von Sallie. Die Vorstellung, die menschliche Rasse durch Verringerung von negativ bewerteten Erbanlagen zu »verbessern«, Ausdrücke wie »geisteskrank«, »Idiotie«, »schwachsinnig« und dergleichen waren Teil dieser gesellschaftlichen Diskussion. Letztendlich sagt Sallie aber: »Im Stillen glaube ich ja überhaupt nicht an diese ganze Vererbung, wenn man die Babys nur schnell genug entführt, ehe sie die Augen aufschlagen.« Heute wissen wir, dass solche Theorien in der Zeit des Nationalsozialismus zum Massenmord an verschiedenen Bevölkerungsgruppen geführt haben. Seit der Jahrtausendwende wird jedoch wieder unter rassistischen Vorzeichen an die Tradition der politischen Eugenik angeknüpft; umso wichtiger ist es, sich mit den Ursprüngen dieses Denkens zu beschäftigen, zumal die Theorien längst widerlegt und entkräftet und die Untersuchungen als fehlerhaft entlarvt sind. Darum haben wir die Äußerungen zu diesem Thema unverändert stehen lassen.

ROMANTISCH, REBELLISCH, ZEITLOS

Lucy Maud Montgomery
Das Schloss in den Wolken
Hardcover mit Schutzumschlag
368 Seiten
ISBN 978-3-551-56014-8

Valancy ist das Gespött ihrer Familie. Weit über zwanzig und unverheiratet! Nicht einen Verehrer hatte sie bisher!
Dann passiert etwas, das ihr Leben radikal verändert. Und Valancy fasst sich ein Herz. Sie wird sich nicht mehr an die beengenden Konventionen halten und sich nicht mehr von ihrer Familie gängeln lassen.
Stattdessen spricht sie die Wahrheit aus. Verlässt das Haus. Sucht sich eine Anstellung. Blüht auf. Verliebt sich. Und findet das blaue Schloss, den Zufluchtsort ihrer Tagträume, endlich im richtigen Leben.

Eine mitreißende Entwicklungs- und Liebesgeschichte vor der wilden Schönheit des kanadischen Ostens.

KÖNIGSKINDER www.koenigskinder-verlag.de

MIX
Papier aus verantwortungsvollen Quellen
FSC® C083411

www.koenigskinder-verlag.de

Erstmals erschienen 1915 bei The Century Company
Originaltitel: Dear Enemy
Umschlag: Suse Kopp
Illustrationen: © Franz Renger
Aus dem Englischen von Ingo Herzke
Lektorat: Barbara König
Herstellung: Gunta Lauck
Satz: Pinkuin Satz und Datentechnik in
der Prinzessinnenstraße in Berlin
Druck: CPI Books GmbH, Ulm
ISBN: 978-3-551-56045-2
Printed in Germany